Richard Yates

VERLIEBTE LÜGNER

Short Storys

Aus dem Amerikanischen von
Anette Grube

 **PENGUIN** VERLAG

Die amerikanische Originalausgabe erschien 1981 unter dem Titel
Liars in Love bei Delacorte Press/Seymour Lawrence in New York, USA.
Der Übersetzung lag der 2001 bei Henry Holt and Company, LLC,
New York, erschienene Sammelband *The Collected Stories of Richard
Yates* zugrunde.

Verlagsgruppe Random House FSC® N001967

1. Auflage 2020
Copyright © 1978, 1980, 1981 by Richard Yates
Copyright © der deutschsprachigen Ausgabe 2007 by
Deutsche Verlags-Anstalt, München,
in der Verlagsgruppe Random House GmbH,
Neumarkter Straße 28, 81673 München
Alle Rechte vorbehalten
Umschlag: bürosüd nach einem Entwurf von Semper Smile
Umschlagmotiv: M. McQueen / Getty Images
Satz: DVA / Brigitte Müller
Druck und Bindung: GGP Media GmbH, Pößneck
Printed in Germany
ISBN 978-3-328-10513-8
www.penguin-verlag.de

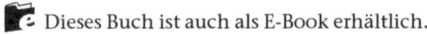 Dieses Buch ist auch als E-Book erhältlich.

Inhalt

Ach, Joseph, ich bin so müde

Nachdem Franklin D. Roosevelt die Präsidentschafts-
wahlen gewonnen hatte, muß es in ganz Amerika Bild-
hauer gegeben haben, die sich die Chance wünschten,
er würde ihnen für eine Büste Modell sitzen, meine
Mutter jedoch hatte Verbindungen. Einer ihrer besten
Freunde und ein Nachbar in dem Hof in Greenwich
Village, in dem wir wohnten, war ein liebenswürdiger
Mann namens Howard Whitman, der vor kurzem seine
Stelle als Reporter bei der *New York Post* verloren hatte.
Und einer von Howards früheren Kollegen bei der *Post*
arbeitete jetzt im Pressebüro von Roosevelts New Yorker Hauptquartier. Dadurch hätte sie leichten Zugang –
oder, wie sie es ausdrückte, ein Entree –, und sie war
zuversichtlich, daß sie von dort allein weiterkäme. In
jenen Tagen war sie bei allem, was sie tat, zuversichtlich, doch damit konnte sie das schreckliche Bedürfnis
nach Beistand und allseitiger Anerkennung nicht ganz
überspielen.

Sie war keine wirklich gute Künstlerin. Erst seit
drei Jahren, seit sie die Ehe mit meinem Vater beendet
hatte, bildhauerte sie, und ihre Arbeiten hatten noch
etwas Steifes und Laienhaftes. Vor dem Roosevelt-Projekt waren »Gartenstatuen« ihre Spezialität gewesen –
ein lebensgroßer kleiner Junge, dessen Beine von den

Knien abwärts zu Bocksbeinen wurden, und ein anderer Junge, der zwischen Farnen kniete und auf einer Panflöte spielte; kleine Mädchen, die mit erhobenen Armen Gänseblümchenketten nach sich zogen oder neben einer Gans mit ausgebreiteten Flügeln hergingen. Diese phantasiereichen Kinder, aus grün bemaltem Gips, um alte Bronze zu imitieren, waren in ihrem Atelier auf selbstgezimmerten Holzsockeln so arrangiert, daß in der Mitte genug Platz frei blieb für den Modelliertisch, auf dem sich befand, woran immer sie gerade arbeitete.

Ihre Vorstellung war, daß zahllose reiche Leute, alle elegant und aristokratisch, sie demnächst entdecken würden: Sie würden mit ihren Skulpturen ihre landschaftlich gestalteten Gärten dekorieren und sie als Freundin fürs Leben haben wollen. In der Zwischenzeit würde ein bißchen landesweite Publizität als erste Bildhauerin, die den zukünftigen Präsidenten »machte«, ihrer Karriere bestimmt nicht schaden.

Und, wenn sie auch sonst nichts hatte, so hatte sie doch ein gutes Atelier. Es war das beste aller Ateliers, die sie im Leben haben sollte. Sechs oder acht alte Gebäude gingen auf unserer Seite auf den Innenhof hinaus, die Rückseiten befanden sich in der Bedford Street, und unseres war wahrscheinlich das schönste der Reihe, weil der vorderste Raum im Erdgeschoß zwei Stockwerke hoch war. Man ging eine breite Backsteintreppe hinunter zu dem großen Fenster und der Eingangstür; von dort trat man in das hohe, weite, lichtdurchflutete Atelier. Es war groß genug, um auch als Wohnzimmer zu dienen, und deswegen standen darin neben den grünen Gartenkindern alle Wohnzimmermöbel aus dem Haus, in dem wir mit meinem Vater in dem Vorort Hastings-on-Hudson gelebt hatten, wo ich geboren war. Am anderen Ende des Ateliers führte eine Galerie in Höhe des ersten Stocks zu zwei kleinen Schlafzimmern und einem winzigen Bad; darunter, wo sich das Erdgeschoß zur Seite der Bedford Street fortsetzte, befand sich der einzige Teil der Wohnung, der vermuten ließ, daß wir nicht viel Geld hatten. Die Decke war sehr niedrig, und es war dort immer dunkel; die kleinen Fenster befanden sich unterhalb eines Eisengitters im Gehweg, und der Boden dieses Hohlraums in der Straße war dick mit Müll bestreut. Unsere von Kakerlaken heimgesuchte Küche war kaum groß genug für einen Herd und eine Spüle, die immer verschmutzt waren, und für einen braunen Eisschrank aus Holz mit einem dunklen, ewig schmelzenden Eisblock darin; der Rest des Bereichs war unser Speisezimmer, und nicht einmal der große alte Eßtisch aus Hastings konnte es aufhellen. Aber dort stand auch unser Majestic-Radio, und deswegen war es für meine Schwester Edith und mich ein gemütlicher Ort: Wir mochten die Kinderprogramme, die spätnachmittags gesendet wurden.

Eines Tages schalteten wir das Radio aus und gingen ins Atelier, wo unsere Mutter das Roosevelt-Projekt mit Howard Whitman besprach. Wir hörten zum ersten Mal davon, und wir mußten sie mit zu vielen Fragen unterbrochen haben, denn sie sagte: »Edith? Billy? Jetzt ist es genug. Ich werde euch später alles erzählen. Geht in den Garten und spielt.«

Sie nannte den Hof immer »den Garten«, obwohl dort nichts wuchs außer ein paar verkrüppelten Stadtbäumen und einem Stückchen Rasen, der nie die Chance hatte, sich auszubreiten. Überwiegend war es nackte Erde, hier und da mit Backsteinen gepflastert, dünn mit Ruß gepudert und mit Hunde- und Katzenkot bestreut. Er mag sechs oder acht Häuser lang gewesen sein, aber er war nur zwei Häuser breit, weswegen er eng und freudlos wirkte; das einzig Interessante war ein schiefer Springbrunnen aus Marmor, nicht viel größer als eine Vogeltränke, der nahe bei unserem Haus stand. Ursprünglich sollte das Wasser gleichmäßig über den Rand der oberen Schale in das untere Becken tropfen, aber das Alter hatte den Brunnen aus dem Gleichgewicht gebracht; das Wasser lief in einem einzigen schmalen Strahl über die paar Zentimeter Rand der oberen Schale, die sauber geblieben waren. Das untere Becken war tief genug, um sich an einem heißen Tag die Füße abzu-kühlen, aber das war kein großes Vergnügen, weil der unter Wasser stehende Teil des Marmors mit braunem Schleim überzogen war.

Meine Schwester und ich fanden während der zwei Jahre, die wir dort lebten, im Hof jeden Tag etwas zu tun, aber nur, weil Edith ein phantasiereiches Kind war. Zur Zeit des Roosevelt-Projekts war sie elf, und ich war sieben.

»Daddy?« sagte sie eines Nachmittags im Büro zu unserem Vater. »Weißt du schon, daß Mommy den Kopf von Präsident Roosevelt macht?«

»Ja?« Er kramte in seinem Schreibtisch auf der Suche nach etwas, von dem er meinte, daß es uns gefallen würde.

»Sie nimmt seine Maße hier in New York«, sagte Edith, »und dann, nach der Amtseinführung, wenn der Kopf fertig ist, bringt sie die Skulptur nach Washington und überreicht sie ihm im Weißen Haus.« Edith erzählte gern dem einen Elternteil von den tugendhafteren Aktivitäten des jeweils anderen; es war Teil ihrer ausdauernden, hoffnungslosen Bemühung, sie wieder zusammenzubringen. Viele Jahre später erzählte sie mir, daß sie sich nie vom Schock ihrer Trennung erholt habe und es auch nie tun würde: Sie sagte, Hastings-on-Hudson sei die glücklichste Zeit in ihrem Leben gewesen, und ich wurde neidisch, weil ich mich kaum daran erinnern konnte.

»Na ja«, sagte mein Vater. »Das ist doch was.« Dann fand er, wonach er in seinem Schreibtisch gesucht hatte, und sagte: »Da sind sie ja. Wie findet ihr sie?« Es waren zwei dünne perforierte Bögen von etwas, was wie Briefmarken aussah, auf jeder Marke befanden sich vor einem gelben Hintergrund eine leuchtend weiße elektrische Glühbirne und die Worte »Mehr Licht«.

Das Büro meines Vaters war eine von vielen kleinen Arbeitsnischen im dreiundzwanzigsten Stock des General-Electric-Gebäudes. Er war stellvertretender Regionalverkaufsleiter in der damals sogenannten Mazda-Lampen-Abteilung – ein bescheidener Job, aber gut genug, um in besseren Zeiten ein Haus in einer Stadt wie Hastings-on-Hudson zu mieten –, und die »Mehr Licht«-Marken waren Souvenirs von einer kurz zurückliegenden Verkaufskonferenz. Wir sagten, die Marken seien toll – und das waren sie –, brachten jedoch Unsicherheit zum Ausdruck, was wir damit anfangen sollten.

»Ach, die sind nur zur Zierde«, sagte er. »Ich dachte, ihr könntet sie in eure Schulbücher kleben oder – na ja – was immer ihr wollt. Fertig?« Und er faltete die Bögen mit den Marken sorgfältig zusammen und steckte sie in die Innentasche seines Jacketts, damit ihnen auf dem Nachhauseweg nichts passierte.

Zwischen dem Ausgang der U-Bahn und dem Hof, irgendwo im West Village, kamen wir stets an einem unbebauten Grundstück vorbei, auf dem Männer um kleine Feuer aus Obstkisten und Müll standen; manche wärmten Essen in Dosen auf, die sie an Kleiderbügeln aus Draht über die Flammen hielten. »Schaut nicht hin«, hatte mein Vater beim ersten Mal gesagt. »Die Männer haben keine Arbeit, und sie sind hungrig.«

»Daddy?« fragte Edith. »Findest du Roosevelt gut?«

»Na klar.«

»Findest du alle Demokraten gut?«

»Die meisten, ja.«

Viel später erfuhr ich, daß mein Vater sich jahrelang auf örtlicher Ebene für die Politik der Demokraten engagiert hatte. Er hatte einigen seiner politischen Freunde – Männer, die meine Mutter als schreckliche kleine Iren aus Tammany Hall beschrieb – einen Gefallen getan, indem er ihnen half, in verschiedenen Stadtteilen Vertriebsagenturen für Mazda-Lampen zu etablieren. Und er liebte ihre Zusammenkünfte, bei denen er immer gebeten wurde zu singen.

»Du bist natürlich zu jung, um dich noch daran zu erinnern, wie Daddy gesungen hat«, sagte Edith einmal zu mir nach seinem Tod 1942.

»Nein, das bin ich nicht. Ich erinnere mich.«

»Aber ich meine, erinnerst du dich wirklich?« sagte sie. »Er hatte den schönsten Tenor, den ich je gehört habe. Erinnerst du dich an ›Danny Boy‹?«

»Klar.«

»Ach Gott, das war was«, sagte sie und schloß die Augen. »Das war wirklich – das war wirklich was.«

Als wir an diesem Nachmittag nach Hause kamen und das Atelier betraten, sehen Edith und ich unseren Eltern zu, wie sie sich begrüßten. Wir beobachteten sie immer genau und hofften, daß sie ein Gespräch beginnen, sich setzen und Dinge finden würden, über die sie lachen könnten, aber das geschah nie. Und an diesem Tag war es noch unwahrscheinlicher als sonst, weil meine Mutter einen Gast hatte – eine Frau namens Sloane Cabot, die ihre beste Freundin im Hof war und meinen Vater mit einem kleinen Ansturm falscher koketter Begeisterung begrüßte.

»Wie geht es dir, Sloane?« sagte er. Dann wandte er sich an seine frühere Frau und sagte: »Helen? Ich habe gehört, du willst eine Büste von Roosevelt machen?«

»Na ja, keine Büste«, sagte sie. »Den Kopf. Ich glaube, es ist wirkungsvoller, wenn ich mit dem Hals aufhöre.«

»Gut. Das ist gut. Viel Glück damit. Okay.« Er wandte seine ganze Aufmerksamkeit Edith und mir zu. »Okay. Bis bald. Wie wär's mit einer Umarmung?«

Und seine Umarmungen, der Höhepunkt seiner ihm rechtlich zustehenden Besuche, waren unvergeßlich. Einer nach dem anderen wurden wir hochgerissen und fest in den Geruch von Wäsche, Whiskey und Tabak gedrückt; sein Kinn kratzte warm über eine Wange, und er gab uns einen kurzen, feuchten Kuß neben das Ohr; dann ließ er uns wieder los.

Er war schon fast aus dem Hof, schon fast auf der Straße, als Edith und ich ihm nachrannten.

»Daddy! Daddy! Du hast die Briefmarken vergessen!«
Er blieb stehen und drehte sich um, und da sahen
wir, daß er weinte. Er versuchte es zu verheimlichen –
er steckte das Gesicht nahezu in die Achselhöhle, als
könnte er so besser in seiner Innentasche suchen –, aber
es ist unmöglich, die geschwollenen und verzerrten
Züge eines tränenüberströmten Gesichts zu verbergen.

»Hier«, sagte er. »Hier sind sie.« Und er lächelte so
wenig überzeugend, wie ich es nie zuvor gesehen hatte.
Es wäre gut, wenn ich sagen könnte, daß wir blieben
und mit ihm sprachen – daß wir ihn erneut umarmten –,
aber wir waren zu verlegen. Wir nahmen die Marken und rannten damit nach Hause, ohne uns umzu-
blicken.

»Bist du nicht aufgeregt, Helen?« fragte Sloane Cabot.
»Daß du ihn triffst und mit ihm redest und alles, noch
dazu vor all diesen Journalisten?«

»Natürlich«, sagte meine Mutter, »aber wichtig ist,
daß ich die Maße richtig nehme. Ich hoffe nur, daß
nicht so viele Fotografen da sind und es nicht dauernd
zu albernen Unterbrechungen kommt.«

Sloane Cabot war ein paar Jahre jünger als meine
Mutter und auffallend hübsch auf eine Weise, wie
man sie oft auf zeitgenössischen Art-déco-Illustrationen
sieht: gerader dunkler Pony, große Augen und großer
Mund. Auch sie war eine geschiedene Mutter, ihr früherer Mann war allerdings vor langer Zeit schon verschwunden und wurde nur »der Dreckskerl« oder »der
feige Kotzbrocken« genannt. Ihr einziges Kind war ein
Junge in Ediths Alter namens John, den Edith und ich
ungeheuer mochten.

Die beiden Frauen lernten sich ein paar Tage nach unserem Einzug kennen, und ihre Freundschaft war besiegelt, als meine Mutter das Problem von Johns Schulbesuch löste. Sie kannte in Hastings-on-Hudson eine Familie, die das Geld, das sie durch einen Untermieter verdienen würde, gut gebrauchen konnte, und so lebte John bei ihnen und ging dort zur Schule und kam nur an den Wochenenden nach Hause. Das Arrangement kostete mehr, als Sloane sich bequem leisten konnte, aber sie schaffte es und war ewig dankbar.

Sloane arbeitete als Privatsekretärin an der Wall Street. Sie sprach viel davon, wie sehr sie ihre Arbeit und ihren Chef haßte, aber das Gute daran war, daß ihr Chef oft für längere Zeit nicht in der Stadt war: Dann hatte sie Muße, die Büroschreibmaschine zu benutzen, um den Ehrgeiz ihres Lebens zu verfolgen, nämlich Skripte für den Rundfunk zu schreiben.

Einmal vertraute sie meiner Mutter an, daß sie ihren Namen erfunden habe: »Sloane«, weil er männlich klang und die Art Name war, den eine alleinstehende Frau brauchte, um sich in der Welt durchzusetzen, und »Cabot«, weil er – nun ja, weil er eine Spur Klasse hatte. War daran etwas auszusetzen?

»Oh, Helen«, sagte sie. »Das wird wunderbar für dich werden. Wenn du richtig bekannt wirst – wenn die Zeitungen es aufgreifen und die Wochenschauen –, wirst du eine der interessantesten Persönlichkeiten in Amerika sein.«

Fünf oder sechs Leute hatten sich an dem Tag in ihrem Atelier eingefunden, an dem meine Mutter von ihrem ersten Besuch beim gewählten Präsidenten nach Hause kam.

»Holt mir jemand einen Drink?« sagte sie und schaute sich gespielt hilflos um. »Dann erzähle ich euch alles.«

Und mit dem Drink in der Hand und Augen so groß wie die eines Kindes, erzählte sie uns, wie eine Tür geöffnet wurde und zwei große Männer ihn hereinbrachten.

»Große Männer«, betonte sie. »Junge, kräftige Männer, die ihn unter den Armen hielten, und man sah, daß sie sich anstrengen mußten. Dann sah man seinen *Fuß* mit diesen schrecklichen Metallklammern auf dem Schuh, und dann den *anderen* Fuß. Und er schwitzte, und er schnappte nach Luft, und sein Gesicht war – ich weiß nicht – ganz glänzend und angespannt und schrecklich.« Sie schauderte.

»Na ja«, sagte Howard Whitman und blickte unbehaglich drein, »er kann nichts dafür, daß er verkrüppelt ist, Helen.«

»Howard«, sagte sie ungeduldig, »ich versuche euch nur zu schildern, wie *häßlich* alles war.« Und das schien ein gewisses Gewicht zu haben. Wenn sie eine Autorität für Schönheit war – dafür, wie ein kleiner Junge im Farn knien sollte, um Panflöte zu spielen, zum Beispiel –, dann mußte sie doch erst recht eine beglaubigte Autorität für Häßlichkeit sein.

»*Wie* auch immer«, fuhr sie fort, »sie haben ihn auf einen Stuhl gesetzt, und er hat sich mit einem Taschentuch den Schweiß vom Gesicht gewischt – er war noch immer außer Atem –, und nach einer Weile hat er angefangen, mit ein paar Männern zu reden; dem konnte ich nicht folgen. Dann hat er sich endlich an mich gewandt, mit diesem Lächeln. Ehrlich, ich weiß nicht, ob ich dieses Lächeln beschreiben kann. In der Wochenschau kann man es nicht sehen, man muß leibhaftig dabei sein. Seine Augen verändern sich überhaupt nicht, aber seine Mundwinkel gehen nach oben, als würden sie wie bei einer Marionette an Schnüren gezogen. Es ist ein furchterregendes Lächeln. Man muß unwillkürlich denken: Das könnte ein gefährlicher Mann sein. Das könnte ein böser Mann sein. Na ja, wie auch immer, wir haben angefangen, miteinander zu reden, und ich habe es ihm rundheraus gesagt. Ich habe gesagt: ›Ich habe nicht für Sie gestimmt, Mr. President.‹ Ich habe gesagt: ›Ich bin eine gute Republikanerin und habe für Präsident Hoover gestimmt.‹ Er hat gesagt: ›Warum sind Sie dann hier?‹, oder so etwas Ähnliches, und ich habe gesagt: ›Weil Sie einen sehr interessanten Kopf haben.‹ Dann hat er mich wieder auf diese Art angelächelt und gesagt: ›Was ist interessant daran?‹ Und ich habe gesagt: ›Ich mag die Beulen darauf.‹«

Zu diesem Zeitpunkt muß sie angenommen haben, daß alle Journalisten im Raum in ihre Notizbücher schrieben, und die Fotografen ihre Blitzlichter vorbereiteten. In den Zeitungen von morgen könnte gut stehen:

BILDHAUERIN ZIEHT FDR WEGEN
»BEULEN« AM KOPF AUF

Nach dem einführenden Geplauder mit ihm machte sie sich an die Arbeit, die darin bestand, diverse Partien seines Kopfes mit dem Bauchzirkel zu vermessen. Wie sich das anfühlte, wußte ich: Die kalten, zitternden

Enden des mit Ton verkrusteten Zirkels hatten mich gekitzelt und gestoßen, als ich ihr als Modell diente für ihre entrückten kleinen Waldbuben.

Aber nicht ein Blitzlicht explodierte, während sie die Maße nahm und notierte, und niemand stellte ihr Fragen; nach ein paar nervösen Dankes- und Abschiedsworten stand sie wieder im Flur zwischen all den verzweifelten, den Hals reckenden Leuten, die nicht hinein durften. Es muß eine große Enttäuschung gewesen sein, und ich denke, daß sie versuchte, sich dafür zu entschädigen, indem sie genau überlegte, auf welch triumphale Weise sie uns davon erzählen würde, sobald sie wieder zu Hause wäre.

»Helen?« sagte Howard Whitman, nachdem die meisten anderen Besucher gegangen waren. »Warum hast du ihm erzählt, daß du nicht für ihn gestimmt hast?«

»Weil es die Wahrheit ist. Ich bin wirklich eine gute Republikanerin, das weißt du doch.«

Sie war die Tochter eines Ladenbesitzers in einer Kleinstadt in Ohio; wahrscheinlich war sie aufgewachsen mit der Phrase vom »guten Republikaner« im Ohr als Sinnbild für Ehrbarkeit und saubere Kleidung. Und sie mochte ihre Wertvorstellungen gelockert haben, es mochte ihr sogar nicht mehr viel an sauberer Kleidung liegen, aber an dem »guten Republikaner« hielt sie fest. Er wäre hilfreich, wenn die Kunden für ihre Gartenstatuen kämen, Leute, deren leise, höfliche Stimmen sie in ihrem Leben willkommen hießen und die höchstwahrscheinlich auch Republikaner wären.

»Ich glaube an die Aristokratie!« rief sie oft und versuchte, sich im Lärm der Stimmen Gehör zu verschaffen, wenn ihre Gäste über den Kommunismus diskutierten, aber nur selten schenkte ihr jemand Beachtung. Sie mochten sie durchaus: Bei ihren Partys gab es viel zu trinken, und sie war eine angenehme Gastgeberin, wenn auch nur aufgrund ihres rührenden Eifers zu gefallen; aber bei Gesprächen über Politik verhielt sie sich wie ein schrilles, nervtötendes Kind. Sie glaubte an die Aristokratie.

Sie glaubte auch an Gott oder zumindest an den Gottesdienst der Episkopalkirche St. Luke's, an dem sie ein- oder zweimal im Jahr teilnahm. Und sie glaubte an Eric Nicholson, den gutaussehenden Engländer mittleren Alters, der ihr Liebhaber war. Er hatte irgend etwas zu tun mit der amerikanischen Niederlassung einer englischen Gießereikette: Seine Firma goß dekorative Elemente in Bronze und Blei. Die Kuppeln von College- und Highschool-Gebäuden überall im Osten, die Bleirahmen von Flügelfenstern für Häuser im Tudorstil in Orten wie Scarsdale und Bronxville – das waren ein paar der Dinge, die Eric Nicholsons Firma ausführte. Was seine Arbeit anbelangte, war er immer sehr bescheiden, aber er wurde rot und glühte, wenn er vom Erfolg der Firma sprach.

Meine Mutter hatte ihn im Jahr zuvor kennengelernt, als sie Hilfe suchte, um eine Gartenstatue in Bronze gießen zu lassen, um sie dann einer Gartenskulptur-Galerie »in Kommission« zu geben, die sie allerdings nie verkaufte. Eric Nicholson hatte sie davon überzeugt, daß Blei fast so schön wäre wie Bronze und viel billiger; dann hatte er sie zum Abendessen eingeladen, und dieser Abend veränderte unser Leben.

Mr. Nicholson sprach nur selten mit meiner Schwester oder mir, und ich glaube, wir hatten beide Angst vor ihm, aber er überhäufte uns mit Geschenken. Zuerst waren es vor allem Bücher – ein Band mit Karikaturen aus *Punch*, Teile einer Gesamtausgabe von Dickens, ein Buch mit dem Titel *England zu Zeiten der Tudor*, das mit Seidenpapier bedeckte farbige Bildtafeln enthielt, die Edith gefielen. Aber im Sommer 1933, als unser Vater dafür sorgte, daß wir mit unserer Mutter zwei Wochen an einem kleinen See in New Jersey verbringen konnten, kamen Mr. Nicholsons Geschenke aus einem Füllhorn voller Sportartikel. Er schenkte Edith eine Angel aus Stahl mit einer so komplizierten Spule, daß niemand von uns ihre Handhabung begriffen hätte, auch wenn wir gewußt hätten, wie man angelt, einen Weidenkorb für die Fische, die sie nie fing, und ein Jagdmesser mit Scheide, das an der Hüfte zu tragen war. Mir schenkte er eine kurze Axt, deren Blatt in einem Lederholster steckte und am Gürtel hing – vermutlich sollte ich damit das Feuerholz hacken, um den Fisch zu braten –, und einen sperrigen Kescher mit einem elastischen Schulterband für den Fall, daß ich ins Wasser waten und Edith dabei helfen müßte, einen schwierigen Fisch an Land zu ziehen. In dem Dorf in New Jersey konnte man nichts tun als lange Spaziergänge machen oder, wie meine Mutter es nannte, gute Wanderungen unternehmen; und jeden Tag, wenn wir in der Sonne durch das insektenverseuchte Unkraut stapften, trugen wir den vollen Staat unserer nutzlosen Ausrüstung.

In diesem Sommer schenkte mir Mr. Nicholson ein dreijähriges Abonnement für *Field & Stream*, und ich denke, daß diese undurchdringliche Zeitschrift das unangemessenste all seiner Geschenke war, denn es kam lange, lange mit der Post, nachdem alles andere in unserem Leben sich geändert hatte: Nachdem wir von New York nach Scarsdale gezogen waren, wo Mr. Nicholson ein günstiges Haus mietete, und nachdem er meine Mutter in diesem Haus – ohne Vorwarnung – verlassen hatte und nach England zurückgegangen war zu seiner Frau, von der er sich nie hatte scheiden lassen.

Aber all das war später; ich möchte zurückkehren zu der Zeit zwischen Franklin D. Roosevelts Wahl und seiner Amtseinführung, als sein Kopf auf dem Modelliertisch meiner Mutter langsam Gestalt annahm.

Ihr ursprünglicher Plan war gewesen, ihn lebensgroß oder größer zu machen, aber Mr. Nicholson drängte sie, ihn wegen der Kosten für den Guß zu verkleinern, und so machte sie ihn nur ungefähr fünfzehn Zentimeter groß. Und zum zweiten Mal, seitdem sie sich kannten, überzeugte er sie davon, daß Blei nahezu so schön war wie Bronze.

Sie sagte immer, daß sie nichts dagegen habe, wenn Edith und ich ihr bei der Arbeit zusahen, aber wir hatten nie besondere Lust dazu; jetzt war es ein bißchen interessanter, weil wir ihr dabei zuschauen konnten, wie sie zahllose, aus Zeitungen ausgeschnittene Fotos von Roosevelt sichtete, bis sie eins fand, daß ihr dabei half, die heikle Fläche von Wange oder Stirn auszuführen.

Aber den Großteil unserer Zeit beanspruchte die Schule. John Cabot mochte in Hastings-on-Hudson zur Schule gehen, nach dem sich Edith immer sehnte, aber wir hatten es, das mußte sogar Edith zugeben, am zweitbesten getroffen: Wir gingen in unserem Zimmer zur Schule.

In den Jahren zuvor hatte uns meine Mutter in die staatliche Schule in unserer Straße geschickt, aber das begann sie zu bereuen, als wir mit Läusen nach Hause kamen. Dann wurde Edith eines Tages beschuldigt, einem Jungen den Mantel gestohlen zu haben, und das war zuviel. Sie nahm uns beide von der Schule, dem Schulamt zum Trotz, und bat meinen Vater, einen Teil der Kosten für eine Privatschule zu übernehmen. Er weigerte sich. Die Miete, die sie zahlte, und die Rechnungen, die sie anhäufte, belasteten ihn bereits weit über die Scheidungsvereinbarung hinaus; er hatte Schulden; ihr mußte doch klar sein, daß er sich glücklich schätzen konnte, überhaupt Arbeit zu haben. Würde sie denn niemals vernünftig werden?

Es war Howard Whitman, der den toten Punkt überwand. Er wußte von einer günstigen, staatlich anerkannten Fernschule namens Calvert School, die vor allem körperlich behinderte Kinder versorgte. Die Calvert School verschickte wöchentlich Bücher, Unterrichtsmaterial und Lehrpläne; man bräuchte nur jemanden im Haus, der die Lehrpläne umsetzte und als Lehrer fungierte. Und jemand wie Bart Kampen wäre ideal für diese Aufgabe.

»Der dürre Kerl?« fragte sie. »Der junge Jude aus Holland oder wo immer er herkommt?«

»Er ist sehr gut ausgebildet, Helen«, sagte Howard. »Und er spricht fließend englisch und wäre überaus gewissenhaft. Und das Geld könnte er auch gebrauchen.«

Wir waren begeistert, als wir erfuhren, daß Bart Kampen unser Lehrer sein würde. Abgesehen von Howard war Bart wahrscheinlich der Erwachsene im ganzen Hof, den wir am meisten mochten. Er war ungefähr achtundzwanzig, jung genug, daß seine Ohren noch rot anliefen, wenn er von Kindern verspottet wurde; das hatten wir herausgefunden, indem wir ihn ein-, zweimal wegen solcher Sachen wie nicht zusammenpassender Socken aufzogen. Er war groß und sehr dünn und wirkte immer erschrocken, außer wenn er sich wohl genug fühlte, um zu lächeln. Er war Geiger, ein holländischer Jude, der im Jahr zuvor emigriert war in der Hoffnung, in einem Symphonieorchester spielen und schließlich Karriere als Konzertgeiger machen zu können. Aber die Symphonieorchester stellten ihn nicht ein, kleinere Orchester auch nicht, und Bart hatte seit langem keine Arbeit. Er lebte allein in einem Zimmer in der Seventh Avenue, nicht weit von unserem Hof, und die Leute, die ihn mochten, machten sich Sorgen, daß er nicht genug zu essen hätte. Er besaß zwei Anzüge, beide in einem Schnitt, der damals in den Niederlanden modern gewesen sein muß: harte, dick gepolsterte Schultern und stark tailliert; wahrscheinlich hätten sie besser ausgesehen an jemandem, der mehr Fleisch auf den Knochen hatte. In Hemdsärmeln, mit aufgerollten Manschetten, wirkten seine haarigen Handgelenke und Unterarme noch zerbrechlicher, als man erwartet hätte, aber seine langen Hände waren wohlgeformt und kräftig genug, um vermuten zu lassen, daß er ein Meister auf der Geige war.

»Das überlasse ich ganz Ihnen, Bart«, sagte meine

Mutter, als er sie fragte, ob sie irgendwelche Anweisungen hinsichtlich seiner Lehrtätigkeit hätte. »Ich weiß, daß Sie mit ihnen Wunder vollbringen werden.«

Ein kleiner Tisch und drei Stühle wurden in unser Zimmer gebracht und ans Fenster gestellt. Bart saß in der Mitte, so daß er die Zeit gleichmäßig zwischen Edith und mir aufteilen konnte. Große, ordentliche, schwere braune Umschläge kamen einmal in der Woche mit der Post von der Calvert School, und wenn Bart ihren faszinierenden Inhalt auf den Tisch gleiten ließ, war es, als würden wir uns setzen, um ein Spiel zu beginnen.

Edith war in jenem Jahr in der fünften Klasse – an ihrer Hälfte des Tisches wurde Unverständliches über Englisch und Geschichte und Sozialkunde gesprochen –, und ich war in der ersten. Ich verbrachte die Vormittage damit, mit Hilfe von Bart die Eröffnungszüge einer Schulbildung auszutüfteln.

»Laß dir Zeit, Billy«, sagte er. »Verlier die Geduld nicht. Wenn du es erst verstanden hast, wirst du sehen, wie einfach es ist, und dann bist du bereit für den nächsten Schritt.«

Um elf machten wir immer eine Pause. Wir gingen hinaus in den Teil des Hofes, wo das bißchen Gras wuchs. Bart legte sein zusammengefaltetes Jackett vorsichtig auf die Seite, stülpte die Manschetten um und erklärte sich bereit für das, was er Flugzeugfliegen nannte. Er faßte einen von uns an Handgelenk und Knöchel; dann hob er uns hoch, drehte sich auf der Stelle und wirbelte uns im Kreis herum, bis der Hof, die Gebäude, die Stadt und die Welt in unserem schwindelerregenden Flug verschwammen.

Nach dem Flugzeugfliegen liefen wir die Stufen hinunter ins Atelier, wo meine Mutter für gewöhnlich ein Tablett mit drei großen Gläsern kalter Ovomaltine für uns bereit gestellt hatte, manchmal lagen Kekse auf der Seite, manchmal nicht. Einmal hörte ich, wie sie zu Sloane Cabot sagte, sie glaube, die Ovomaltine sei das erste, was Bart täglich zu sich nehme – und ich denke, sie hatte wahrscheinlich recht, weil seine Hand zitterte, wenn er nach dem Glas griff. Manchmal vergaß sie, das Tablett vorzubereiten, dann drängten wir uns in die Küche und machten es selbst; ich kann in keinem Lebensmittelladen eine Dose Ovomaltine sehen, ohne an diese Zeit zu denken. Dann ging oben der Unterricht weiter. Und indem er mir schmeichelte, mich antrieb und mir einschärfte, nicht die Geduld zu verlieren, lehrte mich Bart Kampen in diesem Jahr das Lesen.

Es war eine ausgezeichnete Sache, um damit anzugeben. Ich zog Bücher aus dem Regal meiner Mutter – überwiegend Bücher, die Mr. Nicholson ihr geschenkt hatte – und versuchte sie zu beeindrucken, indem ich ihr laut verstümmelte Sätze vorlas.

»Wunderbar, mein Schatz«, sagte sie dann. »Du hast wirklich lesen gelernt.«

Bald klebte auf jeder Seite meines Calvert-Lesebuchs für die erste Klasse eine weißgelbe »Mehr Licht«-Marke, die bewies, daß ich sie gemeistert hatte, und andere sammelten sich, allerdings langsamer, in meinem Rechenbuch. Weitere Marken klebte ich an die Wand neben meinem Platz am Schultisch, arrangiert in einer stolzen, kleinen, weißgelben, von meinem Daumen verschmierten, vertikalen Reihe, die so hoch war, wie ich reichen konnte.

»Du hättest deine Marken nicht an die Wand kleben sollen«, sagte Edith.

»Warum nicht?«

»Weil sie nur schwer wieder abzumachen sind.«

»Wer soll sie denn abmachen?«

An das kleine Zimmer, in dem wir sowohl schliefen als auch lernten, erinnere ich mich deutlicher als an alle anderen Räume unseres Zuhauses. Irgend jemand hätte meiner Mutter vielleicht sagen sollen, daß ein Junge und ein Mädchen in unserem Alter eigentlich getrennte Zimmer haben sollten, aber daran dachte ich erst viel später. Unsere Betten standen Fußende an Fußende an der Wand, es blieb gerade genug Platz, um an ihnen entlang zum Schultisch zu gehen, und wir hatten ein paar gute Gespräche, als wir abends auf den Schlaf warteten. In dem Gespräch, an das ich mich am besten erinnere, erzählte Edith mir von den Geräuschen der Stadt.

»Ich meine nicht nur die lauten Geräusche«, sagte sie, »wie die Sirene, die wir gerade hören, oder die Wagentüren, die zugeschlagen werden, oder das Gelächter und das Geschrei auf der Straße, das ist Krach, der ganz nahe ist. Ich rede von was anderem. Weißt du, in New York leben Abermillionen Menschen – mehr Leute, als du dir jemals vorstellen kannst –, und die meisten von ihnen tun etwas, was ein Geräusch macht. Vielleicht sprechen sie oder haben das Radio eingeschaltet, vielleicht machen sie eine Tür zu, vielleicht legen sie die Gabel auf den Teller, wenn sie gerade zu Abend essen, oder sie stellen ihre Schuhe ab, wenn sie ins Bett gehen – und weil es so viele sind, summieren sich die kleinen Geräusche und ergeben zusammen so eine Art Brummen. Aber es ist so leise – ganz, ganz leise –, daß man es nicht hört, außer man hört eine lange Zeit genau hin.«

»Kannst du es hören?« fragte ich sie.

»Manchmal. Ich horche jeden Abend, aber ich höre es nur manchmal. Manchmal schlaf ich auch ein. Jetzt sind wir still und horchen. Vielleicht kannst du es hören, Billy.«

Und ich bemühte mich, schloß die Augen, als ob es etwas nützen würde, öffnete den Mund, um das Geräusch meines Atems zu verringern, aber schließlich mußte ich ihr mitteilen, daß es mir nicht gelungen war. »Und du?« fragte ich.

»Ich habe es gehört«, sagte sie. »Nur für ein paar Sekunden, aber ich hab's gehört. Du kannst es auch hören, wenn du es weiter versuchst. Und das Warten lohnt sich. Wenn du es hörst, hörst du ganz New York.«

Der Höhepunkt der Woche war der Freitagnachmittag, wenn John Cabot aus Hastings zurückkam. Er strahlte Gesundheit und Normalität aus und brachte frische Vorstadtluft in unser Bohemeleben. Wenn er da war, verwandelte er die kleine Wohnung seiner Mutter in einen beneidenswerten Ort der Ruhe zwischen lebhaften Begegnungen mit der Welt. Er hatte sowohl *Boys' Life* als auch *Open Road for Boys* abonniert, und allein die Zeitschriften schienen mir wunderbare Dinge, und sei es auch nur wegen der Illustrationen. John kleidete sich auf die gleiche heldenhafte Art wie die Jungen in den Magazinen, Knickerbocker aus Kordsamt und Rippenstrümpfe über den muskulösen Waden. Er sprach viel von der Footballmannschaft der Hastings-Highschool, bei der er zur Probe spielen wollte, sobald er alt genug wäre, und von Freunden in Hastings, deren Namen und Charaktere uns bald so vertraut waren, als wären es unsere eigenen Freunde. Er brachte uns eine erfrischende neue Sprechweise bei, wie zum Beispiel »Na und?« zu sagen statt »Was macht das schon?« Und er war sogar noch besser als Edith, wenn es darum ging, im Hof etwas zu tun zu finden.

Damals konnte man bei Woolworth für zehn oder fünfzehn Cent das Stück Goldfische kaufen, und eines Tages brachten wir drei davon mit nach Hause, um sie in den Brunnen zu setzen. Wir streuten mehr Woolworth-Fischfutter ins Wasser, als sie vermutlich brauchten, und wir benannten sie nach uns: »John«, »Edith« und »Billy«. Ein, zwei Wochen lang rannten Edith und ich jeden Morgen, bevor Bart zum Unterricht kam, zum Springbrunnen, um uns zu vergewissern, daß sie noch am Leben waren und genug zum Fressen hatten, und um sie zu beobachten.

»Ist dir aufgefallen, wie groß Billy geworden ist?« fragte mich Edith. »Er ist riesig. Er ist jetzt fast so groß wie John und Edith. Er wird wahrscheinlich größer als die beiden.«

Und an einem Wochenende, als John zu Hause war, machte er uns darauf aufmerksam, wie schnell die Fische die Richtung wechseln und weiterschwimmen konnten. »Sie haben bessere Reflexe als die Menschen«, erklärte er. »Wenn sie einen Schatten im Wasser sehen oder irgend etwas, was eine Gefahr sein könnte, dann hauen sie schneller ab, als du blinzeln kannst. Schaut.« Und er tauchte eine Hand ins Wasser und faßte nach dem Fisch namens Edith, aber er wich ihm aus und flüchtete. »Habt ihr gesehen?« fragte er. »Das ist Geschwindigkeit. Wißt ihr was? Ich wette, man könnte einen Pfeil reinschießen, und sie würden rechtzeitig entkommen. Wartet.« Und um es zu beweisen, lief er in die Wohnung seiner Mutter und kam mit dem schönen Bogen und einem der Pfeile zurück, die er im Sommerlager gebastelt hatte (daß John jedes Jahr ins Sommerlager fuhr, war ebenfalls bewundernswert); dann kniete er sich an den Rand des Brunnens, der Inbegriff eines Bogenschützen, den Bogen sicher in einer starken Hand und das gefiederte Ende des Pfeils, fest an der Sehne angelegt, in der anderen. Er zielte auf den Fisch namens Billy. »Die Geschwindigkeit des Pfeils«, sagte er mit von der Anstrengung geschwächter Stimme, »ist wahrscheinlich höher als die eines Autos, das hundertdreißig Stundenkilometer fährt. Wahrscheinlich ist er so schnell wie ein Flugzeug oder sogar noch schneller. Okay, schaut zu.«

Der Fisch namens Billy schwamm plötzlich tot an der Oberfläche, auf der Seite, aufgespießt auf den Pfeil, auf dem Teile seiner rosa Innereien klebten.

Ich war zu alt, um zu weinen, aber etwas mußte unternommen werden gegen den Schock und die Wut und den Schmerz, die mich erfüllten, und ich rannte blind vom Brunnen nach Hause und stieß auf halber Strecke auf meine Mutter. Sie stand da, sah sehr sauber aus, sie trug einen neuen Mantel und ein Kleid, das ich nie zuvor gesehen hatte, und hatte sich bei Mr. Nicholson untergehakt. Entweder gingen sie gerade oder sie kamen – es war mir gleichgültig –, und Mr. Nicholson sah mich stirnrunzelnd an (er hatte mir mehr als einmal erzählt, daß in England Jungen in meinem Alter ins Internat gingen), aber auch das war mir gleichgültig. Ich drückte den Kopf gegen ihre Hüfte und weinte noch lange, nachdem ich spürte, wie ihre Hände meinen Rücken streichelten, nachdem sie mir versichert hatte, daß Goldfische nicht viel kosteten und ich bald einen neuen bekäme und John seine gedankenlose Tat bedauerte. Ich hatte entdeckt oder wiederentdeckt, daß Weinen ein Vergnügen ist – daß es ein unvorstellbares Vergnügen ist, wenn man den Kopf gegen die Hüfte seiner Mutter drückt und sie einem die Hände auf den Rücken legt und sie zufälligerweise saubere Kleidung trägt.

Es gab andere Vergnügen. Wir hatten in diesem Jahr in unserer Wohnung einen schönen Weihnachtsabend, oder zumindest fing er schön an. Mein Vater war da, weswegen Mr. Nicholson nicht kommen konnte, und es war nett zu sehen, wie entspannt er zwischen den Freunden meiner Mutter war. Er war zurückhaltend, aber sie schienen ihn zu mögen. Mit Bart Kampen verstand er sich besonders gut.

Howard Whitmans Tochter Molly, ein sanftmütiges Mädchen in meinem Alter, war aus Tarrytown gekommen, um die Feiertage bei ihm zu verbringen, und es waren noch weitere Kinder da, die wir kannten, aber nur selten trafen. John sah an diesem Abend sehr reif aus in einem dunklen Jackett und mit Krawatte und war sich seiner gesellschaftlichen Verantwortung als ältester Junge deutlich bewußt.

Nach einer Weile zogen sich alle ungeplant in den Eßzimmerbereich zurück und improvisierten Varieté-auftritte. Howard war der erste: Er holte den hohen Stuhl vom Modelliertisch meiner Mutter und setzte seine Tochter darauf, das Gesicht dem Publikum zuge-wandt. Dann schlug er die Öffnung einer braunen Ein-kaufstüte zwei-, dreimal um und stülpte sie ihr auf den Kopf; als nächstes zog er seine Anzugjacke aus und legte sie mit dem Rücken nach vorn um sie, so daß sie ihr bis zum Kinn reichte; er stellte sich hin-ter sie, ging in die Hocke, damit man ihn nicht sehen konnte, und fuhr mit den Armen in die Jackenärmel, so daß seine Hände aussahen, als wären es ihre. Und der Anblick eines lächelnden kleinen Mädchens mit Papier-hut, das mit riesigen, ausdrucksstarken Händen winkte und gestikulierte, war genug, um alle zum Lachen zu bringen. Die großen Hände wischten ihre Augen, strichen über ihr Kinn und schoben ihr das Haar hin-ter die Ohren; dann machten sie uns eine kunstvolle lange Nase.

Als nächstes war Sloane Cabot an der Reihe. Sie saß sehr gerade auf dem Stuhl, die Fersen so auf die Sprossen gestützt, daß ihre schönen Beine zur Geltung kamen, aber ihre erste Nummer war kein Erfolg.

»Also«, begann sie, »heute bei der Arbeit – ihr wißt ja, mein Büro ist im vierzigsten Stock – schaute ich zufällig von meiner Schreibmaschine auf und sah diesen gro-ßen alten Mann, der draußen auf dem Fenstersims saß, er hatte einen weißen Bart und trug einen komischen roten Anzug. Ich lief zum Fenster, machte es auf und sagte: ›Alles in Ordnung?‹ Es war der Weihnachtsmann, und er sagte: ›Natürlich ist alles in Ordnung, ich bin an große Höhen gewöhnt. Aber hören Sie, Miss, können Sie mir sagen, wie ich zur Bedford Street Nummer fünfundsiebzig komme?‹«

Und so ging es weiter, aber unsere verlegenen Mienen müssen ihr verraten haben, daß es uns nicht behagte, herablassend behandelt zu werden, und sobald sie eine Möglichkeit fand, beendete sie die Geschichte rasch. Nach einer Denkpause versuchte sie es mit etwas anderem, was sich als viel besser herausstellte.

»Habt ihr Kinder schon mal die Geschichte vom ersten Weihnachten gehört?« fragte sie. »Als Jesus geboren wurde?« Und sie begann sie in dem leisen, dramatischen Tonfall zu erzählen, von dem sie gehofft haben muß, daß die Sprecher ihrer ernsteren Radiostücke ihn anschlagen würden.

»... Und sie mußten noch viele Meilen gehen, bevor sie nach Bethlehem kamen«, sagte sie, »und es war eine kalte Nacht. Maria wußte, daß sie sehr bald ein Baby kriegen würde. Sie wußte auch, weil ein Engel es ihr gesagt hatte, daß ihr Baby eines Tages der Erlöser der ganzen Menschheit sein würde. Aber sie war noch ein junges Mädchen« – und an dieser Stelle glitzerten Sloanes Augen, als würden sie sich mit Tränen füllen – »und sie war erschöpft von der Wanderschaft und hatte blaue Flecken vom holpernden Gang des Esels, und alles tat ihr weh, und sie dachte, daß sie niemals ankommen würden, und sie konnte nur noch sagen: ›Ach, Joseph, ich bin so müde.‹«

Die Geschichte ging weiter mit der Zurückweisung im Wirtshaus und der Geburt im Stall, mit der Krippe, den Tieren, der Ankunft der drei Weisen; als es vorbei war, klatschten wir lange, weil Sloane so gut erzählt hatte.

»Daddy?« sagte Edith. »Singst du für uns?«

»Ach, nein, danke, Liebes«, sagte er, »lieber nicht. Ich bräuchte wirklich ein Klavier dafür. Trotzdem danke.«

Als letzter trat Bart Kampen auf, der auf allgemeines Bitten nach Hause ging und seine Geige holte. Niemand war überrascht festzustellen, daß er wie ein Berufsmusiker spielte, daß es klang wie etwas, was im Radio zu hören war; ein Vergnügen war es, ihn zu beobachten, wie er die Stirn seines schmalen Gesichts auf der Kinnstütze in Falten legte und keinerlei Emotion zeigte außer der Sorge um den richtigen Klang. Wir waren stolz auf ihn.

Eine Weile nachdem mein Vater gegangen war, kamen viele andere Erwachsene, von denen ich die meisten nicht kannte, und sie sahen aus, als wären sie an diesem Abend schon auf mehreren Partys gewesen. Es war sehr spät oder vielmehr sehr früh am Weihnachtsmorgen, als ich in die Küche ging und Sloane neben einem kahlköpfigen Mann stehen sah, der mir fremd war. In einer Hand hielt er zitternd einen Drink, und mit der anderen massierte er langsam ihre Schulter; sie lehnte an dem alten hölzernen Eisschrank. Sloane konnte so lächeln, daß kleine Wölkchen Zigarettenrauch zwischen ihren fast geschlossenen Lippen entwichen, während sie einen von Kopf bis Fuß musterte, und das tat sie jetzt. Dann stellte der Mann sein Glas auf den Eisschrank und nahm sie in die Arme, und ich sah ihr Gesicht nicht mehr.

Ein anderer Mann in einem zerknitterten braunen Anzug lag bewußtlos auf dem Boden des Eßzimmers. Ich machte einen Bogen um ihn und ging ins Atelier, wo eine attraktive junge Frau erbärmlich weinend dastand und sich drei Männer, die sie trösten wollten, ständig in die Quere kamen. Dann bemerkte ich, daß einer der Männer Bart war, und ich sah zu, wie er die anderen beiden überdauerte und das Mädchen zur Tür führte. Er legte den Arm um sie, und sie schmiegte den Kopf an seine Schulter; so verließen sie das Haus.

Edith sah erschöpft aus in ihrem zerknitterten Party-kleid. Sie saß in unserem alten Sessel aus Hastings-on-Hudson, der Kopf zurückgesunken und die Beine über die beiden Armlehnen geworfen, und John saß im Schneidersitz auf dem Boden neben einem ihrer baumelnden Beine. Sie schienen über etwas gesprochen zu haben, das sie beide nicht sonderlich interessierte, und das Gespräch verstummte, als ich mich zu ihnen auf den Boden setzte.

»Billy«, sagte sie, »ist dir klar, wie spät es ist?«

»Na und?« sagte ich.

»Du solltest schon seit Stunden im Bett liegen. Komm. Wir gehen rauf.«

»Ich hab keine Lust.«

»Na gut«, sagte sie, »ich geh jedenfalls.« Und sie stand mühsam aus dem Sessel auf und verschwand in der Menge.

John wandte sich mir zu und kniff auf unerfreuliche Weise die Augen zusammen. »Weißt du was?« sagte er.

»Als sie in dem Stuhl gesessen hat, habe ich alles sehen können.«

»Hm?«

»Ich konnte alles sehen. Ich habe die Spalte gesehen und die Haare. Ihr wachsen Haare.«

Ich hatte meine Schwester schon viele Male nackt gesehen – in der Badewanne oder wenn sie sich umzog – und fand das nicht besonders beeindruckend; dennoch verstand ich sofort, wie beeindruckend es für ihn gewesen sein mußte. Wenn er nur auf verschämte Weise gelächelt hätte, hätten wir zusammen lachen können wie normale Kumpel in *Open Road for Boys*, aber seine Miene war noch immer geringschätzig.

»Ich habe immer nur hingesehen«, sagte er, »und ich mußte sie zum Reden bringen, damit sie es nicht merkt, aber alles lief glatt, bis du gekommen bist und alles ruiniert hast.«

Wollte er, daß ich mich entschuldigte? Das erschien mir nicht richtig, aber auch alles andere schien nicht richtig. Ich blickte zu Boden.

Als ich endlich ins Bett ging, blieb kaum Zeit, um auf die Geräusche der Stadt zu horchen – ich hatte entdeckt, daß es eine gute Möglichkeit war, um an nichts anderes denken zu müssen –, weil meine Mutter hereinstolperte. Sie hatte zuviel getrunken und wollte sich hinlegen, aber statt in ihr eigenes Zimmer zu gehen, legte sie sich zu mir ins Bett. »Oh«, sagte sie. »Oh, mein Junge. Oh, mein Junge.« Es war ein schmales Bett, und ich konnte unmöglich Platz für sie machen; dann begann sie plötzlich zu würgen, sprang auf und rannte ins Bad, wo sie sich, wie ich hörte, übergab. Und als ich mich auf die Seite des Betts drehte, auf der sie gelegen hatte, schreckte ich sofort, aber nicht schnell genug, zurück vor der glitschigen Kotze, die sie auf ihre Seite des Kissens erbrochen hatte.

In diesem Winter sahen wir ungefähr einen Monat lang nicht viel von Sloane, weil sie, wie sie sagte, »an etwas Großem arbeitete. Etwas wirklich Großem.« Als sie damit fertig war, kam sie damit ins Atelier, müde, aber hübscher als je zuvor, und fragte schüchtern, ob sie es laut vorlesen dürfe.

»Wunderbar«, sagte meine Mutter. »Worum geht es?«

»Das ist das Beste daran. Es geht um uns. Hört zu.«

Bart war schon nach Hause gegangen, und Edith war im Hof – sie spielte oft allein –, und so bestand das Publikum nur aus meiner Mutter und mir. Wir setzten uns aufs Sofa, und Sloane stieg auf den hohen Stuhl, so wie damals, als sie die Bethlehem-Geschichte erzählt hatte.

»In Greenwich Village gibt es einen verzauberten Hof«, las sie. »Es ist nur ein kleiner Platz aus Backsteinen und Gras zwischen den unregelmäßigen Formen sehr alter Häuser, aber er ist verzaubert, weil die Menschen, die dort und in der Nähe leben, einen verzauberten Freundeskreis bilden.

Keiner von ihnen hat genug Geld, und manche sind sogar richtiggehend arm, aber sie glauben an die Zukunft, sie glauben aneinander und an sich selbst.

Da ist Howard, einst ein Topreporter bei einer New Yorker Tageszeitung. Alle wissen, daß Howard bald wieder journalistische Höhen erklimmen wird, und in der

Zwischenzeit ist er der kluge und humorvolle Weise des Hofs.

Da ist Bart, ein junger Geiger, eindeutig dafür bestimmt, Virtuose auf der Konzertbühne zu werden, der im Augenblick dankbar alle Einladungen zum Mittag- oder Abendessen annimmt, um zu überleben.

Und da ist Helen, eine Bildhauerin, deren charmante Werke eines Tages den schönsten Gärten Amerikas zur Zierde gereichen werden und deren Atelier der beliebteste Treffpunkt des Kreises ist.«

Und so ging es weiter, sie stellte andere Personen vor, und gegen Ende kam sie zu den Kindern. Sie beschrieb meine Schwester als einen »schlaksigen, verträumten Wildfang«, was sonderbar war – ich hatte Edith nie so gesehen –, und mich nannte sie »einen traurig dreinblickenden, siebenjährigen Philosophen«, was vollkommen verblüffend war. Nach der Einleitung hielt sie der dramatischen Wirkung wegen ein paar Sekunden inne und fuhr dann fort mit der ersten Episode der Serie, die man wohl »Pilotsendung« nennt.

Ich konnte der Geschichte nicht gut folgen – sie schien vor allem eine Ausrede dafür zu sein, daß jeder Charakter ein paar Zeilen ins Mikrofon sagen konnte –, und bald hörte ich nur noch zu, um zu sehen, ob auch der auf mir basierende Charakter etwas zu sagen hatte. Und in gewisser Weise war es so. Sie verkündete meinen Namen – »Billy« –, aber statt zu sprechen, verzerrte sie den Mund mehrmals schrecklich und stieß dazu komische leise Laute aus, und als die Worte endlich herauskamen, war es mir nicht mehr wichtig, wie sie lauteten.

Es stimmte, daß ich schwer stotterte – ich sollte noch weitere fünf oder sechs Jahre darunter leiden –, aber ich hatte nicht damit gerechnet, daß man so etwas im Radio bringen würde.

»Oh, Sloane, es ist wunderbar«, sagte meine Mutter, als die Lesung vorbei war. »Das ist wirklich aufregend.«

Und Sloane stapelte die getippten Seiten gewissenhaft, so wie sie es wahrscheinlich in der Sekretärinnenschule gelernt hatte, errötete und lächelte stolz. »Na ja«, sagte sie, »wahrscheinlich muß ich noch dran arbeiten, aber ich bin überzeugt, daß es Potential hat.«

»Es ist perfekt«, sagte meine Mutter. »So, wie es ist.«

Sloane schickte das Manuskript an einen Rundfunkproduzenten, und er schickte es zurück mit einem Brief, den wahrscheinlich eine Sekretärin getippt hatte und in dem er erklärte, daß ihr Material von zu beschränktem Interesse sei, um kommerziell erfolgreich zu sein. Die Radiohörer waren noch nicht bereit, so schrieb er, für eine Geschichte aus Greenwich Village.

Dann war es März. Der neue Präsident versprach, daß das einzige, was wir fürchten müßten, die Furcht selbst sei, und bald darauf kam sein Kopf, verpackt in Holz und Holzwolle, aus Mr. Nicholsons Gießerei.

Er sah ihm einigermaßen ähnlich. Sie hatte das berühmte Recken des Kinns getroffen – wenn nicht, hätte er ihm wahrscheinlich überhaupt nicht ähnlich gesehen –, und alle sagten, er wäre gut. Was niemand sagte, war, daß ihr ursprünglicher Plan richtig gewesen war und Mr. Nicholson sich nicht hätte einmischen sollen: Er war zu klein. Er wirkte nicht heldenhaft. Wenn man ihn aushöhlen und oben einen Schlitz hätte hin-

einschneiden können, dann wäre er durchaus als Spar-
büchse geeignet gewesen.

Die Gießerei hatte das Blei poliert, bis es an den
Glanzpunkten fast wie Silber schimmerte, und den Kopf
auf einen dicken kleinen Sockel aus schwerem schwarzem Plastik montiert. Sie hatten drei Exemplare gelie-
fert: eins, um es dem Weißen Haus zu präsentieren, eins
für Ausstellungszwecke und ein Extraexemplar. Aber
letzteres fiel bald zu Boden und wurde schwer beschä-
digt – die Nase war fast ins Kinn gedrückt –, und meine
Mutter wäre in Tränen ausgebrochen, wenn Howard
Whitman nicht gesagt und damit alle zum Lachen
gebracht hätte, daß es jetzt ein gutes Porträt von Vize-
präsident Garner sei.

Charlie Hines, Howards alter Freund von der *Post*, der
jetzt ein unbedeutendes Mitglied des Mitarbeiterstabs
im Weißen Haus war, machte für meine Mutter einen
Termin spät an einem Vormittag unter der Woche. Sie
bat Sloane, eine Nacht bei Edith und mir zu schlafen;
dann fuhr sie mit dem Abendzug nach Washington,
nahm die Skulptur in einer Pappschachtel mit und über
nachtete in einem der billigeren Hotels in Washington.
Am Morgen traf sie Charlie Hines in einem überfüll-
ten Vorzimmer im Weißen Haus, wo sie vermutlich die
Schachtel entfernten, anschließend brachte er sie in das
Wartezimmer vor dem Oval Office. Er saß neben ihr,
während sie den nackten Kopf im Schoß hielt, und als
sie an der Reihe waren, führte er sie zum Schreibtisch
des Präsidenten, damit sie ihn übergeben konnte. Es
dauerte nicht lange. Es waren keine Journalisten und
keine Fotografen anwesend.

Danach ging Charlie mit ihr mittagessen, wahrscheinlich, weil er es Howard Whitman versprochen hatte. Ich denke, es war kein erstklassiges Restaurant, eher ein geschäftiger, nüchterner Ort, wie ihn Journalisten bevorzugen, und ich vermute, daß sie Mühe hatten, ein Gespräch aufrechtzuerhalten, bis sie über Howard sprachen und was für eine Schande es doch war, daß er immer noch keine Arbeit hatte.

»Nein, aber kennen Sie Howards Freund Bart Kampen?« fragte Charlie. »Den jungen Holländer? Den Geiger?«

»Ja, natürlich«, sagte sie. »Ich kenne Bart.«

»Also, das ist endlich mal eine Geschichte mit einem guten Ende, nicht wahr? Haben Sie davon gehört? Als ich Bart das letzte Mal sah, sagte er: ›Charlie, die Wirtschaftskrise ist für mich vorbei‹, und er hat mir erzählt, daß er eine reiche, dämliche, verrückte Frau gefunden hat, die ihn dafür bezahlt, daß er ihre Kinder unterrichtet.«

Ich kann mir vorstellen, wie sie aussah, als sie an diesem Nachmittag in dem langen, langsamen Zug nach New York zurückfuhr. Sie muß geradeaus ins Leere oder blind aus dem schmutzigen Fenster gestarrt haben, ohne etwas zu sehen, ihre Augen rund und ihre Züge weich und gekränkt. Ihr Abenteuer mit Franklin D. Roosevelt war im Sand verlaufen. Es würde keine Fotos oder Interviews oder Hintergrundartikel geben, keine aufregenden Momente in Wochenschauen; Fremde würden nie erfahren, wie sie aus der Kleinstadt in Ohio aufgestiegen war oder wie sie ihr Talent auf dem mutigen, schwierigen Weg als alleinstehende Frau entwickelt und die Aufmerksamkeit der Welt erregt hatte. Es war nicht fair.

Alles, worauf sie sich jetzt noch freuen konnte, war ihre Affäre mit Eric Nicholson, und ich glaube, sie wußte damals schon, daß sie scheitern würde – im Herbst verließ er sie endgültig.

Sie war einundvierzig, ein Alter, in dem sogar Romantiker zugeben müssen, daß die Jugend vorbei ist, und sie hatte nichts vorzuweisen als ein Atelier, vollgestopft mit grünen Gipsstatuen, die niemand kaufen wollte. Sie glaubte an die Aristokratie, aber es gab keinen Grund zu der Annahme, daß die Aristokratie jemals an sie glauben würde.

Und jedes Mal, wenn sie daran dachte, was Charlie Hines über Bart Kampen gesagt hatte – oh, wie abscheulich; oh, wie abscheulich –, kehrte die Demütigung Welle für Welle zurück, im gnadenlosen Rhythmus des ratternden Zugs.

Sie legte einen tapferen Auftritt hin bei ihrer Ankunft zu Hause, obwohl niemand da war, um sie zu begrüßen außer Sloane, Edith und mir. Sloane hatte uns etwas zu essen gemacht und sagte: »Im Ofen steht ein Teller für dich, Helen«, aber meine Mutter meinte, daß sie lieber etwas trinken würde. Sie stand damals am Beginn des Kampfes gegen den Alkohol, den sie letztlich verlieren sollte; an diesem Abend muß es ihr wie eine Wiederbelebung erschienen sein, sich gegen das Essen und für den Drink zu entscheiden. Dann erzählte sie uns »alles« über ihre Fahrt nach Washington und schaffte es, daß es wie ein Erfolg klang. Sie sprach davon, wie aufregend es sei, tatsächlich im Weißen Haus zu sein;

sie wiederholte, was immer Präsident Roosevelt kurz und höflich gesagt hatte, als er den Kopf entgegennahm. Und sie hatte uns Souvenirs mitgebracht; eine Handvoll geldscheingroßes Büropapier aus dem Weißen Haus für Edith; und für mich eine häufig benutzte Pfeife aus Baumheide. Sie erklärte, daß sie gesehen habe, wie ein sehr vornehm wirkender Mann die Pfeife im Wartezimmer vor dem Oval Office geraucht habe; als sein Name aufgerufen wurde, hatte er sie rasch in einem Aschenbecher ausgeklopft und liegen lassen, als er hineinhastete. Sie wartete, bis sie sicher war, daß niemand es sah, nahm die Pfeife aus dem Aschenbecher und steckte sie in ihre Handtasche. »Weil ich überzeugt bin, daß er eine bedeutende Persönlichkeit ist«, sagte sie. »Vielleicht ist er ein Mitglied des Kabinetts oder so was Ähnliches. Jedenfalls habe ich gedacht, daß sie dir Freude machen würde.« Aber das tat sie nicht. Sie war zu schwer, um sie zwischen den Zähnen zu halten, und sie schmeckte widerwärtig, wenn ich daran saugte; außerdem fragte ich mich immer wieder, was der Mann gedacht hatte, als er aus dem Büro des Präsidenten kam und die Pfeife verschwunden war.

Sloane ging nach einer Weile nach Hause, und meine Mutter saß allein am Eßzimmertisch und trank. Ich glaube, sie hoffte, Howard Whitman oder einer ihrer anderen Freunde würde vorbeischauen, aber niemand kam. Es war fast Zeit, daß wir ins Bett mußten, als sie aufblickte und sagte: »Edith? Lauf hinaus in den Garten und schau, ob du Bart findest.«

Er hatte sich vor kurzem ein Paar hellbrauner Schuhe mit Kreppsohlen gekauft. Ich sah diese Sohlen schnell die Backsteintreppe vor dem Fenster hinunterlaufen – in seiner Beschwingtheit schien er die Stufen kaum zu berühren –, dann betrat er lächelnd das Atelier, und Edith schloß die Tür hinter ihm. »Helen!« sagte er. »Sie sind zurück!«

Sie bejahte. Dann stand sie vom Tisch auf und ging langsam zu ihm, und Edith und mir begann zu dämmern, daß etwas Schlimmes bevorstand.

»Bart«, sagte sie, »in Washington habe ich mit Charlie Hines zu Mittag gegessen.«

»Ja?«

»Und wir haben ein interessantes Gespräch geführt. Er scheint Sie sehr gut zu kennen.«

»Ach, nicht wirklich. Wir haben uns ein paarmal bei Howard getroffen, aber wir sind nicht wirklich – «

»Und er hat gesagt, daß die Wirtschaftskrise für Sie vorbei ist, weil Sie eine reiche, dämliche, verrückte Frau gefunden haben, die Sie dafür bezahlt, daß Sie ihre Kinder unterrichten. Unterbrechen Sie mich nicht.«

Aber Bart hatte eindeutig nicht die Absicht, sie zu unterbrechen. Er wich vor ihr zurück in seinen lautlosen Schuhen, an einem steifen grünen Gartenkind nach dem anderen vorbei. Sein Gesicht war rosa, und er blickte erschrocken drein.

»Ich bin keine reiche Frau, Bart«, sagte sie und kam ihm bedrohlich nahe. »Und ich bin nicht dämlich. Und ich bin nicht verrückt. Und ich erkenne Undankbarkeit und Illoyalität und schiere, widerwärtige Boshaftigkeit und *Lügen*, wenn ich damit konfrontiert werde.«

Meine Schwester und ich waren auf halber Höhe der Treppe und stießen einander an in unserem Bedürfnis, uns zu verstecken, bevor das Schlimmste kam. Das Schlimmste kam immer zum Schluß, nachdem sie jegliche Kontrolle verloren hatte und nur noch schrie.

»Verschwinden Sie aus meinem Haus, Bart«, sagte sie. »Ich will Sie nie wiedersehen. Und ich will Ihnen noch was sagen. Mein ganzes Leben lang habe ich Leute gehaßt, die sagen: ›Ein paar meiner besten Freunde sind Juden.‹ Denn *keiner* meiner Freunde ist Jude, und so wird es auch bleiben. Haben Sie mich verstanden? *Keiner* meiner Freunde ist Jude, und so wird es auch bleiben.«

Danach war es still im Atelier. Wortlos und ohne einander anzublicken, zogen Edith und ich die Schlafanzüge an und gingen ins Bett. Aber es dauerte nur ein paar Minuten, und in der Wohnung hallte erneut die wütende Stimme unserer Mutter wider, als wäre Bart irgendwie zurückgekehrt und müßte seine Strafe zum zweiten Mal auf sich nehmen.

»... Und ich habe gesagt: ›*Keiner* meiner Freunde ist Jude, und so wird es auch bleiben...‹«

Sie telefonierte, schilderte Sloane Cabot die Höhepunkte der Szene, und es war klar, daß Sloane sich auf ihre Seite schlagen und sie trösten würde. Sloane wußte, wie sich die Jungfrau Maria auf dem Weg nach Bethlehem gefühlt hatte, aber sie wußte auch, wie sie mit meinem Stottern Lacher einheimsen konnte. In einem Fall wie diesem war ihr schnell klar, wo ihre Loyalitäten lagen, und es würde sie nicht viel kosten, Bart Kampen aus ihrem verzauberten Kreis auszustoßen.

Als das Telefongespräch beendet war, herrschte unten endlich Stille, bis wir hörten, wie sie mit dem Eispickel im Eisschrank herumfuhrwerkte: Sie machte sich einen weiteren Drink.

In unserem Zimmer würde kein Unterricht mehr stattfinden. Wir würden Bart wahrscheinlich nie wiedersehen – und wenn doch, würde er uns wahrscheinlich nicht sehen wollen. Aber unsere Mutter gehörte zu uns; wir gehörten zu ihr; und wir lebten mit diesem Wissen, als wir auf die leisen, leisen Geräusche der Millionen horchten.

Ein natürliches Mädchen

Im Frühling ihres zweiten Studienjahres, als sie zwanzig war, sagte Susan Andrews ganz ruhig zu ihrem Vater, daß sie ihn nicht mehr liebe. Sie bereute es, oder zumindest ihren Tonfall, nahezu sofort, aber es war zu spät: Er saß ein paar Augenblicke da wie vor den Kopf gestoßen und begann dann zu weinen, tief nach vorn gebeugt, um sein Gesicht vor ihr zu verbergen, mit einer unsicheren Hand versuchte er, ein Taschentuch aus seinem dunklen Anzug zu ziehen. Er war einer der fünf oder sechs angesehensten Hämatologen der Vereinigten Staaten, und seit vielen Jahren war ihm nichts Vergleichbares widerfahren.

Sie waren allein in Susans Zimmer im Studentenwohnheim eines kleinen, berühmten geisteswissenschaftlichen College namens Turnbull in Wisconsin. Sie hatte an diesem Tag ein sittsames gelbes Kleid angezogen, weil es seinem Besuch angemessen schien, aber jetzt fühlte sie sich eingezwängt von seiner Korrektheit und der Art und Weise, wie es sie verpflichtete, ihre schmalen hübschen Knie zusammenzudrücken. Sie hätte viel lieber verwaschene Jeans und ein Männerhemd getragen, die obersten beiden Knöpfe geöffnet, wie an den meisten anderen Tagen. Ihre braunen Augen waren groß und blickten kummervoll, und ihr langes Haar war fast schwarz. In letzter Zeit war ihr viele Male mit Begeisterung und zu Recht gesagt worden, daß sie schön sei.

Sie wußte, daß sie die Worte hätte zurücknehmen können, wenn sie die Erklärung im Zorn oder unter Tränen abgegeben hätte, aber sie bedauerte nicht wirklich, daß sie diese Möglichkeit nicht mehr hatte. Sie kannte den Wert und den Preis von Ehrlichkeit in allen Dingen: Wenn man sich klar verhielt, gab es nichts zurückzunehmen. Aber es war das erste Mal, daß sie ihren Vater weinen sah, und das schnürte auch ihr die Kehle zu.

»Na gut«, sagte Dr. Andrews mit brechender Stimme und hängendem Kopf. »Na gut, du liebst mich nicht mehr. Aber sag mir eins, Liebes. Sag mir warum.«

»Es *gibt* kein Warum«, sagte Susan und war dankbar, daß ihre Stimme normal klang. »Es gibt ebensowenig einen Grund, warum man nicht liebt, wie es einen Grund gibt, warum man liebt. Ich denke, die meisten intelligenten Menschen begreifen das.«

Er stand langsam auf und sah zehn Jahre älter aus als noch ein paar Minuten zuvor. Er mußte nach Hause nach St. Louis, und die lange Fahrt würde eine Qual werden. »Tut mir leid, daß ich geweint habe«, sagte er. »Wahrscheinlich werde ich zu einem rührseligen alten Mann. Jedenfalls muß ich jetzt los. Tut mir leid. Es tut mir alles sehr leid.«

»Ich wünschte, du würdest dich nicht ständig entschuldigen. Mir tut es auch leid. Warte, ich bringe dich zum Wagen.«

Und auf dem Weg zu dem von der Sonne in blendend helles Licht getauchten Parkplatz, vorbei an sehr alten gepflegten Collegegebäuden und Gruppen laut lachender Jugendlicher – hatte irgend jemand je gedacht, daß es so viele Jugendliche geben würde? – versuchte Edward Andrews sich Abschiedsworte zurechtzulegen. Er wollte nicht noch einmal sagen, daß es ihm leid täte, aber etwas anderes fiel ihm nicht ein. Schließlich sagte er: »Ich weiß, daß deine Mutter gern von dir hören würde, Susan, und deine Schwestern auch. Warum rufst du heute abend nicht zu Hause an, wenn du nicht zu beschäftigt bist.«

»Okay, klar«, sagte sie. »Ich bin froh, daß du mich daran erinnert hast. Also. Fahr vorsichtig.« Dann war sie fort, und er war unterwegs.

Edward Andrews hatte sieben Töchter, und es gefiel ihm, als Familienmensch betrachtet zu werden. Gern und oft dachte er daran, daß alle seine Mädchen hübsch waren und die meisten von ihnen patent: Die Älteste war seit langem mit einem tiefgründigen Philosophieprofessor verheiratet, der furchteinflößend gewirkt hätte, wäre er nicht auch nach Jahren noch ein schüchterner und verletzlicher Junge; die zweite sah er nur selten, weil ihr Mann ein bewundernswert zuverlässiger Anwalt in Baltimore war, der nicht gern reiste, und die dritte war vielleicht zuviel zu Hause – ein süßes einfältiges Mädchen, das in der Highschool schwanger geworden war und eilig einen netten, nuschelnden Jungen geheiratet hatte, für den man ständig Jobs suchen mußte. Und da waren die drei kleinen Mädchen, die noch zu Hause lebten, alle ernsthaft besorgt um ihre Frisuren und ihre Monatszyklen; die Freude, sie im Haus zu haben, brachte einen zur Verzweiflung.

Aber es gab nur eine Susan. Sie war das mittlere Kind, geboren kurz nachdem er aus dem Krieg zurückgekehrt war, und er würde ihre Geburt immer mit der ersten großen Hoffnung auf Weltfrieden in Verbindung bringen. An den Wänden zu Hause hingen gerahmte Fotos von ihr, auf denen sie als ehrfürchtiger Weihnachtsengel mit Flügeln aus Gaze und Draht auf dem Boden kniete oder mit weit mehr Anstand als alle anderen an einem Geburtstagstisch saß. Und er konnte nicht in den Alben mit den Familienschnappschüssen blättern, ohne daß sein Herz stehen blieb, wann immer er diese großen kummervollen Augen sah. Ich weiß, wer ich bin, schienen sie auf jedem Bild zu sagen; weißt du, wer du bist?

»Ich mag *Alice im Wunderland* nicht«, hatte sie zu ihm gesagt, als sie acht war.

»Nein? Warum nicht?«

»Weil es wie ein Fiebertraum ist.«

Und nie wieder war er in der Lage gewesen, eine Seite in den beiden Büchern zu lesen oder die berühmten Illustrationen von Tenniel zu betrachten, ohne zu verstehen, was sie meinte, und ihr zuzustimmen.

Susan zum Lachen zu bringen, war nie einfach gewesen, außer man hatte etwas wirklich Lustiges zu erzählen, dann lohnte sich die Mühe immer. Er erinnerte sich daran, daß er bis spät im Büro blieb, als sie zehn oder zwölf war – sogar noch, als sie schon in die Highschool ging –, um alle lustigen Geschichten zu sortieren, die ihm einfielen, und es mit der besten bei Susan zu versuchen, wenn er nach Hause kam.

Oh, sie war ein wunderbares Kind gewesen. Und obwohl sie überrascht schien, war es für ihn überhaupt keine Überraschung gewesen, als sie an einem der besten Colleges des Landes angenommen wurde. *Sie* erkannten eine außergewöhnliche Person, wenn sie auf eine stießen.

Aber niemand wäre auf die Idee gekommen, daß sie sich in ihren Geschichtslehrer verliebte, einen geschiedenen Mann, der doppelt so alt war wie sie, und daß sie anschließend darauf bestand, mit diesem Mann an die staatliche Universität zu gehen, an der er eine neue Stelle hatte, und das Stipendium verfallen zu lassen, das für Turnbull aufgekommen wäre.

»Liebes, schau mal«, hatte er in ihrem Studentenheim heute nachmittag gesagt und versucht, sie zur Vernunft zu bringen, »ich möchte, daß du es verstehst: Es geht nicht ums Geld. Das ist nicht wichtig, nur ein bißchen verantwortungslos. Es ist nur so, daß deine Mutter und ich der Meinung sind, daß du zu jung bist, um so eine Entscheidung zu treffen.«

»Warum ziehst du Mutter mit hinein?« sagte sie. »Warum führst du immer Mutter zu deiner Unterstützung an, wenn du etwas willst?«

»Das tue ich nicht«, sagte er. »Das tue ich nicht. Aber wir machen uns beide große Sorgen – oder, wenn dir das lieber ist: *Ich* mache mir große Sorgen.«

»Warum?«

»Weil ich dich liebe. Liebst du mich?«

Und so war er in die Falle gegangen wie ein Komiker, der einer fliegenden Torte entgegenläuft.

Er wußte, daß sie es vielleicht nicht so gemeint hatte, auch wenn sie es glaubte. Mädchen in ihrem Alter wurden ständig von Liebe und Sex so überwältigt, daß sie die

Hälfte der Zeit nicht wußten, was sie sagten. Dennoch, sie hatte es gesagt – das letzte, was er erwartet hatte, von seinem Lieblingskind zu hören.

Und beinahe wäre er wieder zusammengebrochen und hätte geweint, während er sich auf der Autobahn an die Geschwindigkeitsbegrenzung hielt, aber er bekämpfte die Tränen, weil er auf den Verkehr achten mußte und weil seine Frau und seine jüngeren Mädchen zu Hause auf ihn warteten, und weil alles andere, was seinem Leben Sinn verlieh, ebenfalls dort auf ihn wartete; und außerdem brach ein zivilisierter Mann nicht zweimal am selben Tag zusammen.

Kaum war sie allein, eilte Susan in David Clarks Wohnung und in seine Arme, wo sie lange weinte – zu ihrer eigenen Überraschung, denn sie hatte überhaupt nicht weinen wollen.

»Oh, Baby«, sagte er und streichelte ihren bebenden Rücken. »Oh, Baby, so schlimm kann es doch gar nicht gewesen sein. Komm, wir trinken etwas und reden darüber.«

David Clark war weder kräftig noch gutaussehend, aber der verwunderte Blick, der seine Jugend vermasselt hatte, war inzwischen einem Ausdruck gewichen, der auf Intelligenz und Humor schließen ließ. Über Jahre hinweg war es ihm eine Sache der Ehre gewesen, nicht mit den Mädchen aus den Klassen, die er unterrichtete, anzubändeln. »Es ist unsportlich«, erklärte er den anderen Lehrern. »Es ist unfair, als würde man im Aquarium angeln. Erfolg garantiert.« Es lag auch an seiner Schüchternheit und der schrecklichen Angst, zurückgewiesen zu werden, aber diese Aspekte erwähnte er für gewöhnlich nicht.

Seine Argumente hatten sich allerdings ein paar Monate zuvor in Luft aufgelöst, als er feststellte, daß er eine Vorlesung nur hinter sich bringen konnte, wenn er den Blick immer wieder, wie ein Mann, der Nahrung suchte, zu Miss Andrews in der ersten Reihe schweifen ließ.

»Oh, Herr im Himmel«, sagte er zu ihr in ihrer ersten gemeinsamen Nacht. »Oh, Baby, so jemandem wie dir bin ich noch nie begegnet. Du bist wie – du bist wie – ach, Gott, du bist außergewöhnlich.«

Und sie erzählte ihm flüsternd, daß er ihr eine ganz neue Welt eröffnet habe. Sie erzählte ihm, daß er sie zum Leben erweckt habe.

Nach ein paar Tagen zog sie bei ihm ein, ließ gerade genug Sachen in ihrem Zimmer im Studentenwohnheim, um es »vorzeigbar« zu machen, und so begann die glücklichste Zeit, an die sich David Clark erinnern konnte. Es gab nie einen verlegenen oder enttäuschenden Moment. Immer wieder wunderte er sich, wie jung sie war, weil sie nie albern und häufig klug war. Er liebte es, ihr dabei zuzusehen, wie sie durch seine Wohnung ging, nackt oder angezogen, weil der Ausdruck ihres schönen, ernsten Gesichts deutlich machte, daß sie sich zu Hause fühlte.

»Geh nicht weg...« Das war der Schrei oder die Bitte, die David Clark bei nahezu allen Frauen, die er seit seiner Scheidung gekannt hatte, ausgestoßen hatte, als hätte er komplett die Kontrolle verloren. Mehrere Mädchen schienen es liebenswert zu finden, andere waren verblüfft, und eine scharfzüngige Frau meinte, »es sei unmännlich, so etwas zu sagen«.

Aber nach den ersten Nächten mit Susan griff er nur noch selten auf diese Worte zurück. Dieses wunderbare, junge, langbeinige Mädchen, in dessen Fleisch der Rhythmus der Liebe zu pulsieren schien, war da, um zu bleiben.

»He, Susan«, sagte er einmal. »Weißt du was?«

»Was?«

»Du machst mich ruhig. Das hört sich nicht gerade großartig an, aber ich wollte schon mein ganzes Leben lang ruhig sein, und niemand anders hat das geschafft.«

»Das ist wirklich ein nettes Kompliment, David«, sagte sie, »aber ich glaube, ich kann es noch übertreffen.«

»Wie?«

»Du gibst mir das Gefühl, zu wissen, wer ich bin.«

An dem Nachmittag, an dem ihr Vater bei ihr gewesen war, als sie versuchte zu erklären, wie sie sich gefühlt hatte, als ihr Vater weinte, tat David sein Bestes, um sie zu beruhigen und zu trösten. Aber nach einer Weile zog sie sich zurück, um allein in einem anderen Zimmer traurig zu sein, und ihr Schweigen hielt für seinen Geschmack etwas zu lange an.

»Hör mal«, sagte er. »Warum schreibst du nicht einen Brief? Wenn du willst, nimm dir drei oder vier Tage Zeit, damit er freundlich klingt. Dann kannst du die ganze Sache hinter dir lassen. Das machen die Leute nämlich. Sie lernen, etwas hinter sich zu lassen.«

Anderthalb Jahre später heirateten sie in einer presbyterianischen Kirche in der Nähe des riesigen Campus der Universität, an der David damals angestellt war. Sie lebten in einer geräumigen alten Wohnung, die Besucher oft »interessant« fanden, und eine Weile lang hatten sie kaum das Bedürfnis, etwas anderes zu tun, als sich aneinander zu erfreuen.

Aber bald begann David, sich lange und nachhaltig Gedanken über den Wahnsinn des Vietnamkrieges zu machen. Er sprach wütend darüber im Seminarraum; er half dabei, Petitionen zirkulieren zu lassen und Protestveranstaltungen auf dem Campus zu organisieren; und still betrank er sich deswegen ein paarmal, wankte um zwei oder drei Uhr morgens ins Bett und murmelte Unverständliches, bis er in der Wärme von Susans Schlaf das Bewußtsein verlor.

»Weißt du was?« fragte er sie eines Abends in der Küche, als er ihr beim Abwasch half. »Ich glaube, Eugene McCarthy wird sich als der größte politische Held der zweiten Hälfte dieses Jahrhunderts erweisen. Neben ihm werden selbst die Kennedy-Brüder schlecht aussehen.«

Und später an diesem Abend begann er sich zu beklagen, daß er das akademische Leben noch nie gemocht habe. »Dozenten stehen einfach außerhalb der Welt«, sagte er, als er mit einem Bier in der Hand dramatisch im Wohnzimmer auf und ab schritt. Sie saß mit angezogenen Beinen auf dem Sofa, das Nähkästchen neben sich, und flickte den zerrissenen Saum einer seiner Hosen.

»Herrgott noch mal«, sagte er, »wir lesen über die Welt und sprechen darüber, aber wir sind nie ein Teil davon. Wir sind irgendwo anders sicher weggesperrt, in den Kulissen oder in den Wolken. Wir *agieren* nicht. Wir wissen nicht einmal, *wie* wir agieren sollten.«

»Mir scheint, daß du es tust«, sagte Susan. »Du benutzt deine professionellen Fähigkeiten, um dein Wissen mit anderen zu teilen, und damit hilfst du, den Horizont der Leute zu erweitern und zu bereichern. Ist das nicht agieren?«

»Ach, ich weiß nicht«, sagte er, und er war nahezu bereit, die Diskussion zu beenden. Seine Arbeit herabzusetzen würde vielleicht nur das Fundament ihres Respekts für ihn untergraben. Und das war ein noch beunruhigenderer Gedanke: Vielleicht hatte sie, als sie sagte, »Ist das nicht agieren?«, »agieren« im schauspielerischen Sinn gemeint, als wären seine Vorlesungen in Turnbull, als er vorn im Raum zum Klang seiner eigenen Stimme hin und her geschritten war, immer wieder innegehalten und zu ihr geblickt hatte – als wäre all das nichts weiter gewesen als das, was man von einem Schauspieler erwartete.

Er saß eine Weile schweigend da, bis ihm aufging, daß auch das als Schauspielerei begriffen werden konnte: Ein Mann mit einem Drink im Lampenlicht, grübelnd. Dann war er wieder auf den Beinen und in Bewegung.

»Okay«, sagte er, »aber überleg mal. Ich bin dreiundvierzig. In zehn Jahren werde ich Filzpantoffeln tragen. Ich werde mir die *Merv Griffin Show* ansehen und miesepetrig werden, weil du nicht schnell genug mit dem Popcorn fertig wirst – verstehst du, was ich sagen will? Und die Sache mit McCarthy ist, daß er mich ungeheuer anzieht. Ich möchte mich wirklich für so etwas engagieren – wenn schon nicht für McCarthy selbst, dann wenigstens für *irgend* jemanden, der auf unserer Seite steht, für *irgend* jemanden, der weiß, daß die Welt auseinanderbrechen wird, wenn wir es nicht schaffen, die Menschen wachzurütteln und ihnen – ihnen dabei zu helfen zu begreifen – ach, Scheiße, Baby, ich möchte in die Politik gehen.«

Während der nächsten Wochen wurden viele gewissenhaft formulierte Briefe verschickt und viele nervöse Anrufe getätigt. Alte Bekanntschaften wurden aufgefrischt, manche davon führten zu neuen Bekanntschaften; es kam zu Gesprächen und Mittagessen in verschiedenen Städten, mit Männern, die ihm helfen konnten oder auch nicht und die ihr Geheimnis oft bis zum letzten Händedruck für sich behielten.

Letztlich, als es schon zu spät war, um noch nützliche Arbeit für den Wahlkampf von McCarthy leisten zu können, wurde David als Redenschreiber für den gutaussehenden, energischen Demokraten Frank Brady angeheuert, der als Gouverneur für einen hochindustrialisierten Bundesstaat im Mittleren Westen kandidierte und in mehreren überregionalen Zeitschriften für sein »Charisma« gelobt wurde. Und nachdem Frank Brady die Wahl gewonnen hatte, blieb David als Mitglied des inneren Kreises des Gouverneurs im Parlament.

»Ich schreibe nicht nur Reden«, erklärte er seiner Frau, nachdem sie sich mit all ihren Sachen in der eintönigen provinziellen Hauptstadt des Bundesstaats niedergelassen hatten. »Die Reden sind nur leichtverdientes Geld. Viel mehr Zeit verbringe ich mit Dingen wie – wie dem Verfassen und Aktualisieren von Positionspapieren.«

»Was sind Positionspapiere?« fragte Susan.

»Also, Frank muß zu allen wichtigen Themen gut durch-
dachte Ansichten parat haben – zu Themen wie Vietnam
und Bürgerrechte natürlich, aber auch zu allen möglichen
anderen Themen: landwirtschaftliche Erzeugerpreise,
Arbeitskräftemanagement, Umwelt und so weiter. Ich
recherchiere also – und im Büro gibt es Leute, die wirklich gut recherchieren und mir die Arbeit erleichtern –,
stelle vier oder fünf Schreibmaschinenseiten zusammen,
die Frank in wenigen Minuten lesen und verarbeiten
kann, und das ist – das ist sein Positionspapier. Es wird
zu der Position, die er zu welchem Thema auch immer
einnimmt, wann immer es diskutiert wird.«

»Oh«, sagte Susan. Während sie ihm zugehört hatte,
hatte sie entschieden, daß das Sofa und der Couchtisch
dort nicht gut aussahen, wo sie an der rückwärtigen
Wand dieses fremden, merkwürdig geschnittenen Raums
standen. Wenn man sie hierher stellte und die anderen
Stühle dorthin, wäre es vielleicht möglich, die angenehme Ordnung ihrer alten »interessanten« Wohnung
wiederherzustellen. Aber sie hatte nicht viel Hoffnung:
Das neue Arrangement würde wahrscheinlich auch nicht
richtig aussehen. »Ich verstehe«, sagte sie. »Oder zumindest glaube ich es. Es heißt, abgesehen davon, daß du
jedes Wort, das der Mann von sich gibt, schreibst – außer
natürlich für die Gesprächsrunden im Fernsehen, wo er
nur murmelt und Filmstars angrinst –, abgesehen davon
denkst du auch noch für ihn. Richtig?«

»Also, jetzt aber mal halblang«, sagte er und machte
eine ausholende Geste, um zu unterstreichen, wie dumm
sie war und wie sehr sie sich irrte. Er wünschte, sie würden nicht auf Stühlen sitzen, sondern auf dem Sofa, wo

er sie in die Arme nehmen könnte. »Baby, komm schon. Frank Brady ist ein Mann, der sich aus dem Nichts nach oben gearbeitet hat, der seinen eigenen Weg gegangen ist, ohne jemandem zu Dank verpflichtet zu sein, der dann einen starken, anregenden Wahlkampf geführt hat und in freien Wahlen zum Gouverneur gewählt wurde. Millionen vertrauen ihm und glauben an ihn und erwarten Führungskraft von ihm. Ich dagegen bin nur ein Angestellter – ein Mitarbeiter seines Stabs oder was man vermutlich einen ›Sonderberater‹ nennt. Ist es da wirklich so schrecklich, ihm Worte in den Mund zu legen?«

»Ich weiß nicht, vermutlich nicht. Ich meine, das ist gut, das ist okay, alles, was du gesagt hast. Aber sag mal, ich bin wirklich müde. Könnten wir nicht langsam schlafen gehen?«

Als sie schwanger wurde, stellte Susan erfreut fest, daß es ihr zusagte. Sie hatte viele Frauen von Schwangerschaft als einer sich lange hinziehenden Tortur, die man ertragen mußte, sprechen gehört, aber sie empfand es von Monat zu Monat als friedliches Reifen. Sie hatte einen gesunden Appetit, sie schlief gut, sie war nur selten nervös, und gegen Ende gab sie sogar zu, daß sie den Respekt genoß, den ihr Fremde in der Öffentlichkeit entgegenbrachten.

»Fast wünschte ich, es würde ewig weitergehen«, sagte sie zu David. »Es bremst dich ein bißchen, aber man fühlt sich – der Körper fühlt sich wirklich gut.«

»Schön«, sagte er. »Ich wußte, daß es so sein würde. Du bist ein natürliches Mädchen. Alles, was du tust, ist so – so natürlich. Ich glaube, das ist es, was mir am besten an dir gefällt.«

Ihre Tochter, die sie Candace nannten, verursachte beträchtliche Veränderungen in ihrem Leben. Plötzlich waren sie nicht mehr allein; den ganzen Tag waren sie angespannt; alles wirkte zerbrechlich und roch säuerlich. Aber sie waren beide zu klug, um sich zu beklagen, und indem sie Wege fanden, sich gegenseitig zu ermuntern und zu trösten, schafften sie es durch die ersten, schwierigsten Monate, ohne Fehler zu machen.

Mehrmals im Jahr reiste David in eine ferne Stadt im Osten, um die Kinder aus seiner ersten Ehe zu besuchen, und das waren keine sehr glücklichen Aufenthalte.

Der Junge war jetzt sechzehn und fiel in allen Kursen in der Highschool durch – und scheiterte, wie es schien, auch bei dem Versuch, Freunde zu finden. Die meiste Zeit schwieg er und schlich durchs Haus, wich zurück vor den diskreten Vorschlägen seiner Mutter, »professionelle Beratung« und »Hilfe« zu suchen, und erwachte nur zum Leben, um über die albernsten Witze im Fernsehen zu lachen. Es schien klar, daß er sein Zuhause bald verlassen und sich treiben lassen würde, mit den Hippies, für die Köpfchen nicht viel zählte und die Freundschaft und Liebe für etwas Universales hielten.

Das Mädchen war zwölf und wesentlich vielversprechender, allerdings war ihr hübsches Gesicht von schlechter Haut und einem ewig melancholischen Ausdruck entstellt, als könnte sie nicht aufhören, über das Wesen des Verlusts nachzudenken.

Und ihre Mutter, einst eine junge Frau, von der, so glaubte David Clark damals, sein Leben abhing (»Aber es stimmt, ich meine es ernst; ich kann ohne dich nicht

leben, Leslie …«), war zu einem verletzten, gedankenver-
lorenen, stämmigen und mitleiderregend freundlichen
Geschöpf mittleren Alters geworden.

Er hatte stets das Gefühl, in ein Haus voller Fremder
gestolpert zu sein. Wer sind diese Leute? fragte er sich
immer wieder und schaute sich um. Haben diese Personen irgend etwas mit mir zu tun? Oder ich mit ihnen?
Wer ist dieser unglückliche Junge, und was ist mit diesem traurigen kleinen Mädchen los? Wer ist diese tolpat-
schige Frau, und warum unternimmt sie nichts wegen
ihrer Kleider und ihrer Frisur?

Wenn er sie anlächelte, spürte er jedes Mal, wie die
kleinen Muskeln um seinen Mund und um seine Augen
das höfliche Ritual des Lächelns ausführten. Wenn er
mit ihnen zu Abend aß, hätte er genausogut in irgendeinem alten ehrwürdigen Selbstbedienungsrestaurant
essen können, in dem aus Bequemlichkeit Fremde die
Tische teilten, aber alle Gäste sich über ihre Teller neigten und das Bedürfnis der anderen respektierten, allein
sein zu wollen.

»Also, ich würde mich nicht aufregen, David«, sagte
seine frühere Frau, als er sie beiseite nahm, um über ihren
Sohn zu sprechen. »Es ist ein zeitlich begrenztes Problem,
und wir müssen entsprechend damit umgehen.«

Gegen Ende dieses Besuchs begann er, die Stunden
zu zählen. Drei Stunden; zwei Stunden; oh, Gott, noch
eine Stunde – bis er endlich auf der Straße stand und
durchatmete: Er war frei. Nachts auf dem Rückflug, als
er über halb Amerika flog und geröstete Erdnüsse kaute
und Bourbon trank, tat er sein Bestes, um seinen Geist
zu leeren und leer zu halten.

Schließlich trug er um drei Uhr morgens, vor Müdigkeit zitternd, seinen Koffer die Treppe seines Hauses hinauf und ins Wohnzimmer, wo er an der Wand nach dem Lichtschalter tastete. Er wollte rasch auf Zehenspitzen durch die Räume und ins Bett gehen, aber statt dessen stand er lange in der Helligkeit und blickte sich um, wie vor den Kopf gestoßen von dem Gefühl, diese Wohnung nie zuvor gesehen zu haben.

Wer lebte hier? Und er ging den dunklen Flur entlang, um es herauszufinden. Die Tür zum Zimmer des Babys stand halb offen, und es fiel nicht viel Licht hinein, aber er sah die große weiße Wiege. Und zwischen den dünnen Stäben, tief in den Düften von Talkumpuder und süßem Urin, lag ein Bündel, das kaum Platz einnahm, aber in seiner Reglosigkeit Energie zu verströmen schien. Ein lebendes Wesen lag darin. Ein Wesen, das bald erwachsen und zu jemandem werden würde.

Er hastete in das andere dunkle Zimmer, erlaubte sich gerade soviel Licht aus dem Flur, um den Weg zu finden.

»David?« sagte Susan halb schlafend und drehte sich schwerfällig in den Laken um. »Ich bin so froh, daß du wieder da bist.«

»Ja«, sagte er. »Und ich erst, Baby.«

Und in ihren Armen fand er heraus, daß sein Leben doch noch nicht vorbei war.

Susan fand nicht viel, was ihr in der Hauptstadt gefiel: Sie zog sich über Meilen hin, wohin immer man blickte, ohne irgendwo zu einer richtigen Stadt zu werden. Es gab viele Bäume – das war angenehm –, aber der Rest schien aus Einkaufszentren und Tankstellen und glänzenden Fastfood-Restaurants zu bestehen. Als das Baby alt genug war, um in einem Sportwagen herumgefahren zu werden, erkundete sie neue Stadtteile in der Hoffnung, bessere Dinge zu finden, aber das stellte sich als ebenso vergeblich heraus wie der Wunsch, David hätte gar nicht erst angefangen, für Frank Brady zu arbeiten.

An einem warmen Nachmittag entfernte sie sich ungemütlich weit von zu Hause und auf dem Rückweg, während sie den Sportwagen schob, schien ihr plötzlich, daß sie es nicht schaffen würde. Es waren nur noch drei Blocks, aber im flimmernden Dunst wirkten sie wie fünf oder sechs oder noch mehr. Sie blieb stehen, um auszuruhen, atmete heftig und spürte ihr Herz – seine ungefähre Größe und Form und sein Gewicht, wie es sich anfühlte, wie es schlug, und seine schreckliche Sterblichkeit. Das Kind drehte sich auf seinem Plastiksitz um, um sie anzusehen und mit runden Augen zu fragen, warum sie angehalten hatten, und Susan tat ihr Bestes, mit einem beruhigenden Lächeln auf diesen Blick zu antworten.

»Alles in Ordnung, Candace«, sagte sie, als könnte Candace sie verstehen. »Alles in Ordnung. Wir sind gleich zu Hause.«

Und sie schaffte es. Sie schaffte sogar die Treppe, die am schlimmsten war. Sie schaffte es, Candace ins Bett zu legen, den Sportwagen zusammenzuklappen und wegzuräumen; dann legte sie sich aufs Wohnzimmersofa, bis ihr Herz wieder normal schlug – bis sich das heftige, bedrohliche Pochen beruhigt hatte und wieder in ihrem Körper verschwunden war, der sich während der Schwangerschaft so gut angefühlt hatte.

Sie lag noch immer auf dem Sofa und überlegte, ob sie ein wenig schlafen sollte, als David von der Arbeit nach Hause kam.

»Mann«, sagte er und sank in einen Sessel auf der anderen Seite des Zimmers. »Herrgott. Das war vielleicht ein Tag im Büro. Ich muß dir sagen, Baby, es war wirklich beschissen...«

Während sie ihm zuhörte oder vielmehr versuchte, ihm zuzuhören, bemerkte Susan, daß er älter aussah, als er war. Auf ihren Vorschlag hin trug er jetzt einen kurzen Bart – sie war es, die ihn alle drei Wochen für ihn schnitt –, aber sie war nicht sicher, ob sie es vorgeschlagen hätte, hätte sie gewußt, daß er weiß wäre. Und sie wußte nicht, ob sie sich jemals an seine neue Frisur gewöhnen würde, die einzig und allein seine Idee gewesen war. Solange sie ihn kannte, hatte sein glattes braunes Haar dicke graue Strähnen, und das hatte sie immer attraktiv gefunden, aber ein paar Monate zuvor hatte er beschlossen, es wachsen zu lassen, weil er nicht der einzige Mann mit einem Fünfziger-Jahre-Haarschnitt im Regierungsgebäude sein wollte, und jetzt war es in seiner ganzen Üppigkeit mehr grau als braun. Hinten war es lang genug, um über Hemd- und Jackenkragen zu fallen, lang und dicht genug an den Seiten, um seine Ohren zu bedecken und an seinen Wangen vorbeizuschwingen, wenn er sich vorneigte, und es hing ihm in einem gewissenhaft unregelmäßig geschnittenen Pony in die Stirn wie bei der Schauspielerin Jane Fonda.

Das war noch nicht alles: Seine Beine, die sie ein paar Jahre zuvor als schlank beschrieben hätte, wirkten in der ordentlichen grauen Flanellhose jetzt so dürr, daß es schien, als könnte er nicht Fahrrad fahren, ohne langsam über die Straße zu wackeln und zu schlittern.

»...Manchmal«, sagte er und rieb sich vorsichtig mit Daumen und Zeigefinger über die geschlossenen Augenlider, »manchmal wünschte ich, Frank Brady würde einfach verschwinden. Du kannst dir den Druck nicht vorstellen, der in diesem Ausbeuterbetrieb herrscht. Na ja. Soll ich dir was zu trinken holen?«

»Ja«, sagte sie. »Danke.« Und sie sah ihm nach, als er aus dem Zimmer und in die Küche ging. Sie hörte das leise Zuschlagen der großen Kühlschranktür und das Herausbrechen der Eiswürfel, und dann folgte etwas Unerwartetes und Angsterregendes: ein Ausbruch hohen, wilden Gelächters, das überhaupt nicht nach David klang. Es hörte und hörte nicht auf, steigerte sich zu einem Falsett und senkte sich nur halb, als er nach Luft schnappte, und er lachte immer noch krampfhaft, als er schwankend zurückkehrte mit einem sehr dunklen Bourbon und Eis, das im Glas in seiner Hand schwappte und klimperte.

»Baby, hör mal«, sagte er, kaum war er wieder in der Lage zu sprechen. »Mir ist gerade die perfekte Rache an Frank Brady eingefallen. Hör mal. Ich klammere...« Weiter kam er nicht, weil ihn erneut Lachen überwältigte. Als er sich gefangen hatte, holte er tief Luft, setzte eine ausdruckslose Miene auf und sagte: »Ich klammere seine Unterlippe an seinem Schreibtisch fest.«

Sie brachte ein Lächeln zustande, aber das reichte ihm nicht.

»Ach, Scheiße«, sagte er und blickte gekränkt drein. »Du findest es nicht komisch.«

»Doch, doch. Es ist ziemlich komisch, wenn man es sich vorstellt.«

Dann saßen sie nebeneinander auf dem Sofa, und er trank gierig von seinem Drink, als wäre der wohlschmeckende, gute Whiskey das, worauf er den ganzen Tag gewartet hatte.

»Kann ich auch einen haben?« fragte sie.

»Was haben?«

»Einen Drink.«

»Ach, Himmel, tut mir leid«, sagte er, stand auf und stürzte in die Küche. »Tut mir leid, Liebling. Ich wollte dir einen machen und hab's vergessen. Ich werde vergeßlich im Alter.«

Und sie wartete, noch immer lächelnd, und hoffte, daß er nicht länger über sein Alter sprechen wollte. Er war noch nicht einmal siebenundvierzig.

Ein anderes Mal, als sie spätabends, nachdem ihre Gäste gegangen waren, allein waren und nach dem Essen aufräumten, bemerkte David verdrossen, daß einer der Gäste ein wichtigtuerischer, humorloser junger Trottel sei.

»Ach, das würde ich nicht sagen«, erwiderte Susan. »Ich fand ihn nett.«

»Oh, ja, ›nett‹. Das Wort deckt bei dir so gut wie alles ab, stimmt's? Scheiße. Scheißwort.« Und er stürmte aus dem Zimmer und den Flur entlang, als wollte er augenblicklich ins Bett gehen. Eine Weile rumpelte und klapperte es im Schlafzimmer; dann kam er zurück und sah ihr bebend ins Gesicht. »›Nett‹«, sagte er. »›Nett.‹ Ist es das, was du willst? Willst du, daß die Welt ›nett‹ ist? Weil hör zu, Baby. Hör zu, Süße. Die Welt ist ungefähr so nett wie Scheiße. Die Welt ist Kampf und Vergewaltigung und Demütigung und Tod. Die Welt ist kein Ort für verträumte, kleine, reiche Mädchen aus St. Louis, hast du mich verstanden? Geh *nach Hause*, verdammt noch mal. Verschwinde hier und geh nach Hause zu deinem verdammten *Vater*, wenn du was ›Nettes‹ willst.«

Während er dastand und sie anschrie und die grauen und weißen Haare um sein fast nicht sichtbares, nahezu vergessenes Gesicht schwangen, war es, als sähe sie dabei zu, wie ein alter Mann den Wutanfall eines Kindes imitierte.

Aber es dauerte nicht lange. Es war schnell vorbei, und er setzte sich, schämte sich, schwieg und hielt den sorgfältig gestalteten Kopf in den Händen. Dann, sehr bald, folgte seine herausgewürgte, niedergeschlagene Entschuldigung. »Oh, Susan, es tut mir leid«, sagte er. »Ich weiß nicht, was in mich fährt, wenn ich so bin.«

»Ist schon in Ordnung«, sagte sie. »Laß uns einfach – wir sollten uns vielleicht eine Weile ein bißchen schonen.«

Und diese Schonung erwies sich nahezu als Vergnügen. Die Sanftheit und Ruhe, die Mäßigung gestatteten ihnen beiden, den dringenden Angelegenheiten des anderen auszuweichen, ohne daß es so aussah, als würden sie vor ihnen zurückweichen, aber es ermöglichte ihnen die alte Intimität, wenn ihnen danach war, und so kamen sie miteinander aus.

Zwischen den Problemen von zwei weiteren Jahren gab es Zeiten des Friedens, Zeiten überschwenglicher Partnerschaft und Zeiten der Verzweiflung und Nörgelei oder des Schweigens; es schien sich alles zu einer, wie David es nannte, guten Ehe zusammenzufügen.

»He, Susan?« sagte er hin und wieder und legte eine jungenhafte Verlegenheit an den Tag. »Glaubst du, daß wir es schaffen?«

»Natürlich«, sagte sie.

Nicht lange nach dem Rückzug seines Landes aus dem Krieg, der ihn veranlaßt hatte, sein Leben zu ändern, traf David Clark Vorkehrungen, um wieder als Lehrer zu arbeiten. Dann schickte er Gouverneur Brady ein Kündigungsschreiben, eine Tat, nach der er sich »wunderbar« fühlte, und mahnte seine Frau, sich keine Sorgen wegen der Zukunft zu machen. Die Jahre fern der Seminarräume, erklärte er, seien schlichtweg ein Fehler gewesen – kein schlimmer oder kostspieliger Fehler, vielleicht sogar einer, von dem er letztlich profitieren würde –, aber nichtsdestotrotz ein Fehler. Er sei ein Universitätsmann. Das sei er schon immer gewesen und würde es wohl immer bleiben.

»Außer«, sagte er und war plötzlich schüchtern, »außer du hältst es für eine Art – Rückschritt oder so.«

»Warum sollte ich?«

»Ich weiß nicht. Manchmal weiß ich einfach nicht, was du denkst. Das war schon immer so.«

»Tja«, sagte sie. »Das ist vermutlich etwas, was ich nicht ändern kann, oder?«

Und sie verstummten beide. Es war ein warmer Nachmittag gegen Ende des Sommers. Sie saßen da mit Gläsern mit Eistee, das Eis war geschmolzen, und der wäßrige Tee war fast ausgetrunken.

»Ach, Baby, hör mal …«, setzte er an, und er faßte nach ihrem Oberschenkel, um seinen Worten Nachdruck zu verleihen, zögerte jedoch und zog die Hand zurück. »Hör mal«, sagte er noch einmal. »Ich sage dir eins: Alles wird in Ordnung kommen.«

Nach einer langen Pause, in der sie ihr warmes Glas betrachtete, sagte sie: »Nein, das wird es nicht.«

»Hm?«

»Ich sagte, das wird es nicht. Zwischen uns ist schon lange nichts mehr in Ordnung, auch jetzt nicht, und es wird nicht besser werden. Es tut mir leid, wenn es eine Überraschung ist, aber das sollte es nicht sein, und das wäre es auch nicht, wenn du mich so gut kennen würdest, wie du glaubst. Es ist aus, das ist alles. Ich verlasse dich. Sobald ich gepackt habe, werde ich mit Candace nach Kalifornien gehen, wahrscheinlich in ein, zwei Tagen. Ich werde heute abend meine Eltern anrufen und es ihnen sagen, und dann wird es meine ganze Familie wissen. Sobald alle Bescheid wissen, wird es dir wahrscheinlich leichter fallen, es zu akzeptieren.«

Davids Gesicht schien blutleer, sein Mund war trocken. »Das glaube ich nicht«, sagte er. »Ich glaube nicht, daß ich hier auf diesem Stuhl sitze.«

»Du wirst es bald glauben. Und nichts, was du sagst, wird mich aufhalten.«

Er stellte sein leeres Glas auf den Boden und stand rasch auf, wie er es immer tat, um zu schreien, aber er schrie nicht. Statt dessen schaute er ihr sehr genau ins Gesicht, als wollte er versuchen, durch seine Oberfläche zu dringen, und sagte: »Mein Gott, du meinst es wirklich ernst. Ich habe dich wirklich verloren. Du – du liebst mich nicht mehr.«

»So ist es«, sagte sie. »Genau. Ich liebe dich nicht mehr.«

»Aber, um Himmels willen, Susan, warum? Kannst du mir sagen warum?«

»Es *gibt* kein Warum«, sagte sie. »Es gibt ebensowenig einen Grund, warum man nicht liebt, wie es einen Grund gibt, warum man liebt. Begreifen das die meisten intelligenten Menschen denn nicht?«

In einer noblen Wohngegend am Stadtrand von St. Louis, einem Vorort mit großen Rasenflächen und tiefen, kühlen Häusern, die zurückgesetzt zwischen schattenspendenden Bäumen standen, saß Edward Andrews allein in seinem Arbeitszimmer und versuchte, einen Artikel für eine medizinische Fachzeitschrift zu Ende zu schreiben. Er hielt ihn für gut, aber er schaffte es nicht, die letzten Absätze zu einem Fazit zu gestalten, und jedes Mal, wenn er es wieder versuchte, wurde es schlimmer. Das Ding brach immer wieder ab, statt zu einem Schluß zu kommen.

»Ed?« rief seine Frau im Flur. »Susan hat gerade angerufen. Sie ist auf der Autobahn, und sie wird in einer halben Stunde mit Candace hier sein. Willst du dich umziehen?«

Das wollte er unbedingt. Er wollte auch kurz heiß duschen und vor dem Spiegel stehen und feierlich sein Haar so lange kämmen, bis es an der richtigen Stelle gescheitelt war. Dann ein frisches Hemd, die Manschetten zweimal umgeschlagen und eine neue leichte Sommerhose – all das, um zu beweisen, daß er mit dreiundsechzig für Susan noch schmuck und tatkräftig sein konnte.

Als sie ankam, gab es Umarmungen und Küsse in der Eingangshalle – Dr. Andrews Lippen streiften über das kühle Läppchen eines Ohrs – und fröhliche Ausrufe, wie sehr Candace gewachsen war, seitdem ihre Großeltern sie zum letzten Mal gesehen hatten, wie sehr sie sich verändert hatte.

Allein in der Küche, als er Drinks zubereitete und die plötzliche, nervöse Entscheidung fällte, daß er rasch etwas trinken sollte, hier, bevor er das Tablett ins Wohnzimmer trug, fragte sich Dr. Andrews wieder einmal, was es war, das ihn in Gegenwart seines liebsten Kindes, dieser besonderen jungen Frau, zum Zittern brachte. Zum einen war sie immer so ruhig und so kompetent. Wahrscheinlich hatte sie in ihrem Leben nie etwas Inkompetentes und Unverantwortliches getan, außer damals das Stipendium für Turnbull verfallen zu lassen – und das war nichts verglichen damit, wie sich Millionen Kinder in jenen Jahren benommen hatten mit ihren Blumen und Liebesperlen, ihren wuschelköpfigen östlichen Religionen und ihrem geistlosen Streben nach drogenberauschter Umnachtung. Vielleicht sollte er David Clark dankbar sein, weil er sie davor bewahrt hatte; aber nein, das stimmte nicht. Das war nicht Clarks Verdienst, es war Susans Verdienst. Sie war zu intelligent, um zu einer Vagabundin zu werden, so wie sie zu ehrlich war, um weiter mit einem Mann zu leben, den sie nicht mehr liebte.

»Was hast du für Pläne, Susan?« fragte er, als er das glänzende klimpernde Tablett ins Zimmer trug. »Kalifornien ist ziemlich groß. Auch irgendwie angsterregend.«

»Angsterregend? Wie meinst du das?«

»Ach, ich weiß nicht«, sagte er und war bereit, alles zu vermeiden, was einen Streit auslösen könnte. »Ich meinte nur – du weißt schon – was man so in den Zeit-schriften liest und so weiter. Aber ich habe natürlich keine Informationen aus erster Hand.«

Susan erklärte, daß sie Freunde in Marin County – »das ist nördlich von San Francisco« – habe, sie würde also nicht unter Fremden neu beginnen. Sie wollte sich erst eine Wohnung und dann eine Arbeit suchen.

»Was für eine Arbeit?« fragte er. »Ich meine, gibt es irgend etwas, was du gern tun würdest?«

»Ich weiß es noch nicht«, sagte sie. »Ich kann ziemlich gut mit Kindern umgehen; vielleicht arbeite ich in einem Kindergarten oder in einer Kindertagesstätte. Sonst suche ich mir was anderes.« Sie überschlug die schlanken hüb-schen Beine unter ihrem schönen Tweedrock, und er fragte sich, ob sie sich in einem Motelzimmer unterwegs frische Sachen angezogen hatte, um nett auszusehen, wenn sie nach Hause kam.

»Also, Liebes«, sagte er. »Du weißt hoffentlich, daß ich dir gern in jeder Beziehung helfe, wenn du – «

»Nein, nein, Daddy, ist schon in Ordnung. Wir kom-men gut aus mit dem, was David uns schickt. Wir kom-men zurecht.«

Und es war so angenehm, sie »Daddy« sagen zu hören, daß er sich gestattete, sich zurückzulehnen, schweigend und nahezu entspannt. Er stellte nicht einmal die Frage, die ihn am meisten beschäftigte: Wie *geht* es David, Susan? Wie verkraftet er es?

Er hatte David Clark nur ein paarmal getroffen und mit ihm gesprochen – zum ersten Mal bei der Hochzeit, und seitdem noch vier- oder fünfmal –, und er war jedes Mal überrascht gewesen festzustellen, daß er den Mann

mochte. Einmal hatten sie vorsichtig über Politik diskutiert, bis David sagte: »Also, Doktor, ich glaube, ich
war schon immer ein Liberaler und gegen den Krieg«,
und Edward Andrews fand es sympathisch – der Humor
und die Bescheidenheit, wenn schon nicht die Haltung
zu aktuellen Themen. Er hatte sogar beschlossen, sich
nichts daraus zu machen, daß David zwanzig Jahre älter
war als Susan oder weit weg eine andere, frühere Familie
hatte, weil all das nahezulegen schien, daß er keine weiteren Fehler machen würde; er würde die besten Jahre
seiner mittleren Lebensspanne seiner zweiten Ehe wid-
men. Und das Beste, das, was alles andere unwichtig
erscheinen ließ, war, daß dieser scheue, höfliche, manchmal verwundert dreinschauende Fremde seinen Blick
nicht von Susan abwenden konnte. Sah denn nicht alle
Welt, daß er in sie verliebt war? Und war das nicht das
Entscheidende bei einem Schwiegersohn? Doch, natürlich war es das. Und deswegen, was jetzt? Was würde der
arme Kerl mit dem Rest seines Lebens anfangen?

Susan und ihre Mutter sprachen über Familienange-
legenheiten. Auch die drei jüngsten Mädchen lebten
nicht mehr zu Hause, zwei waren verheiratet, und über
die älteren Mädchen waren ebenfalls Neuigkeiten aus-
zutauschen. Dann, nach einer Weile, wandten sie sich –
unvermeidlicherweise, wie es schien – dem Thema Kin-
derkriegen zu.

Agnes Andrews würde bald sechzig, und seit vielen
Jahren mußte sie eine Brille mit so dicken Gläsern tragen,
daß es nicht leicht war, den Ausdruck ihrer Augen zu
deuten: Man mußte sich auf das Lächeln oder das Stirnrunzeln oder den geduldigen, neutralen Zug um ihren

Mund verlassen. Und ihr Mann mußte sich eingestehen, daß sie auch insgesamt rasch alterte. Von ihrem einst glänzenden Haar war nur noch übrig, was der Friseur retten und verschönern konnte; an manchen Stellen wurde ihr Körper schlaff, an anderen aufgedunsen. Sie war eine Frau, die die meiste Zeit ihres Lebens von schrillen, hungrigen Stimmen Mutter gerufen worden war, und so sah sie auch aus.

Vor langer Zeit, vor nahezu so langer Zeit, daß er sich nicht mehr erinnern konnte, war sie eine adrette, knackige, überraschend leidenschaftliche junge Krankenschwester gewesen, deren Körper er unmöglich hatte widerstehen können. Das einzig ein wenig Abschreckende, das er jedoch von ihrer ersten gemeinsamen Nacht bis zu der Nacht, als er ihr einen Antrag machte (»Ich liebe dich, Agnes, oh, ich liebe dich, und ich brauche dich. Ich brauche dich…«) mühelos ignorieren konnte, der einzige einschränkende Aspekt seiner Liebe zu ihr war sein Wissen gewesen, daß manche Leute – zum Beispiel seine Mutter – es seltsam fanden, daß er ein Mädchen aus der Arbeiterklasse heiratete.

»… Also, bei Judy war es am einfachsten«, sagte sie. »Ich habe überhaupt nichts mitgekriegt. Ich kam ins Krankenhaus, und sie haben mir eine Narkose gegeben, und als ich wieder aufwachte, war alles vorbei. Sie war auf der Welt, ich war voller Schmerzmittel und fühlte mich gut, und jemand gab mir eine Schale mit Rice Krispies. Nein, bei ein paar der anderen war es viel schlimmer – bei dir zum Beispiel. Du warst eine schwierige Geburt. Trotzdem glaube ich, daß es bei den Jüngsten am schlimmsten war, vielleicht weil ich älter wurde…«

Agnes sprach selten so lange – ganze Tage konnten vergehen, ohne daß sie ein Wort sagte –, aber dies war mittlerweile ihr Lieblingsthema. Sie saß da, nach vorn geneigt, die Arme auf die Knie gestützt, hielt sich selbst bei den Händen und bewegte sie hierhin und dorthin, um ihren Worten Nachdruck zu verleihen.

»... Und Dr. Palmer dachte, ich wäre bewußtlos – alle glaubten das –, aber die Narkose wirkte nicht. Ich spürte alles, und ich hörte jedes Wort, das sie sagten. Ich hörte Dr. Palmer sagen: ›Paßt auf den Uterus auf, er ist so dünn wie Papier.‹«

»O Gott«, sagte Susan. »Hattest du keine Angst?«

Und Agnes stieß ein kleines, müdes Lachen aus und dabei leuchtete ihre Brille im schwindenden Licht des Nachmittags auf. »Na ja«, sagte sie, »wenn man es so oft durchgemacht hat wie ich, dann hat man keine große Angst mehr.«

Candace, der man ein Glas Ginger Ale mit einer Kirsche darin gegeben hatte, tappelte zum großen Fenster, das nach Westen hinausging, und starrte hinaus, fast als wollte sie die Entfernung bis Kalifornien abwägen. »Mommy?« rief sie und wandte sich um. »Bleiben wir heute nacht hier?«

»Nein, Schatz«, sagte Susan. »Wir bleiben nur eine kleine Weile. Wir haben noch eine lange Fahrt vor uns.«

Wieder in der Küche, brach Edward Andrews mit mehr Kraft und Lärm als nötig Eiswürfel aus dem Behälter und hoffte, es würde seine wachsende Wut besänftigen, aber das tat es nicht. Er mußte sich abwenden und eine zitternde Hand gegen die Stirn drücken wie ein verdammter Schauspieler in einer Tragödie.

Frauen. Würden sie einen immer in den Wahnsinn treiben? Würde ihr zurückweisendes Lächeln einen stets in
Verzweiflung stürzen, und würde ihr einladendes Lächeln
nur zu neuen schlimmeren, schrecklicheren Begebenheiten führen, die einem das Herz brachen? Wurde von
einem erwartet, zuzuhören, wenn die eine damit angab,
wie papierdünn ihre Gebärmutter war, oder die andere
sagte, »Wir bleiben nur eine kleine Weile«? Oh, Gott, ein
ganzes Leben war nicht lang genug, um die Frauen zu
verstehen.

Ein, zwei Minuten später gelang es ihm, sich wieder
den Anschein von Gefaßtheit zu geben. Er trug in nahezu
herrschaftlicher Haltung die frischen Drinks ins Wohnzimmer, entschlossen, während der nächsten kurzen Zeit
alles in sich unter Verschluß zu halten, so daß keins
dieser Mädchen, keine dieser Frauen seine Seelenqualen
spüren würde.

Eine halbe Stunde später standen sie in der frühen
Abenddämmerung draußen auf der Einfahrt. Candace
saß angeschnallt auf dem Beifahrersitz, und Susan, die
Wagenschlüssel in der Hand, umarmte ihre Mutter. Dann
trat sie zu ihrem Vater, um auch ihn zu umarmen, aber
es war keine große Umarmung; es war mehr eine freund-
liche Geste der Verweigerung.

»Fahr vorsichtig, Liebes«, sagte er in ihr weiches, dunk-
les, duftendes Haar. »Und hör mal – «

Sie entzog sich ihm mit einem freundlichen, auf-
merksamen Blick, aber er hatte hinuntergeschluckt, was
immer er meinte, daß sie wissen müßte, und sagte statt
dessen nur: »Hör mal, bleib in Verbindung, ja?«

Probelauf

Elizabeth Hogan Baker, der es nur recht war, wenn alle wußten, daß ihre Eltern analphabetische irische Immigranten waren, schrieb während der gesamten Weltwirtschaftskrise Hintergrundberichte für eine Reihe von Zeitungen im Westchester County. Ihr Büro war in New Rochelle, aber sie war jeden Tag in einem rostigen, klapprigen Ford Model A unterwegs, den sie schnell und leichtsinnig fuhr; dabei blinzelte sie im Rauch der Zigarette, die in ihrem Mundwinkel steckte. Sie war eine hübsche Frau, blond, drall und noch jung, mit einem kehligen Lachen für alles, was sie absurd fand, und das war überhaupt nicht das Leben, das sie für sich geplant hatte.

»Versteht ihr das?« fragte sie, normalerweise abends und nach ein paar Drinks. »Ich komme aus einer Bauernfamilie, schaffe es durchs College, nehme einen lausigen kleinen Job bei einer Kleinstadtzeitung an, weil er gut genug scheint, um ein, zwei Jahre die Zeit totzuschlagen, und dann das. Dann das. Versteht ihr das?«

Niemand verstand es. Ihre Freunde – und sie hatte immer Freunde, die sie bewunderten – waren einhellig der Meinung, daß sie Pech gehabt hatte. Elizabeth war viel zu gut für die Arbeit, die sie machte, und für das hinderliche, beengende Umfeld, das sie ihr aufzwang.

In den zwanziger Jahren, als Mädchen und tagträumende Reporterin für den *Standard Star* in New Rochelle, hatte sie eines Tages von ihrem Schreibtisch aufgeblickt und einen großen, schwarzhaarigen jungen Mann gesehen, der durch die Räumlichkeiten geführt wurde, ein neues Redaktionsmitglied namens Hugh Baker. »Und in dem Augenblick, als er hereinkam«, erzählte sie später, viele Male, »dachte ich: Da ist der Mann, den ich heiraten werde.« Es dauerte nicht lange. Innerhalb eines Jahres waren sie verheiratet, zwei Jahre später wurde ihre Tochter geboren; dann, bald, brach alles auseinander auf eine Weise, über die Elizabeth nie sprach. Hugh Baker zog allein nach New York, wo er schließlich eine Anstellung als Journalist bei einer Abendzeitung fand und häufig für seinen, wie seine Kollegen es nannten, leichten Stil gelobt wurde. Und auch darüber sprach Elizabeth nie abfällig: Verbittert oder nicht, sie sagte immer, daß Hugh Baker der einzige Mann gewesen sei, der sie wirklich zum Lachen gebracht habe. Aber jetzt war sie sechsunddreißig, hatte am Ende des Tages nichts zu tun, außer nach Hause in ihre Wohnung in einem oberen Stockwerk eines Gebäudes in New Rochelle zu gehen und vorzugeben, sie würde sich an ihrem Kind erfreuen.

Eine stämmige Frau mittleren Alters namens Edna, deren Unterrock immer und rundherum mindestens drei Zentimeter unter ihrem Kleid hervorschaute, arbeitete am Herd, als Elizabeth eintrat.

»Alles unter Kontrolle, Mrs. Baker«, sagte Edna. »Nancy hat schon zu Abend gegessen, und ich wollte das hier gerade auf kleinem Feuer warm halten, damit Sie essen können, wann immer Sie wollen. Ich habe einen schönen Auflauf gemacht, er ist wirklich lecker geworden.«

»Gut, Edna, sehr gut.« Und Elizabeth zog ihre abge-
tragenen Autofahrerhandschuhe aus Leder aus. Sie tat es
immer mit einer unbewußten, etwas ausholenden Geste,
ähnlich einem Kavallerieoffizier, der gerade vom Pferd
gestiegen war und nach einem langen, harten Ritt seine
Stulpenhandschuhe auszog.

Nancy schien bereit, ins Bett zu gehen, als sie in ihr
Zimmer schauten: Sie hatte ihren Schlafanzug an und
spielte auf dem Boden ein planloses Spiel, das eine
sorgsame Aufreihung alter Spielsachen erforderte. Sie
war neun, und sie würde wohl so groß und dunkel wie
ihr Vater werden. Edna hatte vor kurzem die Füße ihres
Dr.-Denton-Schlafanzugs herausgeschnitten, damit ihre
Beine mehr Platz hatten – sie wuchs aus allem heraus –,
aber Elizabeth fand, daß der überflüssige Stoff um ihre
Knöchel komisch aussah; außerdem war sie ziemlich
sicher, daß neunjährige Kinder diese Art Ganzkörper-
schlafanzug nicht mehr tragen sollten. »Wie war dein
Tag?« fragte sie von der Schwelle aus.

»Ach, okay.« Und Nancy blickte nur kurz zu ihrer Mutter auf. »Daddy hat angerufen.«

»Ja?«

»Und er hat gesagt, daß er am übernächsten Samstag
kommt, und daß er Karten für *Die Piraten von Penzance*
im County Center hat.«

»Na, das ist schön«, sagte Elizabeth.

Dann trat Edna ins Zimmer, ging in die Hocke und
streckte die Arme aus. Nancy stand eifrig auf, und sie
schlossen sich eine lange Weile in die Arme. »Bis morgen,
meine Kleine«, sagte Edna in ihr Haar.

Oft schien es Elizabeth, daß es die beste Zeit des Tages war, wenn sie endlich allein mit angezogenen Beinen und einem Drink auf dem Sofa saß und die Stöckelschuhe vor ihr auf dem Teppich lagen. Vielleicht war das Gefühl wohlverdienten Friedens überhaupt der beste Teil des Lebens, der Teil, der den Rest erträglich machte. Aber sie hatte immer versucht, genug zu wissen, um sich nicht selbst hinters Licht zu führen – Selbsttäuschung war eine Krankheit –, und so war sie nach ein paar Drinks willens, sich die wahre Natur dieser allein verbrachten Abende einzugestehen: Sie wartete darauf, daß das Telefon klingelte.

Ein paar Monate zuvor hatte sie einen sprunghaften, maßlosen, sporadisch charmanten Mann namens Judd Leonard kennengelernt. Er hatte seine eigene kleine Public-Relations-Firma in New York und fuhr jeden an, der nicht zwischen Public Relations und Publicity zu unterscheiden wußte. Er war neunundvierzig und zweimal geschieden; er verlor oft vor Ehrgeiz und Zorn und Alkohol die Beherrschung, und Elizabeth liebte ihn. Sie hatte drei oder vier Wochenenden in seiner chaotischen Wohnung in der Stadt verbracht; einmal war er in New Rochelle aufgetaucht, lachend und schreiend, und sie hatten stundenlang geredet, und er hatte sie hier auf diesem Sofa genommen und war netterweise fügsam genug gewesen, um aufzubrechen, bevor Nancy am Morgen erwachte.

Aber jetzt rief Judd Leonard sie kaum mehr an – oder vielmehr rief er sie kaum mehr an, wenn er in der Lage war, zusammenhängend zu sprechen –, und Elizabeth wartete, Abend für Abend.

Als das Telefon endlich klingelte, war sie auf dem Sofa eingedöst, sie hatte beschlossen, den Auflauf auf dem Herd vertrocknen zu lassen und hier in ihren Kleidern zu schlafen – zum Teufel damit –, aber es war nicht Judd.

Es war Lucy Towers, eine der Freundinnen, die Elizabeth am meisten bewunderten, und das bedeutete, daß sie mindestens eine Stunde an dem verdammten Telefon hängen würde.

»... Ah, Lucy, ja«, sagte sie. »Laß mir einen Augenblick Zeit, damit ich wach werde. Ich war gerade eingenickt.«

»Oh. Natürlich. Entschuldige. Ich warte.« Lucy war ein paar Jahre älter als Elizabeth, und wenn Selbsttäuschung eine Krankheit war, dann befand sie sich in einem weit fortgeschrittenen Stadium. Sie beschrieb sich selbst als jemanden, der in der »Immobilienbranche« tätig war, was hieß, daß sie in diversen Maklerbüros in der Gegend gearbeitet hatte, aber sie schien unfähig oder unwillig, diese Jobs zu behalten und war phasenweise immer wieder arbeitslos; sie lebte überwiegend von dem Geld, das ihr früherer Mann ihr jeden Monat schickte. Sie hatte eine ungefähr dreizehnjährige Tochter und einen Sohn in Nancys Alter. Und sie hatte unbegründete gesellschaftliche Ambitionen – gesellschaftliche Prätentionen –, die Elizabeth albern fand. Dennoch, Lucy war lieb und tröstlich, und sie waren seit Jahren befreundet.

Nachdem sie sich einen neuen Drink geholt und es sich in einer halb liegenden Position bequem gemacht hatte, griff Elizabeth wieder zum Telefonhörer. »Okay«, sagte sie. »Jetzt bin ich soweit, Lucy.«

»Tut mir leid, wenn ich zur falschen Zeit anrufe«, sagte Lucy Towers, »aber ich konnte einfach nicht länger warten, um dir von meiner tollen *Idee* zu erzählen. Erst mal, kennst du die Häuser in der Post Road in Scarsdale? Ja, ich weiß, es ist *Scars*dale, aber die Häuser haben keinen großen Marktwert, weil es die Post Road ist, deswegen werden die meisten vermietet, und ein, zwei Häuser sind wirklich ganz hübsch…«

Das war die Idee: Wenn Elizabeth und Lucy ihre Mittel zusammenlegten, könnten sie sich eins der Häuser teilen – und Lucy glaubte, sie hätte sich bereits das richtige ausgesucht, obwohl Elizabeth es natürlich zuerst noch besichtigen müßte. Sie hätten genügend Platz für beide Haushalte – die Kinder wären begeistert –, und mit dem Geld, das sie sparten, könnten sie sich sogar ein Mädchen leisten.

»Und außerdem«, schloß Lucy und kam endlich zum wesentlichen Punkt, »außerdem habe ich es schrecklich satt, allein zu leben, Elizabeth. Du nicht?«

Das Haus stand an einer Schnellstraße, auf der bereits 1935 beständig Verkehr floß, war klotzig und glänzte in der Herbstsonne. Es war ein Durcheinander architektonischer Stile und Materialien: Ein großer Teil war Pseudo-Tudor, andere Teile waren aus Feldstein und wieder andere rosa verputzt, als wäre mit den Bauplänen etwas nicht in Ordnung gewesen und als hätten die Maurer die Arbeiten nach eigenem Gutdünken beenden müssen. Es bot keinen besonderen Anblick, das gab sogar der Makler zu, aber es war solide und sauber, es war »gut in Schuß«, und eine Miete wie diese war sicherlich ein Schnäppchen.

Lucy Towers und ihre Kinder trafen am vereinbarten Tag des Einzugs als erste ein. Das Mädchen, Alice, das in der darauffolgenden Woche mit der Highschool beginnen würde, wollte, daß alles so hübsch wie möglich wäre, und deswegen war sie ihrer Mutter eine große Hilfe dabei, die alten Möbel in den unvertrauten Räumen neu und »interessant« zu arrangieren.

»Russell, würdest du mir bitte aus dem *Weg* gehen?« sagte sie zu ihrem Bruder, der in einer Umzugskiste einen Gummiball gefunden hatte und ihn jetzt mürrisch auf dem Boden aufspringen ließ. »Er kommt mir immer in den *Weg*«, erklärte Alice, »gerade wenn ich versuche – uff!«

»Okay.« Und Lucy Towers strich sich das Haar mit einer verzweifelten Geste zurück, die eine Schicht Hausstaub auf der Innenseite ihres Unterarms entblößte, durchzogen von mehreren sauberen, trockenen Streifen, weil sie sich vor kurzem die Hände gewaschen hatte. »Lieber, wenn du uns nicht helfen willst, dann geh nach draußen«, sagte sie zu ihrem Sohn. »Bitte.«

Russell Towers stopfte den Ball in seine Tasche und ging die kurze Anhöhe aus ungeschnittenem Gras und Unkraut hinunter zum Rand der Straße, wo er nichts weiter tat, als dazustehen und den Autos nachzusehen. Bald würden die Bakers in ihrem alten Ford kommen, entweder vor oder nach ihrem Umzugswagen, und er entschied, daß es nett wäre, wenn sie ihn hier an der Einfahrt vorfänden wie einen höflichen Wachmann.

Russells Familie war viele Male umgezogen, in neue Häuser und neue Städte, und er mochte Umzüge nicht, aber dieses Unternehmen war bislang das am wenigsten vielversprechende. Seit sie beide sechs waren, mußte er sich gelegentlich mit Nancy Baker abgeben, aber er war immer vor ihr zurückgescheut und sie vor ihm, weil sie beide begriffen, daß ihre Mütter und nicht sie befreundet waren. Jetzt, und vielleicht auf Jahre hinaus, würde sich Nancys Zimmer neben seinem auf demselben kurzen Flur befinden, und sie würden dasselbe Bad benutzen; sie würden zusammen essen und hätten womöglich auch in der restlichen Zeit niemand anderen als Gesellschaft. Sie gingen in zwei verschiedene dritte Klassen – ein Plan, den der Direktor »weise« genannt hatte –, dennoch würde es zwangsläufig Probleme geben. Wenn er jemanden aus der Schule mitbrächte (vorausgesetzt er würde überhaupt Freundschaften schließen, worüber er jetzt lieber noch nicht nachdachte), wäre Nancys Anwesenheit im Haus nahezu unmöglich zu erklären.

Nachdem der Ford Model A schließlich vorgefahren und klappernd in die Einfahrt gebogen war, stieg Mrs. Baker als erste aus und bat Russell zu warten, bis der Umzugswagen käme, weil sie nicht sicher war, ob der Fahrer wußte, welches das richtige Haus war. Dann stieg Nancy aus und ging zu ihm, um mit ihm zu warten, sie trug einen Koffer und einen kleinen schmuddeligen Teddybären. Sie lächelte unsicher, Russell blickte schnell zu Boden, und beide sahen offenbar mit großem Interesse dabei zu, wie Mrs. Baker mit dem Schuh eine Zigarette austrat und zur Küchentür ging.

»Weißt du, warum es Post Road heißt?« fragte er und schaute mit zusammengekniffenen Augen die Straße entlang. »Weil sie bis nach Boston führt. Eigentlich sollte sie Boston Post Road heißen, und ich glaube das ›Post‹ hat damit zu tun, daß die Post darauf befördert wird.«

»Oh«, sagte Nancy. »Nein, das habe ich nicht gewußt.«
Dann hielt sie ihren Teddybären hoch und sagte: »Er
heißt George. Seitdem ich vier bin, hat er jede Nacht bei
mir geschlafen.«

»Ach ja?«

Russell sah den Umzugswagen nicht kommen, bis er
bremste, um in die Einfahrt zu biegen. Er winkte heftig,
aber der Fahrer bemerkte es nicht oder brauchte es nicht
zu bemerken.

Innerhalb weniger Wochen stellte sich Nancy als unmöglich heraus. Sie war stur, leicht eingeschnappt und eine
schreckliche Heulsuse; die leeren Füße ihres verstüm-
melten Schlafanzugs waren lächerlich, und einer ihrer
vorstehenden Schneidezähne hatte sich schief über den
anderen geschoben auf eine Art, wie sie nur bei haus-
backenen, lästigen kleinen Mädchen angebracht war.
Schamlos verfolgte sie Alice Towers, auch nachdem Alice
sie taktvoll wieder und wieder abgewiesen hatte (»Nicht
jetzt, Nancy, ich hab's dir doch *gesagt*, ich bin beschäftigt«). Und obwohl Lucy Towers sich dann und wann
förmlich bemühte, nett zu ihr zu sein, schien auch sie
nicht von ihr begeistert. »Nancy ist kein sehr – anziehen-
des Kind, nicht wahr?« bemerkte sie einmal nachdenklich ihrem Sohn gegenüber. Russell brauchte keine weiteren Beweise, um zu begreifen, wie schrecklich Nancy
war, aber es gab einen weiteren schlagenden Beweis:
Sogar ihre eigene Mutter schien sie unmöglich zu finden.

An manchen Morgen saß die Familie Towers verlegen beim Frühstück und mußte den Lärm von Mutter
und Tochter mit anhören, die oben miteinander stritten.

»*Nancy*!« rief Elizabeth in dem gleichen theatralischen singenden Tonfall, in dem sie bisweilen irische Gedichte rezitierte. »*Nancy*! Das mache ich *keinen* Moment länger mit…« Und daneben war Nancys tränenerstickte Stimme zu hören. Es gab ein, zwei dumpfe Schläge, Türen wurden geknallt, und dann war der laute schwere Schritt von Elizabeth zu hören, die in ihren Stöckelschuhen allein herunterkam.

»Manchmal«, sagte sie mit zusammengebissenen Zähnen, als sie eines Morgens das Eßzimmer betrat, »manchmal wünschte ich, dieses Kind läge auf dem Grund des Meeres.« Sie zog ihren Stuhl vor und setzte sich mit genügend Autorität, um nahezulegen, daß sie froh war, es gesagt zu haben, und es wieder sagen würde. »Wißt ihr, was es diesmal war? Es waren die Schnürsenkel.«

»Wünschen Sie etwas, Mrs. Baker?« fragte das Negermädchen, dessen Anwesenheit noch immer alle überraschte.

»Nein, danke, Myra, ich habe keine Zeit. Ich trinke nur Kaffee. Wenn ich keinen Kaffee trinke, weiß ich nicht, was ich tue. Also. Zuerst waren es die Schnürsenkel«, fuhr Elizabeth fort. »Sie hat einen flachen Schnürsenkel und einen runden, versteht ihr, und sie schämt sich, so zur Schule zu gehen. Könnt ihr euch das vorstellen? Könnt ihr euch das vorstellen? Wo die Hälfte der Kinder in den Vereinigten Staaten nicht genug zu essen hat? Und das war erst der Anfang. Dann hat sie gesagt, daß ihr Edna fehlt. Sie will Edna wiederhaben. Kann mir also bitte jemand sagen, was ich tun soll? Erwartet sie von mir, daß ich nach New Rochelle fahre und die verfluchte Frau *hole* und sie *herbringe*? Und sie wieder nach *Hause* fahre? Außerdem arbeitet sie jetzt in der Radioröhren-fabrik, glaube ich – ein Argument, das ich ihr *überhaupt* nicht begreiflich machen konnte.«

Elizabeth trank ihren Kaffee, als wäre es Medizin, und schleppte sich hinaus zu ihrem Wagen. Dann war es Zeit, daß Alice und Russell zur Schule gingen, und Lucy Towers hatte etwas in ihrem Schlafzimmer zu erledigen. Niemand war da, als Nancy endlich herunterkam, nichts aß, ihren Mantel anzog und zwischen den Rasen-flächen anderer Leute, durch einen kaputten Zaun und dann auf einer leicht kurvigen Vorortstraße zur Schule lief, wo eine stirnrunzelnde Lehrerin wieder einmal »zu spät« vermerkte.

Aber es gab noch größere Probleme, weil Russell Towers hatte feststellen müssen, daß er nicht geeignet war, die Rolle des Mannes im Haus, wenn auch nur symbolisch, auszufüllen. Er hatte nichts Gelassenes oder Selbstsicheres oder Würdevolles. Er konnte wie Nancy schreckliche Wut- und Heulanfälle haben, und er fühlte sich noch währenddessen gedemütigt. Als seine Mutter eines Abends sein Zimmer betrat und verkündete, sie würde »zum Abendessen nach White Plains« fahren mit einem Mann, den er nur einmal zuvor gesehen hatte, ein großer, glatzköpfiger, rotgesichtiger Mann, der ihn Champ genannt hatte und der jetzt wahrscheinlich am Fuß der Treppe stand, kopfschüttelnd zuhörte und erfuhr, was für ein rotznasiges kleines Muttersöhnchen er war, zog er das ganze Register. Er täuschte einen Zusammen-bruch am Boden vor, als wären Wutausbrüche eine Form epileptischer Anfälle, dann täuschte er einen Zusammen-bruch auf dem Bett vor, und der schrille Klang seiner eigenen Stimme entsetzte ihn. »Du *darfst* nicht weggehen! Du *darfst* nicht weggehen!«

»... Oh, bitte«, sagte Lucy. »Bitte, Russell. Hör mal. Hör zu. Ich bringe dir etwas Schönes mit, ich verspreche es, und wenn du aufwachst, siehst du es und weißt, daß ich zu Hause bin.«

»...Ah! Oh! Oh!...«

»Bitte, Russell. Bitte...«

Als er am nächsten Morgen erwachte, fand er neben seinem Kissen ein kleines, schön gearbeitetes, ausgestopftes Stofftier in Form eines Lämmchens – ein Geschenk für ein Baby oder ein Mädchen. Er warf es in die hölzerne Kiste an der Wand, in der alle Spielsachen lagen, für die er zu groß war, und schloß den Deckel. Er war ein Muttersöhnchen, na gut, und in Zeiten wie diesen schien es sinnlos, es zu leugnen.

»Du hast gestern abend vielleicht ein Theater gemacht«, sagte Nancy später am Tag.

»Ja, aber ich habe auch schon gehört, wie du ein Theater machst. Schon oft.«

Er hätte hinzufügen können, daß er sogar schon gehört hatte, wie Harry Snyder ein Theater gemacht hatte, und Harry war ein Jahr älter, aber sie hatte Harrys Wutanfall nicht miterlebt und hätte es deswegen wahrscheinlich nicht geglaubt, oder es wäre ihr gleichgültig gewesen.

Russell hatte in der Schule noch keine wirklichen Freunde gefunden, und er sorgte sich deswegen, aber Harry Snyder war der Nachbarsjunge, und es war leicht gewesen, eine lockere Freundschaft mit ihm zu schließen. Eines Tages saßen sie konzentriert über vielen Zinnsoldaten im Keller von Harrys Haus, als seine Mutter die

Treppe hinunterrief: »Russell, du mußt jetzt nach Hause. Harry muß heraufkommen und sich fertig machen, weil wir alle zum Mount Vernon fahren.«

»Ach, Mom, *jetzt*? Meinst du *jetzt*?«

»Selbstverständlich meine ich ›jetzt‹. Dein Vater wollte schon vor einer Stunde los.«

Und da trat Harry in Aktion. Mit drei schnellen gnadenlosen Tritten ließ er die Soldaten in alle Richtungen davonfliegen, zerstörte die Formation, die sie den ganzen Nachmittag über aufgestellt hatten, schrie und fuchtelte mit den Armen und weinte wie jemand, der halb so alt war, während Russell peinlich berührt lächelte und wegsah.

»Harry!« rief Mrs. Snyder. »Harry, hör sofort damit auf. Hast du mich gehört?«

Aber er hörte erst auf, lange nachdem sie heruntergekommen war und ihn auf tragische Weise die Treppe hinaufgeführt hatte; als Russell nach Hause ging, drangen die schrecklichen Geräusche noch über das gelbe Gras hinweg zu ihm.

Dennoch gab es einen bedeutenden Unterschied. Harry hatte geweint, weil seine Mutter ihn allein lassen sollte; Russell hatte geweint, weil er eben das nicht wollte – und genau darin bestand die Definition eines Muttersöhnchens.

An manchen Winterabenden stellte Elizabeth ihre Schreibmaschine ins Wohnzimmer und saß stundenlang konzentriert da, hämmerte ihre Zeitungsartikel herunter oder versuchte, etwas Substantielleres zu schreiben, das sie einer Zeitschrift anbieten könnte. Sie saß so gerade da wie eine Stenographin bei der Arbeit, ihr Rückgrat berührte nie die Stuhllehne, und sie trug eine Hornbrille. Manchmal löste sich eine Locke ihres hübschen blonden Haars und fiel ihr in die Stirn, und sie schob sie mit ungeduldigen Fingern zurück – oft dieselben Finger, die eine brennende Zigarette hielten. Neben der Maschine stand immer ein voller Aschenbecher; auf der anderen Seite, neben dem Papierstapel, lag eine sorgfältig zerbrochene Tafel Milchschokolade im aufgerissenen Papier – die Art Hershey-Schokolade, die fast fünfzig Cent kostete. Alle wußten, daß die Schokolade nicht dafür gedacht war, herumgereicht zu werden: Es war der Kraftstoff, den Elizabeth brauchte, wenn sie nicht trank.

Zwischen dem Tippen gab es oft lange Pausen, wenn sie sich über einen Bleistift neigte, um die Seiten zu überarbeiten und zu korrigieren, und dann wurde die Stille nur unterbrochen von dem gelegentlichen Klappern der lockeren Schneeketten eines Wagens, die auf dem harten Schnee und Eis der Post Road gegen die Unterseite der Kotflügel schlugen. Während einer dieser Pausen, an einem Abend, als es heftig schneite, klingelte das Telefon zum ersten Mal seit vielen Wochen, jedenfalls schien es so.

»Ich geh ran!« rief Alice Towers, bestrebt, ihr Sozialleben zu pflegen, aber dann wandte sie sich um und sagte: »Es ist für Sie, Mrs. Baker.« Und sie hörten alle zu, wie Elizabeth auf eine Weise ins Telefon murmelte und lachte, die nur bedeuten konnte, daß sie mit einem Mann sprach.

»Mein Gott«, sagte sie zu Lucy, nachdem sie aufgelegt hatte, »ich glaube, Judd Leonard ist verrückt. Er ist im Bahnhof von Hartsdale und wird in zehn Minuten mit dem Taxi hier sein. Ist es zu fassen, daß er an so einem Abend hier rausfährt?« Aber als sie unsicher zu ihrem mit Papieren übersäten Arbeitstisch zurückkehrte, sich umdrehte und die Brille abnahm, konnte sie einen schüchternen, erfreuten Ausdruck nicht verbergen, der sie plötzlich in ein Mädchen verwandelte. »Lucy, ist meine Frisur in Ordnung?« sagte sie. »Sind meine Kleider okay? Glaubst du, daß ich noch Zeit habe, mich frisch zu machen und umzuziehen?«

Judd Leonard traf ein, laut lachend und heftig auf-stampfend, um den Schnee im Vorraum abzuschütteln. Seine dünnen Stadtschuhe waren für solche Bedin-gungen nicht geschaffen, und auch sein teurer Mantel wirkte nutzlos, aber er hielt triumphierend eine schwere, mit Wasserflecken gesprenkelte Papiertüte hoch, in der Schnapsflaschen klirrten. Er küßte Lucy Towers auf die Wange, um zu verstehen zu geben, daß er gehört habe, was für eine nette Frau sie sei, und er verhielt sich den Kindern gegenüber aufmerksam: Er erklärte ihnen, daß er ein alter, kaputter Zeitungsmann und ein guter Freund von Nancys Mutter sei.

An diesem Abend blieben alle lange auf. Zuerst redete vor allem Lucy und erzählte Anekdoten aus Westchester; dann verbreitete sich Elizabeth enthusiastisch und aus-giebig über den Kommunismus, und Judd Leonard sprang ihr bei. Obwohl er seinen Lebensunterhalt durch den Kapitalismus verdiene, sagte er, wäre er froh, wenn er ein Ende fände, falls die Menschheit dann eine Chance hätte. Sie lebten in Zeiten unvermeidlicher Veränderun-gen, nur ein Dummkopf könne es nicht bemerken. Nach-dem die Kinder oben in ihren Betten lagen, erfüllte seine rollende, gewaltige Stimme noch lange das verschneite Haus. Sie hörten ihr zu, solange sie konnten, ob sie nun etwas begriffen oder nicht, bis sie zu ihrem Rhythmus einschliefen.

Als es am nächsten Nachmittag aufhörte zu schneien, fuhren Elizabeth und Judd gemeinsam mit einem Taxi zum Bahnhof von Hartsdale. Als sie im Zug nach New York saßen, sagte er: »Deine Mitbewohnerin ist ein Schwachkopf. Gib ihr drei Drinks, und sie will nur noch über Gartenpartys reden.«

»Ach, Lucy ist in Ordnung«, sagte Elizabeth. »Man muß sich nur an sie gewöhnen. Außerdem ist es eine nette Einrichtung, das Haus zu teilen. Es ist mir sehr recht.«

»Ah, komische, kleine irische Scarsdale-Bolschewikin«, sagte er voller Zuneigung und legte den Arm um sie. »Du bist auch nicht viel klüger als sie.«

Nachdem Elizabeth drei oder vier Tage fort war, nahm Lucy an, daß sie eine Weile bei Judd in New York bleiben und zur Arbeit nach New Rochelle und abends zurück in die Stadt fahren würde. Aber wäre es nicht rücksichtsvoll gewesen, sie von ihren Plänen zu unterrichten? War es nicht ein bißchen unbedacht, nicht einmal Nancy Bescheid zu sagen?

Russell Tower fand es erstaunlich, daß Nancy nicht wußte, wo ihre Mutter war, und sich trotzdem nicht vor Kummer verzehrte – sie schien sich nicht einmal zu grämen. Eines Tages, nachdem Elizabeth ungefähr eine Woche oder länger fort war, trieb er sich vor der offenen Tür zu ihrem Zimmer herum und sah zu, wie sich Nancy auf dem Boden mit einem Bogen Zeichenpapier aus der

Schule und mit ihren eigenen Buntstiften zu schaffen machte.

Schließlich sagte er: »Hast du was von deiner Mutter gehört?«

»Nee«, sagte sie.

»Weißt du, wo sie ist?«

»Nee.«

Er wußte, daß ihn die nächste Frage in ihren Augen leicht zu einem Dummkopf machen könnte, aber er mußte sie stellen. »Machst du dir Sorgen?«

Und Nancy blickte offen und nachdenklich zu ihm auf. »Nein«, sagte sie. »Ich weiß, daß sie zurückkommen wird. Sie kommt immer zurück.«

Das war beeindruckend. Als er in sein Zimmer zurückschlurfte, wurde Russell klar, daß eine Einstellung wie diese genau das Richtige für sein Leben wäre. Aber er wußte auch, als er auf seinem Bett saß und darüber nachdachte, daß es ausgeschlossen war. Es war ebenso weithergeholt, wie sich mit den Athleten zu vergleichen, die auf der Rückseite von Haferflockenschachteln prangten. Er war ein ängstliches, mageres, kleines Kind, ewig zu jung für sein Alter, und jeder, der den Deckel seiner Spielzeugkiste öffnete, fände schauderliche Beweise dafür.

Als das Telefon ein paar Abende später erneut läutete, war es wieder Alice Towers, die abhob. »Ja, natürlich«, sagte sie, und dann: »Es ist für dich Nancy. Deine Mutter.«

Nancy telefonierte im Stehen, der Familie Towers den Rücken zugewandt. Nachdem sie »Hallo« gesagt hatte, waren ihre Worte unverständlich; dann schwieg sie, hörte zu, die Schultern auf unnatürliche Weise hochgezogen. Schließlich drehte sie sich um und hielt Lucy den Hörer hin, die ihn sofort ergriff.

»Also, *Elizabeth.* Alles in Ordnung? Wir haben uns alle – ein bißchen Sorgen um dich gemacht.«

»Lucy, ich brauche mein Kind«, sagte Elizabeth mit der vertrauten, für irische Gedichte reservierten Stimme. »Ich möchte, daß du mir mein Kind noch heute Nacht schickst.«

»Oh. Na ja. Zum einen ist der letzte Zug wahrscheinlich schon vor Stunden gefahren, und außerdem – «

»Der letzte Zug fährt kurz nach halb elf«, sagte Elizabeth. »Judd hat gerade im Fahrplan nachgesehen. Sie hat noch jede Menge Zeit, um sich fertig zu machen.«

»Aber, Elizabeth, ich halte das wirklich nicht für eine gute Idee. Ist sie schon einmal allein mit dem Zug gefahren? Abends?«

»Ach, Unsinn. Die Fahrt dauert nur vierzig Minuten, und Judd und ich holen sie ab, oder zumindest ich. Das weiß sie. Ich habe ihr gesagt, daß sie nur den Leuten nachgehen muß, wenn sie ausgestiegen ist.«

Und Lucy zögerte. »Tja«, sagte sie, »wenn du versprichst, sie abzuholen – «

»›Versprechen‹? Du erwartest, daß ich ein Versprechen abgebe? Dir? Wegen so etwas? Du beginnst, mir auf die Nerven zu gehen, Lucy.«

Russell meinte, daß seine Mutter gekränkt und verwirrt und ein bißchen dämlich dreinblickte, nachdem sie aufgelegt hatte, aber sie erholte sich schnell, und von da an machte sie alles richtig. In einem Tonfall, der eine angenehme Mischung aus Autorität und Zuneigung war, schickte sie Nancy nach oben, um sich umzuziehen und zu packen. Dann rief sie ein Taxi und erklärte, daß ein neunjähriges Mädchen allein fahren würde, und bat darum, daß der Fahrer sie sicher in den Zug setzte.

Als Nancy in einem frischen Kleid herunterkam, mit ihrem Wintermantel und einem Köfferchen, sagte Lucy Towers: »Gut. Du siehst sehr hübsch aus, Liebes.« Russell war sich nicht ganz sicher, aber er glaubte, daß seine Mutter sie zum ersten Mal »Liebes« genannt hatte.

»Oh, Moment«, sagte Nancy, »ich hab was vergessen.« Und sie lief noch einmal hinauf und kam mit ihrem schmuddeligen Teddybären zurück.

»Ach ja, natürlich«, sagte Lucy. »Ich sage dir, was wir machen.« Sie nahm den kleinen Koffer auf den Schoß und öffnete die Schließen. »Wir machen ihn auf und legen George ganz oben drauf, dann weißt du immer, wo er ist.« Und das Beste daran war, Nancys verschämtes Lächeln bestätigte es, daß sich Lucy an den Namen des Teddybären erinnert hatte.

»Gut«, sagte Lucy und nahm ihre Geldbörse. »Jetzt brauchen wir noch Geld. Ich habe nur einen Dollar fünfzig mehr, als deine Fahrkarte kostet, aber das wird bestimmt reichen. Deine Mutter holt dich in Grand Central ab, du wirst also kein Geld brauchen. Du warst doch schon mal in Grand Central, oder?«

»Ja.«

»Du darfst nicht vergessen, daß du den anderen Leuten folgen mußt. Es gibt einen langen Bahnsteig und dann eine lange Rampe, die hinaufführt, dann bist du im Bahnhof, und dort wird deine Mutter auf dich warten.«

»Okay.«

Dann hupte das Taxi auf der Einfahrt, und alle drei Mitglieder der Familie Towers gingen bei eiskaltem Wind hinaus über den rutschigen, verkrusteten Schnee und verabschiedeten sich von Nancy.

Sie war über eine Woche weg, und in dieser Zeit gab es keine Anrufe. Als sie zurückkehrte, allein, nachdem sie irgendwie die Taxifahrt vom Bahnhof in Hartsdale nach Hause arrangiert hatte (und Russell war sich nicht sicher, ob er das ohne fremde Hilfe geschafft hätte), erzählte sie nicht viel.

»Hattest du eine schöne Zeit in der Stadt, Nancy?« fragte Lucy Towers beim Abendessen, während das Mädchen geräuschlos Teller mit Spaghetti und Fleischsauce zum Tisch trug.

»Es war die meiste Zeit kalt«, sagte Nancy. »An einem Tag war es warm genug, daß ich hinaufgehen und mich aufs Dach setzen konnte, und das hab ich auch getan, aber ich war nur eine Stunde oben – eine Stunde –, dann war ich voller Ruß. Meine Hände, mein Gesicht, meine Kleider, alles. Schwarz.«

»Mhm, ja«, sagte Lucy und drehte zu viele Spaghetti auf ihre Gabel. »Die Luft in New York ist allerdings – sehr schmutzig.«

Harry Snyders Wutausbruch mit den Zinnsoldaten wurde nie erwähnt, aber die Nachwirkungen davon ließen ihn in Russells Gegenwart ein wenig gereizt sein. Es wurde schwer, ihm etwas recht zu machen, er fand rasch etwas zu meckern und stand oft da und blickte »hart« drein, die Daumen im Gürtel seiner Knickerbocker aus Kordsamt eingehakt.

»Was is da drin?« fragte er eines Tages in Russells Zimmer und deutete auf die Spielzeugkiste.

»Nichts Wichtiges. Altes Zeug, das meine Mutter noch nicht weggeworfen hat.«

Aber das hielt Harry nicht davon ab, zur Kiste zu gehen und sie zu öffnen. »Mann«, sagte er. »So Zeug gefällt dir? Mit so Zeug spielst du?«

»Natürlich nicht«, sagte Russell. »Ich hab dir doch gesagt, daß meine Mutter noch keine Zeit gehabt hat, sie wegzu – «

»Warum wirfst du sie dann nicht selber weg, wenn sie dir nicht gefallen? Hm? Warum muß deine Mutter das machen?«

Es war ein schlimmer Augenblick, das einzig Sinnvolle war es, Harry sofort aus dem Zimmer zu manövrieren. Aber es war unmöglich, ihn dazu zu bringen, die Treppe hinunter und nach draußen zu gehen, weil er es interessanter fand, eine Weile an der Schwelle zu Nancys Zimmer zu stehen und hineinzuschauen.

»Was machst du da, Nancy?« fragte er sie.

»Nichts, ich räume nur meine Programmhefte auf.«

»Deine was?«

»Die da, schau. Programmhefte vom Theater. Ich war mit meinem Vater in fünf verschiedenen Operetten von Gilbert und Sullivan, und ich hebe immer die Programmhefte auf. Als nächstes schauen wir uns *Mikado* an.«

»McWas?«

»So heißt der Kaiser von Japan«, erklärte sie. »Es soll sehr gut sein. Aber bislang haben mir *Die Piraten von Penzance* am besten gefallen, und ich glaub

Daddy auch. Er hat mir die Musik geschickt, die ganze Partitur.«

Russell hatte sie noch nie so gesprächig und geistreich erlebt, außer wenn sie ein Mädchen aus der Schule mitbrachte, aber auch dann hörte er von den Gesprächen vor allem unkontrolliertes Gekicher. Jetzt faßte sie das Libretto zusammen, so gut sie konnte, und achtete darauf, keine Aspekte zu betonen, die Harrys Verständnis des Ganzen erschweren würden. Zu Beginn ihres Monologs hatte sie die Jungen mit einer beiläufigen Geste in den Raum gebeten, und bald darauf hatten sie ihn in Besitz genommen: Harry saß auf dem einzigen Stuhl mit dem Stapel der Programmhefte auf dem Schoß, Russell stand neben dem Fenster, die Daumen in den Gürtel geschoben.

»...und das Beste«, sagte sie, »das Beste ist diese Nebenrolle, dieser Polizist. Er ist unheimlich steif und ruppig.« Sie machte ein paar Schritte und drehte sich um, stellte Steifheit und Ruppigkeit dar. »Er ist toll, und er singt dieses schöne Lied.«

Und sie begann zu singen, versuchte sich an einer tiefen männliche Stimme und einem Cockney-Akzent und bemühte sich, nicht zu lächeln:

»*Wenn ein Missetäter gerade nicht beschäftigt ist*
– beschäftigt ist«

»Ach, das habe ich vergessen«, sagte sie und glättete sich das Haar mit einer nervösen Hand. »Auf der Bühne steht ein ganzer Chor, und die Leute singen mit und wiederholen den Schluß von jeder Zeile.«

– beschäftigt ist
Oder seine missetäterischen kleinen Pläne schmiedet
– Pläne schmiedet
Kann er ganz unschuldig und fröhlich sein
– fröhlich sein
Genau wie jeder andre ehrenhafte Mann
– ehrenhafte Mann
Doch wir halten uns zurück mit Mühe
– mit Mühe
Wenn der Wachtmeister tut seine Pflicht
– seine Pflicht
Ah, so nehmen wir aufeinander Rücksicht – «

Harry Snyder verzog das Gesicht und stieß einen langsamen würgenden Laut aus, als wäre es das schlechteste und ekelhafteste Lied, das er je gehört hatte, und um Erbrechen zu simulieren, warf er die Programmhefte klatschend auf den Boden. Das trug ihm ein angespanntes kleines Lachen der Komplizität von Russell ein, und dann herrschte Stille im Zimmer.

Das Erstaunen und die Kränkung in Nancys Gesicht hielten nur ein paar Sekunden an, dann wurde sie wütend. Weinen könnte sie später, aber jetzt weinte sie ganz sicher nicht. »Raus hier«, sagte sie. »Raus hier. Alle beide. Sofort.«

Sie konnten nur benommen aus dem Zimmer taumeln wie Clowns, sich anstoßend und Grimassen schneidend, es sollte aussehen, als würden sie sich freiwillig zurückziehen, um Nancys Zorn zu verhöhnen. Sie knallte die Tür hinter ihnen so fest zu, daß von der Decke im Flur kleine Farbpartikel herunterfielen, und für den Rest des

Nachmittags fanden sie keine andere Beschäftigung, als im Garten hinter dem Haus herumzualbern, Blickkontakt meidend, bis Harry nach Hause mußte.

Als Elizabeth schließlich zurückkam, sah sie »schrecklich« aus – so beschrieb Lucy sie Alice.

»Du meinst also, daß es aus ist?« fragte Alice. »Mit Judd?« Sie verließ sich auf ihre Mutter, wenn es um die Interpretation des Verhaltens Erwachsener ging, weil sie niemanden sonst fragen konnte, aber sie erhielt nicht immer eine Antwort: Letzten Monat hatte ein Mädchen aus der neunten Klasse die Schule verlassen, weil sie schwanger war, und Lucys Abscheu hatte jedwede Interpretation hinfällig gemacht.

»Ach, na ja, *das* weiß ich nicht«, sagte Lucy jetzt, »und du wirst hoffentlich keine persönlichen Fragen stellen, weil es dich wirklich nichts – «

»Persönliche Fragen? Warum sollte ich das tun?«

»Ach, weil du immer alles wissen willst, Liebes, über die Privatangelegenheiten anderer Leute.«

Und Alice blickte gekränkt drein, ein Ausdruck, den sie in letzter Zeit noch öfter zur Schau trug als ihre Mutter oder ihr Bruder.

Die Familie Towers hielt sich meistens von Elizabeth fern, und das tat auch Nancy; es war, als wäre eine Fremde im Haus. Sie kam schwerfällig in ihren Stöckelschuhen die Treppe herunter, stellte sich ans Fenster und starrte hinaus auf die Post Road, als wäre sie tief in Gedanken versunken, stocherte in den Gerichten, die man ihr vorsetzte, und trank viel nach dem Abendessen, während sie ungeduldig in Zeitschriften blätterte. Elizabeth schien überhaupt nicht zu bemerken, wie unbehaglich sich die anderen in ihrer Gegenwart fühlten.

Dann eines Abends, lange nachdem die Kinder im Bett waren, warf sie *The New Republic* beiseite und sagte: »Lucy, ich glaube, es funktioniert nicht. Es tut mir leid, weil es eine gute Idee zu sein schien, aber ich denke, daß wir beide anfangen sollten, eigene Wohnungen zu suchen.«

Lucy war baff. »Aber wir haben doch einen Zwei-Jahres-Vertrag unterschrieben«, sagte sie.

»Ach, komm. Ich hab schon Mietverträge gebrochen und du auch. Die Leute brechen ständig Mietverträge. Ich glaube nicht, daß du und ich dafür geeignet sind, so zu wohnen wie jetzt, das ist alles, und den Kindern gefällt es auch nicht, also laß es uns beenden.«

Lucy fühlte sich, als würde sie von einem Mann verlassen. Nach kurzer heftiger Anstrengung, nicht in Tränen auszubrechen – sie wußte, daß es lächerlich wäre, wegen so etwas zu weinen –, sagte sie zögernd: »Wirst du in die Stadt ziehen? Zu Judd?«

»Oh, *Gott*, nein.« Elizabeth stand auf und begann, auf dem Teppich hin und her zu gehen. »Dieses Großmaul. Dieser überhebliche, arrogante, betrunkene Dreckskerl – und außerdem hat er mit mir Schluß gemacht.« Sie lachte kurz und hart auf. »Du hättest *sehen* sollen, wie er mit mir Schluß gemacht hat. Du hättest es *hören* sollen. Nein, ich will so was suchen, was ich vorher hatte, oder etwas Besseres, wo ich Ruhe habe und mich – mich allein um meine Angelegenheiten kümmern kann.«

»Elizabeth, ich wünschte, du würdest es dir noch einmal überlegen. Ich weiß, daß dieser Winter schwer

für dich war, aber es scheint mir nicht fair, daß du –
ach, warte ein paar Wochen oder einen Monat und
entscheide dich dann. Es ist doch auch für dich vorteil-
haft, könnte es jedenfalls sein, und außerdem sind wir
Freundinnen.«

Elizabeth ließ das Wort »Freundinnen« eine Weile in
der Luft schweben, als wollte sie es überprüfen.

»Na ja«, sagte Lucy einlenkend, »ich meine, wir haben
auf jeden Fall viel gemeinsam, und wir – «

»Nein, das haben wir nicht.« Und in Elizabeths Augen
trat ein grausames Funkeln, das Lucy noch nie zuvor darin
gesehen hatte. »Wir haben überhaupt nichts gemeinsam.
Ich bin Kommunistin, und du wählst wahrscheinlich Alf
Landon. Ich habe mein ganzes Leben gearbeitet, und
du hast kaum einen Finger krumm gemacht. Ich habe
noch nie etwas von Unterhaltszahlungen *gehalten*, und
du lebst davon.«

Da blieb Lucy Towers nichts anderes übrig, als schweigend aus dem Zimmer zu rauschen, die Treppe hinauf
und ins Bett zu gehen und darauf zu warten, daß sie
von Weinkrämpfen überwältigt wurde. Aber sie schlief
ein, bevor das passierte, wahrscheinlich, weil auch sie
an diesem Abend viel getrunken hatte.

Es war mittlerweile Frühling. Sie wohnten seit einem
halben Jahr zusammen in dem Haus, und jetzt drohte
das Ende ihrer gemeinsamen Zeit. Es wurde nicht viel
darüber gesprochen, aber alles schien nun zum letzten
Mal stattzufinden.

Neben dem Haus befand sich auf der einen Seite das
Haus, in dem Harry Snyder wohnte, auf der anderen ein

unbebautes Grundstück, das eine gute Bühne für Kriegs-
spiele abgab: Das Gestrüpp war zum Teil hoch genug, um
sich darin zu verstecken, und es gab Pfade und Flächen
offener, fester Erde, um Infanteriekämpfe aufzuführen.
Russell trieb sich dort eines Nachmittags allein herum,
weil es vielleicht das letzte Mal war, daß er dort sein
konnte, aber ohne Harry machte es keinen großen Spaß.
Er war auf dem Nachhauseweg, als er aufblickte und sah,
daß Nancy ihn von der Veranda hinter dem Haus aus
beobachtete.

»Was hast du dort bloß gemacht?« fragte sie.

»Nichts.«

»Es hat ausgesehen, als würdest du im Kreis gehen und
Selbstgespräche führen.«

»So war es auch«, sagte er und zog eine dümmliche
Grimasse. »Das mache ich die ganze Zeit. Tun das nicht
alle?«

Und zu seiner großen Erleichterung schien sie seine
Antwort witzig zu finden; sie bedachte ihn sogar mit
einem freundlichen kleinen Lachen.

Kurz darauf schlenderten sie gemeinsam über das
unbebaute Grundstück, und er zeigte ihr die Schauplätze
kurz zurückliegender militärischer Aktionen. Hier war
das Gebüsch, in dem Harry Snyder seine Maschinen-
gewehrstellung versteckt hatte; dort war der Pfad, auf
dem Russell eine Phantompatrouille angeführt hatte und
ihn die erste Salve direkt in die Brust traf.

Um die Szene zu rekapitulieren, taumelte er entsetzt
zurück und ließ sich auf die Erde fallen, wo er reglos liegen blieb. »Wenn man direkt in die Brust getroffen wird,
kann man nicht viel machen«, erklärte er, als er aufstand

und den Schmutz von seinen Kleidern wischte. »Aber am schlimmsten ist es, wenn man eine Granate in den Bauch kriegt.« Und das erforderte eine weitere Vorführung von Agonie und Sturz in den Staub.

Nachdem er zum dritten Mal für sie gestorben war, sah sie ihn nachdenklich an. »Am liebsten fällst du hin, oder?« sagte sie.

»Hm?«

»Ich meine, am besten gefällt dir, wenn du getötet wirst, stimmt's?«

»Nein«, sagte er ausweichend, weil ihr Tonfall zu bedeuten schien, daß so eine Vorliebe ungesund war. »Nein, ich – ich weiß nicht.«

Damit war die Freude vorbei, obwohl sie sich weiterhin gut verstanden, als sie nach Hause gingen; jedenfalls war nicht zu leugnen, daß sie für eine kurze Weile Freunde gewesen waren.

Und aufgrund dieser Tatsache stürmte Russell am nächsten Tag während der Mittagspause von der Schule durch die Hintertür ins Haus und wollte ihr etwas Wichtiges erzählen.

Sie war vor ihm nach Hause gekommen und saß zwischen den Kissen auf dem Wohnzimmersofa, schaute aus dem Fenster und wickelte sich eine Locke ihres schwarzen Haars um den Zeigefinger.

»He«, sagte er, »das ist so komisch. Du kennst doch diesen wirklich großen Kerl aus deiner Klasse? Carl Shoemaker?«

»Klar«, sagte sie. »Natürlich kenne ich den.«

»Also, ich bin gerade aus der Schule gekommen, und Carl Shoemaker stand mit zwei anderen Typen auf dem

Schulhof und hat mich zu sich gerufen. Er hat gesagt: ›He, Towers, willst du einen Probelauf machen?‹

Ich habe gesagt: ›Einen Probelauf wofür?‹

Er hat gesagt: ›Für die Mitgliedschaft bei der Menschheit. Ich muß dich warnen, Memmen sind nicht zugelassen.‹

Ich habe gesagt: ›Wer ist eine Memme?‹

Und er hat gesagt: ›Bist du keine? Ich hab gehört, du bist eine. Deswegen warne ich dich ja.‹

Und ich habe gesagt: ›Hör mal, Shoemaker. Such dir jemand anders, wenn du jemand warnen willst, okay?‹ Ich habe gesagt: ›Wenn du jemand warnen willst, dann such weiter.‹«

Es war eine ziemlich genaue Wiedergabe des Dialogs, und Nancy schien interessiert zugehört zu haben. Aber der letzte Satz klang etwas unschlüssig, als bestünde die Möglichkeit, daß es weiteren Ärger gäbe, sobald er in die Schule zurückkehrte. »Und danach«, fuhr er fort, »danach haben sie gegrinst und sich getrollt, Shoemaker und seine zwei Kumpane. Ich glaube nicht, daß sie sich noch einmal mit mir anlegen. Aber die ganze Sache war wirklich irgendwie – irgendwie komisch.«

Er fragte sich, warum er ihr das überhaupt erzählt hatte, anstatt über etwas anderes zu sprechen. Wie sie da auf dem Sofa saß, im Licht des Mittags, konnte er sich vorstellen, wie sie wahrscheinlich aussehen würde, wenn sie erwachsen und hübsch wäre.

»Er hat gesagt, er hätte gehört, daß du eine Memme bist?«

»Er hat gesagt, er hat es *gehört*, aber ich glaube – «

Und sie bedachte ihn mit einem langen, empörend

durchtriebenen Blick. »Na ja«, sagte sie. »Wo er das wohl gehört hat?«

Russell zog die Daumen aus dem Gürtel, als er langsam auf dem Teppich zurückwich, großäugig, entsetzt über ihren Verrat. Kurz bevor er die Tür erreichte, sah er, wie Angst an die Stelle der Durchtriebenheit in ihrem Gesicht trat, aber es war zu spät: Sie wußten beide, was er als nächstes tun würde, und nichts konnte ihn aufhalten.

Am Fuß der Treppe rief er: »Mom? Mom?«

»Was ist denn los, Lieber?« Lucy Towers tauchte auf dem Treppenabsatz auf, sie sah beunruhigt aus und trug, was sie ihr Cocktailkleid nannte.

»Nancy hat Carl Shoemaker erzählt, daß ich eine Memme bin, und er hat es vielen anderen gesagt, und jetzt sagen's alle, und es ist gelogen. Es ist gelogen.«

In einer dem Cocktailkleid angemessenen, herrschaftlichen Haltung kam Lucy die Treppe herunter. »Ja«, sagte sie. »Gut. Darüber können wir beim Mittagessen sprechen.«

Elizabeth kam nie zum Mittagessen nach Hause, und Alice aß in der Highschool-Mensa, und so saßen sie nur zu dritt am Tisch: Russell und seine Mutter auf der einen Seite, Nancy auf der anderen. Es war niemand da, der von der Gewalt von Lucys bedächtiger, leidenschaftlicher, erbarmungsloser Stimme hätte ablenken können.

»Mich überrascht, was du getan hast, Nancy, und ich bin deswegen zutiefst bekümmert. So etwas tut man nicht. Man verbreitet keine boshaften Klatschgeschichten und Lügen über seine Freunde hinter ihrem Rücken. Das ist so schlimm wie Stehlen oder Betrügen. Es ist ekelerregend. Vermutlich gibt es Menschen, die so etwas tun, aber das sind keine Leute, mit denen ich am Tisch sitzen oder in einem Haus wohnen oder die ich als Freunde haben möchte. Hast du mich verstanden, Nancy?«

Das Hausmädchen kam mit den Tellern herein – heute gab es kleine Portionen Kalbfleisch mit Kartoffelbrei und Erbsen –, und sie blieb lange genug, um Lucy einen andeutungsweise vorwurfsvollen Blick zuzuwerfen, bevor sie in die Küche zurückkehrte. Nie zuvor hatte sie in einem Haus wie diesem gearbeitet, und sie wollte es auch nie wieder tun. Eine nette Dame, eine verrückte Dame und drei traurige Kinder: Was für ein Haushalt war das? Aber es würde bald vorbei sein – das Arbeitsamt suchte bereits eine neue Stelle für sie –, doch in der Zwischenzeit sollte jemand der verrückten Dame den Mund verbieten, bevor sie das kleine Mädchen zu Tode schimpfte.

»Russell ist dein Freund, Nancy«, sagte Lucy Towers, »und du wohnst mit ihm im selben Haus. Wenn du in der Schule bösartige Lügen über ihn verbreitest, hinter seinem Rücken, richtest du großen Schaden an. Ich bin sicher, daß du das weißt; du hast es von Anfang an gewußt. Aber ich frage mich, ob du dabei jemals an mich gedacht hast. Denn, soll ich dir was sagen, Nancy? *Ich* habe dieses Haus gefunden. *Ich* habe deine Mutter gebeten, mit mir hier einzuziehen, damit wir alle zusammenwohnen können. *Ich* war es, die gehofft und gehofft hat, daß es hier in unserem Leben ein bißchen Frieden und Harmonie geben könnte – ja, und das habe ich noch gehofft, nachdem ich schon wußte, daß es nicht so sein würde. Du siehst also, daß du nicht nur Russell verletzt hast, Nancy, sondern auch mich. Auch mich. Du hast mich schrecklich verletzt, Nancy....«

So ging es weiter, und es endete genau so, wie Russell

es vorhergesehen hatte. Während der gesamten Schelte hatte Nancy schweigend dagesessen mit starrer Miene und gesenktem Blick – sie aß sogar etwas, als wollte sie beweisen, daß sie über der Sache stünde –, aber schließlich entgleiste ihr Mund. Die Lippen zuckten verräterisch, waren zunehmend schwer zu kontrollieren; dann standen sie offen und erstarrten verzweifelt um zwei halb gekaute grüne Erbsen, und sie weinte erbärmlich, ohne einen Laut von sich zu geben.

Beide kamen nachmittags zu spät zur Schule, obwohl Nancy einen Vorsprung von ungefähr hundert Metern hatte. Zwischen den Rasenflächen anderer Leute, durch einen kaputten Zaun und dann auf einer leicht kurvigen Vorortstraße konnte Russell gelegentlich einen Blick auf sie werfen, ein großes, schlankes Mädchen mit einem Gang, der sie älter wirken ließ als neun. Sie würde erwachsen und hübsch werden; sie würde heiraten und eigene Söhne und Töchter haben; und deshalb war es wahrscheinlich dumm und sogar memmenhaft zu fürchten, daß sie sich immer daran erinnern würde, was Russell Towers ihr heute angetan hatte. Dennoch, er konnte unmöglich wissen, ob sie es jemals vergessen würde.

»Ich sehe keinen Sinn darin, es hinauszuzögern«, sagte Elizabeth am nächsten Tag und stellte zwei gepackte Koffer auf dem Wohnzimmerboden ab. »Nancy und ich fahren nach White Plains und bleiben ein paar Tage in einem Hotel. Wenn wir irgendwo eine Wohnung gefunden haben, lasse ich unsere restlichen Sachen holen.«

»Du bringst mich in eine sehr unangenehme Lage«, sagte Lucy ernst.

»Ach, komm schon, ich sehe das überhaupt nicht so. Hier, schau, ich lasse dir die Miete für einen weiteren Monat da, okay?« Sie setzte sich mit ihrem Scheckbuch kurz an ihren alten Arbeitstisch und kritzelte etwas. »Da«, sagte sie, als sie fertig war. »Damit sollte dein Leiden beglichen sein.« Und sie und Nancy trugen die Koffer hinaus zum Model A.

Keiner der Towers ging zum Fenster, um zum Abschied zu winken, aber das war bedeutungslos, weil keine der Bakers zurückblickte.

»Weißt du was?« sagte Elizabeth, als sie und Nancy auf der Post Road nach Norden fuhren. »Den Scheck auszuschreiben konnte ich mir eigentlich nicht leisten. Er wird nicht platzen, aber im nächsten Monat wird es eng für uns. Trotzdem, es gibt einfach Zeiten, in denen man sich herauskaufen muß, ob man es sich leisten kann oder nicht.«

Nach einer weiteren Weile warf sie einen Blick auf Nancys ernstes Profil und sagte: »Mein Gott, können wir in diesem Wagen nicht mal lachen? Warum singst du mir nichts von Gilbert und Sullivan vor?«

Und Nancy lächelte sie kurz scheu an, bevor sie sich wieder abwandte. Langsam zog Elizabeth den Handschuh von ihrer rechten Hand. Sie langte hinüber zu den Oberschenkeln ihrer Tochter und zog sie zu sich herüber, vorsichtig, damit ihre kleinen Knie nicht gegen die bebende Gangschaltung stießen. Sie drückte die Oberschenkel des Kindes eine lange Weile fest gegen ihre; dann sagte sie mit einer so leisen Stimme, daß sie über dem Motorenlärm fast nicht zu hören war: »Hör mal, es wird alles gut werden, Liebes. Alles wird gut werden.«

Verliebte Lügner

Als Warren Mathews mit seiner Frau und ihrer zwei Jahre
alten Tochter nach London zog, befürchtete er, daß sich
die Leute über seine scheinbare Untätigkeit wundern
würden. Es half nicht viel zu sagen, daß er »ein Fulbright«
hatte, weil sogar nur wenige Amerikaner wußten, was
das bedeutete; die meisten Engländer blickten ihn ver-
ständnislos an oder lächelten aufmunternd, bis er es
erklärte; und auch dann verstanden sie es nicht.

»Warum erzählst du ihnen überhaupt etwas?« fragte
seine Frau. »Geht es sie etwas an? Was ist mit all den
Amerikanern, die hier leben, weil sie *Privat*vermögen
haben?« Und dann wandte sie sich wieder ihrer Arbeit
am Herd oder an der Spüle oder am Bügelbrett zu oder
der rhythmischen anmutigen Aufgabe, ihr langes braunes Haar zu bürsten.

Sie war eine hübsche junge Frau mit scharfen Zügen,
hieß Carol und hatte in einem Alter geheiratet, in dem
sie, wie sie oft sagte, noch viel zu jung gewesen war,
und sie brauchte nicht lange, um festzustellen, daß sie
London haßte. Es war groß und langweilig und abwei-
send; man konnte meilenweit gehen oder mit dem Bus
fahren, ohne etwas Schönes zu sehen, und das Nahen
des Winters brachte einen übelriechenden, schwefeligen
Nebel mit sich, der alles gelb fleckte, durch geschlossene

Fenster und Türen drang, in den Räumen hing und die blinzelnden, tränenden Augen angriff.

Außerdem kamen sie und Warren seit langem nicht mehr miteinander aus. Vielleicht hatten beide gehofft, daß das Abenteuer des Umzugs nach London helfen würde, die Dinge in Ordnung zu bringen, aber mittlerweile konnten sie sich kaum mehr erinnern, ob sie es gehofft hatten oder nicht. Sie stritten nicht häufig – Streiten hatte zu einer früheren Phase ihrer Ehe gehört –, aber sie fanden kaum mehr Gefallen an der Gesellschaft des anderen, und es gab ganze Tage, an denen es schien, daß sie in ihrer kleinen ordentlichen Souterrainwohnung nichts tun konnten, ohne sich in die Quere zu kommen. »Oh, entschuldige«, murmelten sie, wenn sie sich wieder aus Versehen angerempelt hatten. »Entschuldige ...«

Die Souterrainwohnung war ein einziger Glücksfall gewesen: Sie zahlten nur eine symbolische Miete, weil sie Carols englischer Tante Judith gehörte, einer eleganten, siebzigjährigen Witwe, die allein in der Wohnung über ihnen lebte und häufig liebenswürdig erklärte, wie »charmant« sie seien. Sie war ebenfalls sehr charmant. Die einzige, im voraus besprochene Unannehmlichkeit bestand darin, daß Judith ihre Badewanne benutzen mußte, weil sich in ihrer eigenen Wohnung keine befand. Sie klopfte morgens schüchtern an ihre Tür und trat ein, in einen hoheitsvollen, bodenlangen Morgenmantel gehüllt, lächelte und entschuldigte sich. Später kam sie von Dampfschwaden umgeben aus dem Bad, ihr altes hübsches Gesicht so rosa und frisch wie das eines Kindes, und ging langsam ins vordere Zimmer. Manchmal blieb sie eine Weile, um sich zu unterhalten, manchmal nicht. Einmal sagte sie mit der Hand auf dem Knauf der Wohnungstür: »Wißt ihr, als wir vereinbart haben, daß ihr hier einzieht, als ich beschloß, die Wohnung unter-zuvermieten, dachte ich: Was, wenn ich sie nicht *mag*? Und jetzt ist alles ganz wunderbar, weil ich euch beide so ins Herz geschlossen habe.«

Sie schafften es, erfreut und liebevoll zu antworten; dann, nachdem sie gegangen war, sagte Warren: »Das war nett.«

»Ja, sehr nett.« Carol saß auf dem Teppich und mühte sich, die Ferse ihrer Tochter in einen roten Gummistiefel zu schieben. »Halt jetzt still, Süße«, sagte sie. »Mach es Mommy nicht so schwer.«

Das kleine Mädchen, Cathy, ging jeden Werktag in einen Kindergarten namens Peter Pan Club. Ursprüng-lich hätte diese Maßnahme Carol ermöglichen sollen, in London zu arbeiten, um das Fulbright-Stipendium zu ergänzen; dann fanden sie heraus, daß es ein Gesetz gab, das britischen Arbeitgebern verbot, Ausländer ein-zustellen, es sei denn, sie konnten belegen, daß sie über Fähigkeiten verfügten, die britischen Bewerbern fehlten, aber Carol konnte nicht hoffen, Derartiges nachzuwei-sen. Dennoch ließen sie Cathy im Kindergarten, weil es ihr dort zu gefallen schien, und auch – obwohl sie es nicht nicht aussprachen –, weil es gut war, wenn sie den ganzen Tag außer Haus war.

Und an diesem Morgen machte die Aussicht, Zeit allein mit ihrem Mann zu verbringen, Carol besonders froh: Sie hatte am Abend zuvor beschlossen, ihm heute mitzuteilen, daß sie ihn verlassen wollte. Er mußte inzwi-schen selbst gemerkt haben, daß es so nicht weitergehen konnte. Sie würde mit dem Kind nach New York zurückkehren; wenn sie sich dort eingerichtet hätte, würde sie Arbeit suchen – als Sekretärin oder Empfangsdame oder etwas Ähnliches – und auf eigenen Füßen stehen. Sie würden natürlich brieflich in Kontakt bleiben, und wenn sein Fulbright-Jahr vorüber wäre – na ja, dann könnten sie ja beide noch einmal über alles nachdenken.

Auf dem Weg zum Peter Pan Club, mit der plappernden Cathy an ihrer Hand, und auf dem Rückweg, allein und rascher ausschreitend, versuchte Carol, murmelnd ihren Text zu üben; aber als es soweit war, war die Szene wesentlich leichter zu spielen, als sie befürchtet hatte. Warren schien nicht einmal sonderlich überrascht – zumindest nicht auf eine Weise, die sich ihrer Argumentation widersetzt hätte.

»Okay«, sagte er mehrmals düster, ohne sie wirklich anzusehen. »Okay…« Nach einer Weile stellte er eine beunruhigende Frage: »Was sollen wir Judith sagen?«

»Ja, darüber habe ich auch nachgedacht«, sagte sie, »und es wäre wirklich unangenehm, ihr die Wahrheit zu sagen. Glaubst du nicht, daß wir ihr einfach erzählen könnten, es gäbe einen Krankheitsfall in meiner Familie und ich müßte deswegen nach Hause?«

»Aber deine Familie ist auch *ihre* Familie.«

»Ach, das ist albern. Mein Vater war ihr Bruder, und er ist tot. Meine Mutter kennt sie nicht einmal, und außerdem waren sie weiß Gott wie viele Jahre geschieden. Und es gibt keine andere – keine andere Verbindung. Sie wird es nicht herausfinden.«

Warren dachte darüber nach. »Okay«, sagte er schließlich, »aber ich will nicht derjenige sein, der es ihr beibringt. Du sagst es ihr, okay?«

»Klar. Natürlich sage ich es ihr, wenn du damit einverstanden bist.«

Und damit schien es abgemacht – was Judith zu sagen war und auch die bedeutendere Angelegenheit ihrer Trennung. Aber spät am Abend, nachdem Warren lange auf das heiße blaurosa Glühen der Keramikheizstäbe in ihrem Gasofen gestarrt hatte, sagte er: »He, Carol.«

»Was?« Sie entfaltete frische Laken und breitete sie auf der Couch aus, wo sie vorhatte, allein zu schlafen.

»Was glaubst du, wie er sein wird, dieser Mann?«

»Was meinst du? Welcher Mann?«

»Du weißt schon. Der Kerl, den du in New York zu finden hoffst. Ja, ich weiß, er wird in vieler Hinsicht besser sein als ich und ganz bestimmt sehr viel mehr Geld haben, aber wie wird er sein? Wie wird er *aussehen*?«

»Ich will davon nichts hören.«

»Ja, gut, aber sag doch. Wie wird er aussehen?«

»Ich weiß es nicht«, sagte sie ungeduldig. »Nach Geld wahrscheinlich.«

Eine knappe Woche, bevor Carols Schiff ablegen sollte, veranstaltete der Peter Pan Club eine Feier zu Ehren von Cathys drittem Geburtstag. Am Nachmittag gab es neben den üblichen Broten mit Fleischpastete und Broten mit Marmelade auch Eis und Kuchen und Becher mit einer hellen Flüssigkeit, die das englische Gegenstück zu Kool-Aid war. Warren und Carol standen daneben und lächelten ihre glückliche Tochter an, als wollten sie ihr versprechen, daß sie so oder so immer ihre Eltern sein würden.

»Sie werden also eine Weile allein bei uns bleiben, Mr. Mathews«, sagte Marjorie Blaine, die den Kindergarten leitete. Sie war eine stramme, ketterauchende Vierzigjährige, seit langem geschieden, und Warren hatte ein paarmal gedacht, daß sie nicht schlecht aussah. »Sie müssen mal in unser Pub kommen«, sagte sie. »Kennen Sie Finch's, in der Fulham Road? Es ist ein ziemlich vergammeltes kleines Pub, aber es gehen viele nette Leute hin.«

Und er erwiderte, daß er ganz bestimmt vorbeischauen werde.

Dann kam der Tag der Abreise, und Warren begleitete seine Frau und sein Kind zum Bahnhof und bis zur Sperre am Bahnsteig, von dem der Zug zum Schiff abfuhr.

»Und Daddy?« fragte Cathy erschrocken.

»Ist schon in Ordnung, Schatz«, sagte Carol. »Wir müssen Daddy jetzt hierlassen, aber du wirst ihn bald wiedersehen.« Und sie mischten sich rasch unter die Menge, die sie einschloß.

Cathy hatte auf der Party eine Spieluhr aus Pappe geschenkt bekommen mit einer lustigen gelben Ente und Glückwünschen zum Geburtstag darauf und einer kleinen Kurbel an der Seite: Wenn man die Kurbel drehte, spielte sie eine blecherne Version von »Happy Birthday«. Und als Warren abends in die Wohnung zurückkehrte, fand er sie zwischen anderen billigen, vergessenen Spielsachen auf dem Boden unter Cathys abgezogenem Bett. Er spielte das Lied ein- oder zweimal, während er an seinem mit Büchern und Papieren übersäten Schreibtisch saß und Whiskey trank; dann, mit kindlichem Gespür für sinnlose Experimente, drehte er die Kurbel in die andere Richtung und spielte es langsam rückwärts. Und nachdem er damit angefangen hatte, konnte oder wollte er nicht mehr damit aufhören, denn die trübsinnige, schroffe kleine Melodie, die sie von sich gab, brachte all den Verlust und die Einsamkeit der Welt zum Ausdruck.

Dum dii *dum da da-da*
Dum dii *dum da da-da* ...

Er war groß und sehr dünn und sich immer bewußt, wie linkisch er wirken mußte, auch wenn niemand da war, der ihn sah – auch wenn sein Leben nur noch darin bestand, allein dazusitzen und mit einer Spieluhr aus Pappe zu spielen, dreitausend Meilen entfernt von zu Hause. Es war März 1953, und er war siebenundzwanzig Jahre alt.

»Oh, du armer Mann«, sagte Judith, als sie morgens herunterkam, um zu baden. »Es ist so *traurig*, daß du hier ganz allein bist. Du mußt sie schrecklich vermissen.«

»Ja, na ja, es ist ja nur für ein paar Monate.«

»Aber es ist schrecklich. Gibt es nicht jemanden, der sich um dich kümmern könnte? Habt ihr denn keine jungen Leute kennengelernt, die dir Gesellschaft leisten könnten?«

»Doch, wir haben ein paar Leute kennengelernt«, sagte er, »aber niemand, den ich – du weißt schon, niemand, den ich um mich haben möchte.«

»Na, dann solltest du ausgehen und *neue* Freunde kennenlernen.«

Kurz nach dem ersten April fuhr Judith, wie es ihre Gewohnheit war, in ihr Häuschen nach Sussex, wo sie bis September bleiben wollte. Sie würde ab und zu für ein paar Tage in die Stadt zurückkommen, erklärte sie Warren, aber: »Mach dir keine Sorgen, ich werde dich immer frühzeitig genug anrufen, bevor ich dich *überfalle*.«

Und so war er wirklich allein. Eines Abends ging er in das Pub namens Finch's mit der vagen Idee, Marjorie Blaine herumzukriegen, sie nach Hause mitzunehmen und mit ihr in seinem und Carols Bett zu schlafen. Er fand sie allein an der vollen Bar, aber sie sah alt und betrunken aus.

»Oh, na so was, Mr. Mathews«, sagte sie. »Kommen Sie und gesellen Sie sich zu mir.«

»Warren«, sagte er.

»Was?«

»Die Leute nennen mich Warren.«

»Ah. Ja, wissen Sie, wir sind in England, wir sind alle schrecklich förmlich.« Und ein bißchen später sagte sie: »Ich habe nie wirklich begriffen, was Sie eigentlich tun, Mr. Mathews.«

»Also, ich habe ein Fulbright«, sagte er. »Es ist ein Stipendium für Studenten, die ins Ausland wollen. Die Regierung zahlt für einen, und man – «

»Ah, ja, Amerika ist ziemlich gut in diesen Dingen. Und ich nehme an, daß Sie was auf dem Kasten haben.« Sie warf ihm einen flackernden Blick zu. »Das ist oft so bei Leuten, an denen das Leben vorbeigeht.« Dann wand sie sich, als würde sie einem Schlag ausweichen wollen. »Entschuldigen Sie«, sagte sie rasch, »tut mir leid, daß ich das gesagt habe.« Aber ihre Miene hellte sich sofort wieder auf. »Sarah!« rief sie. »Sarah, komm, ich möchte dir Mr. Mathews vorstellen, der Warren genannt werden will.«

Ein großes, hübsches Mädchen wandte sich von einer

Gruppe Trinker ab, lächelte ihm zu und streckte die Hand aus, aber als Marjorie Blaine sagte: »Er ist Amerikaner«, erlosch der Lächeln des Mädchens, und sie ließ die Hand wieder sinken.

»Oh«, sagte sie. »Wie nett.« Und sie wandte sich wieder ab.

Es war keine gute Zeit für einen Amerikaner in London. Eisenhower war gewählt und die Rosenbergs waren exekutiert worden; Joseph McCarthy befand sich im Aufstieg, und der Krieg in Korea, in dem ein widerwilliges Kontingent britischer Soldaten kämpfte, schien nicht enden zu wollen. Aber Warren Mathews vermutete, daß er sich hier auch zu den besten Zeiten fremd fühlen und Heimweh haben würde. Die englische Sprache, wie sie von den Einheimischen gesprochen wurde, hatte so wenig Ähnlichkeit mit seiner eigenen, daß es bei jedem Wortwechsel unendlich viele Gelegenheiten für Mißverständnisse gab. Nichts war klar.

Er versuchte es weiterhin, aber auch an besseren Abenden, in freundlicheren Pubs als Finch's und in Gesellschaft angenehmerer Fremder, verringerte sich sein Unbehagen kaum – und er fand kein attraktives, ungebundenes Mädchen. Die Mädchen, ob unscheinbar oder wahnsinnig hübsch, hingen immer an den Armen von Männern, deren erbarmungslos geistreiches Gerede ihn verdattert lächeln ließ. Und er war bestürzt, wie viele Anspielungen dieser Leute, gezwinkert oder geschrien, sich auf humoristische Aspekte der Homosexualität bezogen. War ganz England von diesem Thema besessen? Oder suchte es nur diesen ruhigen, »interessanten«

Teil von London heim, wo South Kensington an der Fulham Road auf Chelsea traf?

Dann fuhr er eines Abends spät mit dem Bus zum Piccadilly Circus. »Warum willst du *dort* hin?« hätte Carol gefragt, und er hatte nahezu die Hälfte der Strecke zurückgelegt, als ihm klar wurde, daß er Fragen wie diese nicht mehr beantworten mußte.

1945, als junger Mann auf seinem ersten Urlaub von der Armee nach dem Krieg, war er erstaunt gewesen über die nächtliche Promenade der Prostituierten, damals Piccadilly Commandos genannt, und es war ihm unvergeßlich, daß sein Herz schneller geschlagen hatte, als er sie auf und ab gehen sah, auf und ab: käufliche Mädchen. Sie schienen Gegenstand des Gespötts der gewiefteren Soldaten zu sein, von denen sich manche gegen die Mauern lehnten und große englische Pennys auf den Gehweg schnippten, wenn sie vorbeigingen, aber Warren sehnte sich nach dem Mut, sich über den Spott hinwegzusetzen. Er wollte ein Mädchen auswählen und kaufen und besitzen, wie immer sie auch sein mochte, und er verachtete sich dafür, daß er die zwei Wochen seines Urlaubs verstreichen ließ, ohne es zu tun.

Er wußte, daß dieses Spektakel in modifizierter Form auch noch im letzten Herbst stattgefunden hatte, weil Carol und er es sahen, als sie zu einem Theater im West End fuhren. »Ich kann es nicht fassen«, sagte Carol. »Sind das wirklich alles Huren? Das ist das Traurigste, was ich je gesehen habe.«

In den Zeitungen waren in letzter Zeit Artikel erschienen über die dringende Aufgabe, vor der bevorstehenden Krönung »Piccadilly aufzuräumen«, aber bislang mußte die Polizei lax in ihren Bemühungen gewesen sein, denn die Mädchen waren sehr wohl noch da.

Die meisten waren jung und stark geschminkt; sie trugen bunte Kleider in den Farben von Bonbons und Ostereiern, und sie gingen entweder auf und ab oder standen wartend im Schatten. Er brauchte drei Whiskeys pur, um den Mut aufzubringen, und selbst dann war er sich seiner selbst nicht sicher. Er wußte, daß er schäbig aussah – er trug eine graue Anzugjacke zu einer alten Armeehose, und seine Schuhe gehörten eigentlich weggeworfen –, aber keine Kleider der Welt hätten verhindert, daß er sich nackt fühlte, als er sich rasch für eins von vier Mädchen entschied, die in der Shaftesbury Avenue standen, zu ihr ging und sagte: »Sind Sie frei?«

»Ob ich frei bin?« sagte sie und blickte ihm für nicht einmal eine Sekunde in die Augen. »Süßer, ich bin mein ganzes Leben lang schon frei.«

Als erstes, noch bevor sie einen halben Block gingen, wollte sie, daß er dem Preis zustimmte – gesalzen, aber innerhalb seines Rahmens; dann fragte sie, ob es ihm etwas ausmachen würde, wenn sie kurz mit dem Taxi führen. Und im Taxi erklärte sie, daß sie nicht wie die meisten anderen Mädchen die billigen Hotels und Absteigen in der Gegend benutzte, weil sie eine sechs Monate alte Tochter hatte, die sie nicht gern lang allein ließ.

»Kann ich verstehen«, sagte er. »Ich habe auch eine Tochter.« Und er fragte sich augenblicklich, warum er es für nötig befunden hatte, ihr das zu erzählen.

»Ja? Und wo ist deine Frau?«

»Wieder in New York.«

»Bist du geschieden oder was?«

»Wir haben uns getrennt.«

»Ja? Wie schade.«

Sie fuhren eine Weile in verlegenem Schweigen, bis sie sagte: »Hör mal, du kannst mich küssen oder so, aber kein großes Gefummel im Taxi, okay? Das mag ich überhaupt nicht.«

Und erst dann, als er sie küßte, begann er herauszufinden, wie sie war. Sie trug das hellgelbe Haar in Ringellocken ums Gesicht – es wurde von jeder Straßenlampe erhellt und versank dann wieder in Dunkelheit; ihre Augen waren hübsch trotz der vielen Wimperntusche; ihr Mund war angenehm; und obwohl er versuchte, nicht viel zu fummeln, entdeckten seine Hände schnell, daß sie schlank und fest war.

Es war keine kurze Taxifahrt – sie dauerte so lange, daß Warren sich fragte, ob sie erst anhalten würden, wenn sie auf eine wartende Gruppe Ganoven stießen, die ihn vom Rücksitz zerrten, verprügelten, ausraubten und mit dem Mädchen im Taxi verschwänden –, aber schließlich hielten sie in einer stillen Straße vermutlich im Nordosten Londons. Sie ging mit ihm in ein Haus, das im Mondlicht schlicht, aber friedlich aussah; dann sagte sie: »Psst«, und auf Zehenspitzen schlichen sie über einen knarrenden, mit Linoleum ausgelegten Flur in ihr Zimmer, wo sie das Licht anschaltete und die Tür schloß.

Sie schaute nach dem Baby, das klein und still und zugedeckt in einem großen gelben Kinderbett an der Wand lag. An der gegenüberliegenden Wand, keine zwei Meter entfernt, stand ein halbwegs frisch bezogenes Doppelbett, in dem Warren sein Vergnügen finden sollte.

»Ich will mich nur vergewissern, daß sie atmet«, erklärte das Mädchen und wandte sich vom Kinderbett ab; dann sah sie zu, wie er die korrekte Anzahl von Pfund- und Zehn-Schilling-Scheinen abzählte und auf die Kommode legte. Sie schaltete das Deckenlicht aus, ließ jedoch eine kleine Lampe neben dem Bett brennen und zog sich aus, und er schaffte es, ihr dabei zuzusehen, während er sich nervös selbst auszog. Wenn man außer Betracht ließ, daß ihre baumwollene Unterhose erbärmlich billig schien, daß ihr braunes Schamhaar ihren blonden Kopf Lügen strafte und ihre Knie ein wenig dick waren, war sie in Ordnung. Auf jeden Fall war sie jung.

»Macht es dir jemals Spaß?« fragte er, als sie unbeholfen nebeneinander im Bett lagen.

»Hm? Was meinst du?«

»Also, ich – du weißt schon – nach einer Weile muß es doch so sein, daß du nicht wirklich...«, und er hielt inne, gelähmt vor Verlegenheit.

»O nein«, versicherte sie ihm. »Das hängt vor allem vom *Mann* ab, aber ich bin – ich bin kein Eisblock. Du wirst schon sehen.«

Und so wurde sie ein vollkommen unerwarteter Segen und Genuß, ein richtiges Mädchen für ihn.

Sie hieß Christine Phillips, und sie war einundzwanzig. Sie stammte aus Glasgow und war seit vier Jahren in London. Er wußte, daß er nicht alles glauben durfte, was sie ihm erzählte, als sie später in dieser Nacht dasaßen, Zigaretten rauchten und ein warmes Bier tranken; aber er wollte offen sein. Und wenn viel von dem, was sie sagte, vorhersehbar war – zum Beispiel erklärte sie, daß sie nicht auf die Straße müßte, wenn sie willens wäre, als »Animiermädchen« in einem »Club« zu arbeiten, aber sie hätte mehrere dieser Angebote abgelehnt, »weil alle diese Clubs Nepplokale sind« –, so machte sie auch unbedachte Bemerkungen, die ihn veranlaßten, den Arm zärtlich fester um sie zu legen, so als sie erläuterte, daß sie ihr Baby Laura genannt habe, »weil ich das immer für den schönsten Mädchennamen der Welt gehalten habe. Du nicht?«

Und er begann zu begreifen, warum sie nahezu ohne eine Spur schottischen oder englischen Akzents sprach: Sie mußte so viele Amerikaner gekannt haben, Soldaten, Matrosen und hin und wieder verirrte Zivilisten, daß ihre Sprache von ihnen in Besitz genommen und geplündert worden war.

»Womit verdienst du deinen Lebensunterhalt, Warren?« fragte sie. »Bekommst du Geld von zu Hause?«

»In gewisser Weise.« Und wieder einmal erklärte er das Fulbright-Programm.

»Ja?« sagte sie. »Muß man dafür nicht besonders schlau sein?«

»Ach, nicht unbedingt. In Amerika muß man für nichts mehr besonders schlau sein.«

»Machst du dich über mich lustig?«

»Nicht wirklich.«

»Hm?«

»Ich meine, ich mache mich nur ein bißchen über dich lustig.«

Und nach einer nachdenklichen Pause sagte sie: »Ich wünschte, *ich* wäre länger in die Schule gegangen. Ich wünschte, ich wäre schlau genug, um ein Buch zu schreiben, weil ich ein verdammt gutes Buch zu schreiben hätte. Weißt du, wie der Titel wäre?« Sie kniff die Augen zusammen und schrieb mit den Fingern Buchstaben in die Luft. »*Das ist Piccadilly*. Weil die Leute nämlich nicht wirklich *wissen*, was dort vor sich geht. Himmel, ich könnte dir Sachen erzählen, die dir – ach, egal. Vergiß es.«

»... He, Christine?« sagte er später, als sie wieder im Bett lagen.

»Hm?«

»Sollen wir uns gegenseitig unsere Lebensgeschichte erzählen?«

»Gut«, sagte sie mit dem Eifer eines Kindes, und so mußte er erneut, verschämt, klarstellen, daß er sich nur ein bißchen über sie lustig gemacht hatte.

Das Schreien des Babys weckte sie um sechs Uhr morgens, und Christine stand auf und sagte, daß er weiter schlafen könne. Als er wieder erwachte, war er allein im Zimmer, das leicht nach Kosmetik und Urin roch. Er hörte mehrere Frauen in der Nähe sprechen und lachen, aber er wußte nicht, was von ihm erwartet wurde außer aufzustehen, sich anzuziehen und den Weg hinaus zu finden.

Dann kam Christine an die Tür und fragte, ob er eine Tasse Tee wolle. »Warum kommst du nicht, wenn du fertig bist«, sagte sie und reichte ihm vorsichtig einen heißen Becher, »und lernst meine Freunde kennen, okay?«

Und er folgte ihr in eine Art Wohnküche, deren Fenster auf ein unbebautes, verwildertes Grundstück hinausgingen. Eine untersetzte Frau in den Dreißigern stand an einem Bügelbrett, das elektrische Kabel steckte in einer

Dose an der Decke, und ein weiteres Mädchen in Christines Alter saß zurückgelehnt in einem Sessel, sie trug einen knielangen Bademantel und Hausschuhe, und ihre nackten, schönen Beine glühten im morgendlichen Sonnenlicht. Unter einem ovalen, gerahmten Spiegel zischte ein mit Gas betriebener Kamin, und es roch angenehm nach Dampf und Tee.

»Warren, das ist Grace Arnold«, sagte Christine über die Frau am Bügelbrett, die aufblickte und sagte, sie freue sich, ihn kennenzulernen, »und das ist Amy.« Amy fuhr sich mit der Zunge über die Lippen, lächelte und sagte: »Hallo.«

»Die Kinder wirst du gleich kennenlernen«, sagte Christine. »Grace hat sechs Kinder. Grace und *Alfred*, meine ich. Alfred ist der Mann im Haus.«

Und schrittweise, während er seinen Tee trank und zuhörte, an den richtigen Stellen nickte, lächelte und Fragen stellte, konnte Warren die Bruchstücke zusammensetzen. Alfred Arnold war Anstreicher oder vielmehr »Anstreicher und Dekorateur«. Damit er und seine Frau und die sechs Kinder, die sie großziehen mußten, zurecht kamen, vermieteten sie Zimmer an Christine und Amy, wohlwissend, wie sie ihr Geld verdienten, und sie waren alle zu einer großen Familie geworden.

Wie viele höfliche, nervöse Männer hatten morgens auf diesem Sofa gesessen, dem Schieben und Gleiten von Grace Arnolds Bügeleisen zugesehen, wehrlos fasziniert das sonnige Schauspiel auf Amys Beinen beobachtet, den drei Frauen beim Reden zugehört und sich gefragt, wann der richtige Zeitpunkt zum Gehen wäre? Aber zu Hause wartete niemand auf Warren Mathews, und so begann er zu hoffen, daß diese angenehme Situation noch andauern würde.

»Sie haben einen schönen Namen, Warren«, sagte Amy und schlug die Beine übereinander. »Der Name hat mir schon immer gefallen.«

»Warren?« sagte Christine. »Kannst du bleiben und mit uns essen?«

Bald gab es für alle Spiegeleier auf gebuttertem Toast und mehr Tee, serviert am sauberen Küchentisch, und alle aßen so manierlich, als wären sie in einem Restaurant. Christine saß neben ihm, und einmal während des Essens drückte sie schüchtern seine freie Hand.

»Wenn du nicht gleich gehen mußt«, sagte sie, während Grace das Geschirr zusammenstellte, »können wir noch ein Bier trinken. Das Pub macht in einer halben Stunde auf.«

»Gut«, sagte er. »Okay.« Denn das letzte, was er wollte, war gehen, auch nicht als die sechs Kinder lärmend vom morgendlichen Spielen auf der Straße hereinstürmten, sich abwechselnd auf seinen Schoß setzen wollten, ihn veräppelten und ihm mit marmeladeverschmierten Fingern durchs Haar fuhren. Es war eine schrille, rabaukenhafte Schar, und sie alle strotzten vor Gesundheit. Die älteste war ein aufgewecktes Mädchen namens Jane, die merkwürdig negerhaft aussah – mit heller Haut, aber afrikanischen Gesichtszügen und Haaren – und kicherte, als sie ihn losließ und sagte: »Bist du Christines Freund?«

»Klar bin ich das«, sagte er.

Und er fühlte sich durchaus als Christines Freund, als er mit ihr allein ins Pub um die Ecke ging. Ihm gefiel ihr Gang – sie sah überhaupt nicht wie eine Prostituierte aus in ihrem frischen braunen Regenmantel mit bis zu den Wangen hochgestelltem Kragen –, und ihm gefiel, wie er direkt neben ihr saß auf der Lederbank an der Wand eines alten braunen Raums, in dem alles, sogar die mit Stäubchen gefüllten Streifen Sonnenlicht, in Bier getaucht schien.

»Hör mal, Warren«, sagte sie nach einer Weile und drehte das helle Glas auf dem Tisch. »Möchtest du noch eine Nacht bleiben?«

»Nein, ich kann wirklich – die Sache ist, ich kann es mir nicht leisten.«

»So habe ich es nicht gemeint«, sagte sie und drückte wieder seine Hand. »Ich meinte nicht für Geld. Ich meinte – bleib einfach. Weil ich es möchte.«

Niemand mußte ihm sagen, was für ein Triumph der Männlichkeit es war, wenn sich eine junge Hure umsonst anbot. Er brauchte nicht einmal *Verdammt in alle Ewigkeit*, um das zu begreifen, obwohl er nie vergessen würde, daß er sofort an diesen Roman dachte, als er ihr Gesicht näher zu seinem zog. Sie gab ihm das Gefühl, wirklich stark zu sein. »Oh, das ist nett«, sagte er heiser und küßte sie. Dann, bevor er sie noch einmal küßte, sagte er: »Das ist schrecklich nett, Christine.«

Und sie benutzten häufig das Wort »nett« an diesem Nachmittag. Christine schien sich nicht von ihm losreißen zu können außer für kurze Zeit, wenn sie nach dem Baby sehen mußte; einmal, als Warren allein im Wohnzimmer war, tanzte sie langsam und verträumt zu ihm, als hörte sie Geigen, und fiel in seine Arme wie ein Mädchen im Film. Ein anderes Mal, als sie sich auf dem Sofa fest an ihn schmiegte, sang sie leise ein beliebtes

Lied mit dem Titel »Unforgettable« und senkte bedeutungsvoll die Wimpern, wann immer das Titelwort im Text vorkam.

»Oh, du bist nett, Warren«, sagte sie immer wieder. »Weißt du das? Du bist wirklich nett.«

Und auch er sagte ihr mehrmals, wie nett sie sei.

Als Alfred Arnold von der Arbeit nach Hause kam – ein kompakter, müder und auf verlegene Weise gutaussehender Mann –, beeilten sich seine Frau und die junge Amy, ihn auf rituelle Weise zu begrüßen: Sie nahmen ihm den Mantel ab, stellten seinen Stuhl bereit, brachten ihm ein Glas Gin. Aber Christine hielt sich zurück, hing an Warrens Arm, bis es Zeit war, aufzustehen und ihn formell dem Mann im Haus vorzustellen.

»Freut mich, Sie kennenzulernen, Warren«, sagte Alfred. »Machen Sie es sich bequem.«

Es gab Corned Beef und gekochte Kartoffeln zum Abendessen, und alle meinten, es schmecke sehr gut, und danach ging Alfred dazu über, sich auf lakonische Weise an seine Zeit als Kriegsgefangener in Burma zu erinnern. »Vier Jahre«, sagte er und streckte vier Finger einer Hand hoch, deren Daumen er nach unten hielt. »Vier Jahre.«

Und Warren sagte, daß es schrecklich gewesen sein müsse.

»Alfred?« sagte Grace. »Zeig Warren deine ehrenvolle Erwähnung.«

»Nein, Schatz, das interessiert doch keinen.«

»Zeig sie ihm«, beharrte sie.

Und Alfred gab nach. Verlegen zog er eine dicke schwarze Brieftasche aus seiner Hüfttasche; dann holte er aus ihren Tiefen ein geflecktes, mehrmals gefaltetes

Stück Papier. An den Knickstellen fiel es fast auseinander, aber die maschinengeschriebene Botschaft war deutlich zu lesen: Sie enthielt die Anerkennung der britischen Armee, daß sich der Gefreite A. J. Arnold 1944, während er japanischer Kriegsgefangener in Burma war, als guter und verläßlicher Arbeiter beim Bau einer Eisenbahnbrücke hervorgetan hatte.

»Das ist toll«, sagte Warren.

»Ach, Sie kennen ja die Frauen«, sagte Alfred und steckte das Papier wieder ein. »Frauen wollen immer, daß man das Zeug zeigt. Ich würde die ganze verdammte Sache lieber vergessen.«

Christine und Warren gelang es, sich unter Grace Arnolds augenzwinkerndem Lächeln früh zurückzuziehen, und kaum war die Schlafzimmertür geschlossen, fielen sie sich in die Arme, wanden sich und atmeten schwer, eifrig und ernst in ihrer Lust. Das Ausziehen brauchte kaum Zeit, schien aber trotzdem eine schreckliche Behinderung und Verzögerung; dann lagen sie im Bett, begehrten einander, und dann waren sie wieder vereinigt.

»Oh, Warren«, sagte sie. »Oh, Gott. Oh, Warren. Oh, ich liebe dich.«

Und er hörte sich selbst öfter als einmal sagen, öfter, als er glauben oder sich erinnern wollte, daß er sie auch liebe.

Irgendwann nach Mitternacht, als sie still dalagen, fragte er sich, wie es möglich gewesen war, daß ihm diese Worte so leicht und so oft über die Lippen gekommen waren. Und ungefähr zur gleichen Zeit, als Christine wieder zu erzählen begann, merkte er, daß sie eine

Menge getrunken hatte. Eine viertelvolle Flasche Gin stand neben dem Bett auf dem Boden, zwei mit Fingerabdrücken verschmierte Gläser bewiesen, daß sie beide ihm gut zugesprochen hatten, aber jetzt schien sie ihm weit voraus. Sie goß sich nach, lehnte sich bequem in die Kissen an der Wand zurück und sprach auf eine Weise, die darauf schließen ließ, daß sie der dramatischen Wirkung wegen jeden Satz sorgfältig formulierte, wie ein kleines Mädchen, das vorgab, eine Schauspielerin zu sein.

»Weißt du was, Warren? Alles, was ich wollte, wurde mir weggenommen. Mein ganzes Leben lang. Als ich elf war, wollte ich mehr als alles andere auf der Welt ein Fahrrad, und schließlich hat mir mein Vater eins gekauft. Es war gebraucht und billig, aber ich liebte es. Und im selben Sommer hat er sich aufgeregt und wollte mich für irgend etwas – ich kann mich nicht einmal mehr erinnern, was es war – bestrafen und hat es mir weggenommen. Ich habe es nie wiedergesehen.«

»Ja, das muß schlimm gewesen sein«, sagte Warren, aber dann versuchte er, das Gespräch in eine weniger sentimentale Richtung zu lenken. »Was arbeitet dein Vater?«

»Ach, er arbeitet im Büro. Bei den Gaswerken. Wir verstehen uns nicht, und mit meiner Mutter verstehe ich mich auch nicht. Ich fahre nie nach Hause. Nein, aber es stimmt, was ich gesagt habe: Alles, was ich immer wollte, wurde mir – na ja – weggenommen.« Sie hielt inne, als wollte sie ihre Bühnenstimme unter Kontrolle bringen, und als sie weitersprach, selbstsicherer, tat sie es in dem leisen, geflüsterten Tonfall, der einem intimen Ein-Mann-Publikum angemessen war.

»Warren? Möchtest du die Geschichte von Adrian hören? Lauras Vater? Weil ich sie dir wirklich gern erzählen würde, wenn es dich interessiert.«

»Klar.«

»Also, Adrian ist ein junger amerikanischer Offizier. Ein junger Major. Oder vielleicht ist er jetzt Oberstleutnant, wo immer er ist. Ich weiß nicht einmal, wo er ist, und komischerweise ist es mir auch egal. Er ist mir überhaupt vollkommen egal. Aber Adrian und ich verbrachten eine wunderbare Zeit miteinander, bis ich schwanger wurde, dann ist er eiskalt geworden. Er ist einfach eiskalt geworden. Vermutlich habe ich nicht wirklich angenommen, daß er mich heiraten würde oder so – er hatte dieses reiche Mädchen, das in Amerika auf ihn wartete, das wußte ich. Aber er wurde ganz kalt und meinte, ich sollte abtreiben, und ich habe nein gesagt. Ich habe gesagt: ›Ich werde dieses Baby bekommen, Adrian.‹ Und er hat gesagt: »Na gut.‹ Er hat gesagt: ›Na gut, aber du bist allein, Christine. Du wirst dieses Kind allein großziehen müssen.‹ Und da habe ich beschlossen, zu seinem Kommandeur zu gehen.«

»Zu seinem Kommandeur?«

»*Irgend jemand* mußte mir doch helfen«, sagte sie. »*Irgend jemand* mußte dafür sorgen, daß er zu seiner Verantwortung stand. O Gott, diesen Tag werde ich nie vergessen. Der Kommandeur war ein würdevoller Mann namens Oberst Masters, und er saß hinter seinem Schreibtisch und sah mich an und hörte mich an und nickte ein paarmal. Adrian war auch dabei und sagte kein Wort; nur wir drei waren in dem Büro. Und am Schluß sagte Oberst Masters: ›Nun, Miss Phillips, soweit ich es sehe, läuft es auf folgendes hinaus. Sie haben einen Fehler gemacht. Sie haben einen Fehler gemacht, und jetzt müssen Sie damit leben.‹«

»Ja«, sagte Warren unangenehm berührt. »Ja, das muß wirklich – «

Aber er mußte den Satz nicht beenden oder etwas anderes sagen, das ihr klargemacht hätte, daß er kein Wort der Geschichte glaubte, denn sie weinte. Sie hatte die Knie angezogen, das zerknitterte Gesicht seitlich darauf gelegt und begann zu schluchzen; dann stellte sie ihr leeres Glas vorsichtig auf den Boden, glitt zurück ins Bett, wandte sich von ihm ab und weinte und weinte.

»Na, komm schon«, sagte er. »Komm schon, Baby, weine nicht.« Und er konnte nichts anderes tun, als sie in die Arme zu nehmen, bis sie wieder still war.

Nach einer langen Weile sagte sie: »Ist noch Gin da?«

»Ein bißchen.«

»Hör mal, trinken wir ihn aus, okay? Grace macht es nichts aus, oder wenn sie will, daß ich dafür bezahle, dann *bezahle* ich eben dafür.«

Am Morgen, als ihr Gesicht von Gefühlen und Schlaf so verquollen war, daß sie es mit den Händen zu verbergen versuchte, sagte sie: »Himmel. Ich glaube, ich war letzte Nacht ziemlich betrunken.«

»Ist schon in Ordnung, wir haben beide viel getrunken.«

»Entschuldige«, sagte sie in dem ungeduldigen, nahezu trotzigen Tonfall von Leuten, die es gewohnt waren, sich häufig zu entschuldigen. »Tut mir leid.« Nachdem sie sich um das Baby gekümmert hatte, ging sie unsicher in einem häßlichen grünen Bademantel durchs Zimmer.

»Hör mal. Kommst du wieder, Warren?«

»Klar. Ich rufe dich an, okay?«

»Nein, es gibt hier kein Telefon. Aber wirst du bald wiederkommen?« Sie folgte ihm zur Wohnungstür, wo er sich umdrehte und das unmißverständliche Flehen in ihren Augen sah. »Wenn du tagsüber kommst«, sagte sie, »bin ich immer zu Hause.«

Ein paar Tage lang, wenn er müßig an seinem Schreibtisch saß oder beim ersten Frühlingswetter des Jahres durch die Straßen und den Park schlenderte, war es Warren unmöglich, an etwas anderes als Christine zu denken. Es war nicht zu erwarten gewesen, daß derartiges in seinem Leben passieren würde: Eine junge schottische Prostituierte war in ihn verliebt. Mit großer herrlicher Zuversicht, die vollkommen untypisch für ihn war, begann er sich als seltenen und privilegierten romantischen Abenteurer zu betrachten. Erinnerungen daran, wie Christine in seinen Armen »Oh, ich liebe dich« geflüstert hatte, ließen ihn wie einen Narren im Sonnenschein lächeln, dann wieder bereitete es ihm ein anderes subtileres Vergnügen, über die erbärmlicheren Dinge an ihr nachzudenken – die humorlose Unwissenheit, die billige, herunterhängende Unterwäsche, das betrunkene Heulen. Sogar die Geschichte von »Adrian« (ein Name, den sie mit großer Sicherheit einer Frauenzeitschrift entnommen hatte) war leicht zu verzeihen – oder wäre es, sobald er eine kluge und sanfte Art gefunden hätte, ihr zu verstehen zu geben, daß er wußte, daß sie nicht stimmte. Auch würde er irgendwann eine Möglichkeit finden müssen, ihr beizubringen, daß er nicht wirklich hatte sagen wollen, daß er sie auch liebe, aber das alles konnte warten. Es hatte keine Eile, und es war Frühling.

»Weißt du, was ich am meisten an dir mag, Warren?« fragte sie sehr spät in ihrer dritten oder vierten gemeinsamen Nacht. »Weißt du, was ich wirklich an dir liebe? Ich habe das Gefühl, daß ich dir vertrauen kann. Mein ganzes Leben lang war es genau das, was ich wollte: jemanden, dem ich vertrauen kann. Und ich mache immer wieder den Fehler, Leuten zu vertrauen, die sich als – «

»Psst, psst«, sagte er, »ist okay, Baby. Laß uns jetzt schlafen.«

»Ja, aber warte einen Moment. Hör kurz zu, okay? Weil ich dir wirklich was erzählen will, Warren. Ich kannte mal diesen Jungen, Jack. Er hat immer wieder gesagt, daß er mich heiraten will, aber das Problem war, daß Jack ein Spieler ist. Er wird immer ein Spieler bleiben. Und vermutlich kannst du dir vorstellen, was das hieß.«

»Was hieß es denn?«

»Es hieß Geld, das hieß es. Ihm Geld zu geben, seine Verluste zu bezahlen, ihm bis zum nächsten Zahltag auszuhelfen – oh, Mann, mir wird ganz schlecht, wenn ich daran denke. Fast ein ganzes Jahr lang. Und weißt du, wieviel ich davon zurückbekommen habe? Also, du wirst es nicht glauben, aber ich sag's dir. Oder nein, warte – ich zeig's dir. Moment mal.«

Sie stand auf, stolperte und schaltete das Deckenlicht ein, eine Explosion von Helligkeit, die das Baby erschreckte, das im Schlaf wimmerte. »Ist schon gut, Laura«, sagte Christine leise, als sie in der obersten Schublade ihrer Kommode kramte; dann fand sie, wonach sie gesucht hatte, und nahm es mit ins Bett. »Hier«, sagte sie. »Lies. Lies das.«

Es war ein einzelnes Blatt billiges liniertes Papier, das aus einem Schulblock gerissen war, es stand kein Datum darauf.

Liebe Miss Phillips,

anbei die Summe von zwei Pfund und zehn Schilling. Das ist alles, was ich mir im Moment leisten kann, und es wird auch nicht mehr werden, da ich nächste Woche in die USA zurückversetzt und aus der Armee entlassen werde.

Mein Kommandeur sagt, Sie hätten ihn im letzten Monat viermal und diesen Monat dreimal angerufen, und das muß aufhören, weil er ein vielbeschäftigter Mann ist und nicht mit solchen Anrufen belästigt werden kann. Rufen Sie ihn nicht mehr an und auch nicht den Stabsfeldwebel oder sonst jemand.

Obergefreiter John F. Curtis

»Ist das nicht unglaublich?« sagte Christine. »Ich meine es ernst, Warren, ist das nicht unglaublich?«

»Das ist es.« Und er las es noch einmal. Es war der Satz, der mit »Mein Kommandeur« begann, der es preiszugeben schien, der »Adrian« auf der Stelle zunichte machte und Warren kaum mehr daran zweifeln ließ, daß John F. Curtis der Vater ihres Kindes war.

»Könntest du jetzt das Licht ausmachen, Christine?« sagte er und gab ihr den Brief zurück.

»Ja, Liebling. Ich wollte nur, daß du das weißt.« Und sie hatte zweifellos wissen wollen, ob er dumm genug wäre, auch diese Geschichte zu schlucken.

Als es im Zimmer wieder dunkel war und sie sich an seinen Rücken schmiegte, bereitete er in Gedanken eine ruhige, vernünftige Rede vor. Er würde sagen, Baby, werd nicht wütend, aber hör mir zu. Du solltest nicht länger versuchen, mir diese Geschichten aufzutischen. Ich habe die über Adrian nicht geglaubt, und die über Jack den Spieler glaube ich auch nicht, warum also nicht damit aufhören? Wäre es nicht besser, wenn wir versuchen würden, ehrlich miteinander zu sein?

Was ihn nach kurzem Nachdenken davon abhielt, es auszusprechen, war, daß es sie bis zur Weißglut demütigen würde. Sie würde augenblicklich aus dem Bett aufspringen und toben, ihn mit den häßlichsten Ausdrücken ihres Gewerbes beschimpfen, auch nachdem das Baby aufgewacht wäre und schrie, und dann läge alles in Trümmern.

Der richtige Augenblick, um ihre Wahrhaftigkeit auf die Probe zu stellen, würde noch kommen – er müßte kommen, und zwar bald –, aber ob er sich deswegen nun feige fühlte oder nicht, er mußte zugeben, daß es jetzt, als er mit dem Gesicht zur Wand dalag und sie ihre süßen Arme um ihn geschlungen hatte, nicht der richtige Zeitpunkt war.

Ein paar Abende später ging er zu Hause ans Telefon und erschrak, als er ihre Stimme hörte: »Hallo, Liebling.«

»Christine? Hallo, aber woher – woher hast du diese Nummer?«

»Du hast sie mir gegeben. Weißt du es nicht mehr? Du hast sie aufgeschrieben.«

»Ach, ja, stimmt«, sagte er und lächelte dämlich in den Hörer, aber es war beunruhigend. Das Telefon im

Souterrain war nur ein Nebenapparat von Judiths Telefon oben. Sie klingelten gleichzeitig, und wenn Judith zu Hause war, nahm sie immer beim ersten oder zweiten Läuten ab.

»Hör mal«, sagte Christine. »Kannst du am Donnerstag statt am Freitag kommen? Jane hat Geburtstag, und wir machen eine Party. Sie wird neun…«

Nachdem er aufgelegt hatte, saß er lange vornübergebeugt da, in der Haltung eines Mannes, der über schwerwiegende und geheime Fragen nachdenkt. Wie hatte er nur so dumm sein und ihr Judiths Nummer geben können? Und bald darauf fiel ihm noch etwas ein, eine zweite Dummheit, die ihn veranlaßte aufzustehen und dramatisch auf und ab zu schreiten: Sie kannte auch seine Adresse. Einmal hatte er im Pub nicht genügend Geld dabei, um das viele Bier zu bezahlen, und hatte Christine für ihre Auslagen einen Scheck gegeben.

»Die meisten Kunden finden es zweckdienlich, wenn auf jedem Scheck unter ihrem Namen die Straße steht«, hatte der Bankangestellte Warren und Carol erklärt, als sie letztes Jahr ein Konto eröffneten. »Soll ich sie so für Sie bestellen?«

»Ja, natürlich«, hatte Carol gesagt. »Warum nicht?«

Er war am Donnerstag schon fast beim Haus der Arnolds, als ihm einfiel, daß er vergessen hatte, ein Geschenk für Jane zu kaufen. Aber er fand ein Süßwarengeschäft und ließ die Verkäuferin an der Ladentheke mehr und mehr unterschiedliche Bonbons in eine Papiertüte schaufeln, bis er ein schweres Paket davon hatte, und er konnte nur hoffen, daß sie für eine Neunjährige zumindest von vorübergehendem Interesse wären.

Und ob sie das nun waren oder nicht, Janes Geburtstagsparty war ein großer Erfolg. Überall in der hellen, heruntergekommenen Wohnung waren Kinder, und als sie sich an den Tisch setzten – drei Tische waren zusammengeschoben worden –, stand Warren lächelnd im Hintergrund, den Arm um Christine gelegt, sah zu und dachte an die andere Party im Peter Pan Club. Alfred kam mit einem riesigen Plüschpandabären von der Arbeit nach Hause, den er Jane in die Arme drückte, er lachte und ging in die Hocke, um sich lange und herzlich umarmen zu lassen. Aber bald darauf mußte Jane ihren Taumel unter Kontrolle bringen, weil die Torte vor sie gestellt wurde. Sie runzelte die Stirn, schloß die Augen, wünschte sich etwas und blies mit einem einzigen heroischen Atemzug alle neun Kerzen aus, und im Raum ertönte lautes Jubelgeschrei.

Danach, noch bevor die letzten Partygäste nach Hause gegangen waren und das letzte der Arnold-Kinder im Bett lag, gab es für die Erwachsenen jede Menge zu trinken. Christine verließ mit einem Drink in der Hand das Zimmer, um ihr Baby ins Bett zu bringen. Grace hatte mit offenkundigem Widerstreben angefangen, das Abendessen zu kochen, und als Alfred sich entschuldigte, um sich eine Weile auszuruhen, drehte sie die Gasflammen klein, überließ den Herd sich selbst und folgte ihm.

Somit war Warren mit Amy allein, die sich im ovalen Spiegel über dem Kaminsims akribisch schminkte. Sie sah wirklich viel besser aus als Christine, entschied er, als er mit einem Drink in der Hand auf dem Sofa saß und ihr zusah. Sie war groß und langbeinig und makellos anmutig, mit einem festen kleinen Hintern, den er am liebsten sofort mit der Hand umfaßt hätte, und runden, spitzen kleinen Brüsten. Das dunkle Haar hing ihr bis zu den Schulterblättern, und an diesem Abend hatte sie sich für einen engen schwarzen Rock und eine pfirsichfarbene Bluse entschieden. Sie war ein stolzes und schönes Mädchen, und er wollte gar nicht an den Fremden denken, der sie irgendwann in der Nacht für Geld bekäme.

Amy war mit den Augen fertig und wandte sich ihrem Mund zu, fuhr mit dem Lippenstift langsam über jede nachgebende volle Lippe, bis sie wie Marzipan glänzte, dann zog sie einen Schmollmund, rieb bedächtig die Lippen aneinander, öffnete schließlich den Mund ein wenig, um ihre perfekten jungen Zähne auf rote Spuren zu überprüfen. Als sie fertig war, als sie alle ihre Sachen in einem kleinen Plastiketui verstaut und es zuschnappen lassen hatte, blieb sie mindestens noch eine halbe Minute reglos vor dem Spiegel stehen, und da begriff Warren, daß sie wußte, daß er sie bei ihren intimen Verrichtungen still beobachtet hatte, die ganze Zeit. Schließlich drehte sie sich um, mit hochgezogenen Schultern, schnell und mit einem Blick, in dem Tapferkeit Angst besiegte, als wäre er schon durchs halbe Zimmer, um sich auf sie zu stürzen.

»Du siehst sehr hübsch aus, Amy«, sagte er auf dem Sofa.

Ihre Schultern entspannten sich, und sie atmete erleichtert aus, aber sie lächelte nicht. »Du hast mich zu Tode erschreckt.«

Nachdem sie ihren Mantel angezogen und das Haus verlassen hatte, kam Christine ins Zimmer zurück mit der wohligen, selbstzufriedenen Miene eines Mädchens, das einen Grund gefunden hatte, nicht zur Arbeit zu gehen.

»Rutsch rüber«, sagte sie und setzte sich neben ihn. »Wie geht's dir?«

»Oh, okay. Und dir?«

»Okay.« Sie zögerte, als würde es ihr Schwierigkeiten bereiten, Smalltalk zu machen. »Hast du einen guten Film gesehen?«

»Nein.«

Sie nahm seine Hand und hielt sie fest in ihren Händen. »Hast du mich vermißt?«

»Natürlich.«

»Blödsinn.« Und sie warf seine Hand weg, als wäre sie etwas Widerwärtiges. »Neulich abend bin ich zu deinem Haus gegangen, um dich zu überraschen, und ich habe gesehen, wie du mit einem Mädchen reingegangen bist.«

»Nein, das hast du nicht«, sagte er. »Komm schon, Christine, du weißt genau, daß du das nicht getan hast. Warum willst du mir immer diese – «

Sie kniff drohend die Augen zusammen und verzerrte den Mund. »Nennst du mich eine Lügnerin?«

»Ach, Herrgott«, sagte er, »sei doch nicht so. Warum bist du so? Hör auf damit, okay?«

Sie schien darüber nachzudenken. »Okay«, sagte sie. »Es war dunkel, und ich stand auf der anderen Straßenseite, vielleicht habe ich mich im Haus getäuscht, vielleicht war es jemand anders, den ich mit einem Mädchen gesehen habe, also gut, ich hör auf damit. Aber eins will ich dir sagen: Nenn mich nie eine Lügnerin, Warren. Ich warne dich. Denn ich schwöre bei Gott« –

und sie deutete nachdrücklich auf ihr Schlafzimmer –
»ich schwöre beim Leben meines Babys, daß ich keine
Lügnerin bin.«

»Ah, schau dir die Turteltauben an«, rief Grace Arnold
und tauchte in der Tür auf, den Arm um ihren Mann
gelegt. »Also, *ich* bin nicht eifersüchtig. Alfred und ich
sind auch Turteltauben, stimmt's, Schatz? So viele Jahre
verheiratet und noch immer Turteltauben.«

Dann gab es Abendessen, das vor allem aus verbrann-
ten Bohnen bestand, und Grace ließ sich über die unver-
geßliche Nacht aus, als sie und Alfred sich kennenlern-
ten. Es war auf einer Party gewesen; Alfred war allein
gekommen, schüchtern und fremd und noch in seiner
Armeeuniform, und kaum hatte Grace ihn am anderen
Ende des Raumes gesehen, hatte sie gedacht: Oh, das
ist er. Ja, das ist der Richtige. Sie hatten eine Weile zu
Schallplatten getanzt, obwohl Alfred kein großer Tänzer
war; dann waren sie nach draußen gegangen und hatten
zusammen auf einer niedrigen Steinmauer gesessen und
geredet. Einfach nur geredet.

»Worüber haben wir geredet, Alfred?« fragte sie, als
versuchte sie vergeblich, sich zu erinnern.

»Ach, ich weiß es nicht mehr, Schatz«, sagte er, rosa
vor Freude und Verlegenheit, und stocherte in den Bohnen herum. »Wahrscheinlich über nichts Wichtiges.«

Und Grace wandte sich erneut ihren anderen Zuhörern zu und fuhr mit leiser intimer Stimme fort. »Wir
haben über – alles und nichts geredet. Wißt ihr, wie das
ist? Es war, als wüßten wir beide – versteht ihr? – als
wüßten wir beide, daß wir füreinander geschaffen sind.«
Diese Feststellung schien sogar für Graces Geschmack

etwas sentimental, und sie hielt lachend inne. »Ach, und das Komische war«, sagte sie weiterhin lachend, »das Komische war, daß meine Freundinnen kurz nach uns die Party verlassen haben, weil sie ins Kino wollten. Sie gingen also ins Kino und haben die ganze Vorstellung gesehen, danach sind sie ins Pub gegangen und dort geblieben, bis es geschlossen hat, und es war praktisch schon Morgen, als sie auf der Straße zurückkamen, wo ich und Alfred noch immer auf der Mauer gesessen und geredet haben. Sie ziehen mich noch immer deswegen auf, meine Freundinnen, wenn ich sie sehe, sogar jetzt noch. Sie sagen: ›Worüber habt ihr nur *geredet*, Grace?‹ Und ich lache nur. Ich sage: ›Ach, egal. Wir haben einfach nur geredet.‹«

Am Tisch wurde respektvoll geschwiegen.

»Ist das nicht wunderbar?« sagte Christine leise. »Ist es nicht wunderbar, wenn zwei Menschen sich einfach – sich einfach so finden können?«

Und Warren sagte, genau so sei es.

Später am Abend, als er und Christine nackt auf der Bettkante saßen und tranken, sagte sie: »Ich sag dir was: Ich hätte nichts dagegen, Graces Leben zu haben. Ich meine den Teil, der kam, *nachdem* sie Alfred kennengelernt hat, nicht den davor.« Und nach einer Pause sagte sie: »Vermutlich kommt man nicht drauf, so wie sie sich jetzt verhält – vermutlich kommt man nicht drauf, daß sie auch ein Piccadilly-Mädchen war.«

»Wirklich?«

»Ha, ›wirklich‹. Darauf kannst du Gift nehmen. Jahrelang, während des Kriegs. Ist da reingeschlittert, weil sie nichts Besseres wußte, wie wir alle. Dann bekam sie Jane und wußte nicht, wie sie wieder rauskommen sollte.« Und Christine blickte auf und lächelte ihn kurz augenzwinkernd an. »Niemand weiß, von wem Jane ist.«

»Aha.« Und wenn Jane jetzt neun Jahre alt war, bedeutete das, daß sie gezeugt und geboren war zu einer Zeit, als zehntausende amerikanischer Negersoldaten in England stationiert waren und angeblich leichtes Spiel bei englischen Mädchen hatten, Streit und Krawalle mit weißen Soldaten provozierten, die erst aufhörten, als alles im ungeheuren Tumult der Invasion der Normandie unterging. Alfred Arnold war da noch Kriegsgefangener in Burma und mußte noch ein Jahr auf seine Freilassung warten.

»Oh, sie hat es nie geleugnet«, sagte Christine. »Sie hat nie gelogen, das muß man ihr lassen. Alfred wußte, was er bekam, von Anfang an. Wahrscheinlich hat sie es ihm schon an jenem ersten Abend erzählt, weil sie gewußt hat, daß sie es nicht verheimlichen kann – oder vielleicht wußte er es schon vorher, weil vielleicht nur Piccadilly-Mädchen auf der Party waren, ich weiß es nicht. Aber ich weiß, daß er es wußte. Er hat sie von der Straße geholt und geheiratet, und er hat ihr Kind adoptiert. Solche Männer gibt es nicht viele. Und ich meine, Grace ist meine beste Freundin und hat viel für mich getan, aber manchmal verhält sie sich, als wüßte sie nicht, was für ein Glück sie gehabt hat. Manchmal – nicht heute abend; heute abend hat sie vor dir angegeben –, aber manchmal behandelt sie Alfred wie Dreck. Kannst du dir das vorstellen? Einen Mann wie Alfred? Das kotzt mich wirklich an.«

Sie langte hinunter, um ihre Gläser zu füllen, und als

sie sich wieder aufrichtete, um daran zu nippen, wußte er, wie sein nächster Schritt auszusehen hätte.

»Du bist also auch auf der Suche nach einem Mann, nicht wahr, Baby«, sagte er. »Das ist verständlich, und du sollst wissen, daß ich wünschte, ich könnte – dich fragen, ob du mich heiraten willst, aber Tatsache ist, ich kann nicht. Ich kann einfach nicht.«

»Klar«, sagte sie leise und blickte auf die unange-zündete Zigarette in ihrer Hand. »Das ist schon okay, vergiß es.«

Und er war zufrieden, wie dieser letzte Wortwechsel verlaufen war – sogar mit seiner haarsträubenden Lüge, daß er es »wünschte«. Sein verwirrender, riskanter Vor-stoß in das Leben dieses befremdlichen Mädchens war vorbei, und jetzt konnte er sich auf einen geordneten Rückzug vorbereiten. »Ich weiß, daß du den Richti-gen finden wirst, Christine«, sagte er und schwelgte im freundlichen Tonfall seiner eigenen Stimme, »und das wird bestimmt bald passieren, weil du so eine nette Per-son bist. In der Zwischenzeit sollst du wissen, daß ich immer für dich da – «

»Hör mal, ich sagte, *vergiß* es, okay? Herrgott noch mal, glaubst du etwa, mir liegt was an dir? Glaubst du etwa, du wärst mir nicht scheißegal? Hör zu.« Sie stand auf, nackt und kräftig im dämmrigen Licht, und fuchtelte mit einem steifen Finger ein paar Zentimeter vor seinem zuckenden Gesicht herum. »Hör zu, du Hänfling. Ich krieg jeden, den ich will, jederzeit, damit wir uns richtig verstehen. Du bist nur hier, weil du mir leid getan hast, merk dir das.«

»Weil ich dir leid getan habe?«

»Na *klar*, mit der ganzen erbärmlichen Scheiße von deiner Frau, die davon ist, und deiner kleinen Tochter. Du hast mir leid getan, und ich habe mir gedacht: Warum nicht? Das ist mein Problem, ich lerne nichts dazu. Früher oder später denke ich immer: Warum nicht? Und dann sitze ich in der Scheiße. Hör mal: Hast du eine Ahnung, wieviel Geld ich die ganze Zeit hätte machen können? Hm? Nein, daran hast du nicht einmal gedacht, was? O nein, du warst ganz Gefühlsduselei und romantisches Geschwafel und Scheiße, was? Weißt du, was ich finde, was du bist? Ich finde du bist ein Lude.«

»Was ist ein ›Lude‹?«

»Ich weiß nicht, wie man dazu sagt, wo du herkommst«, sagte sie, »aber in diesem Land ist es ein Mann, der von dem Verdienst einer – ach, egal. Scheißegal. Verdammt. Ich bin müde. Rutsch rüber, ja? Wenn wir nichts anderes tun als schlafen, dann laß uns wenigstens schlafen.«

Aber anstatt Platz zu machen, stand er mit der wortlosen, bebenden Würde eines gekränkten Mannes auf und begann sich anzuziehen. Sie ließ sich schwer ins Bett fallen und schien es entweder nicht zu bemerken oder es war ihr gleichgültig, was er tat, aber bald darauf, als er sein Hemd zuknöpfte, wußte er, daß sie ihn beobachtete und bereit war, sich zu entschuldigen.

»Warren?« sagte sie mit kleinlauter ängstlicher Stimme. »Geh nicht. Es tut mir leid, daß ich dich so genannt habe, und ich werd's nie wieder tun. Bitte, komm zurück und bleib hier, okay?«

Das reichte, damit seine Finger aufhörten, sein Hemd zuzuknöpfen; dann, bald, reichte es, damit sie es wieder aufknöpften. Jetzt zu gehen, ohne daß die Sache gelöst war, wäre womöglich noch schlimmer, als zu bleiben. Außerdem war es unleugbar von Vorteil, wenn man als Mann gesehen wurde, der großzügig genug war, um verzeihen zu können.

»…Oh«, sagte sie, als er wieder im Bett lag. »Oh, das ist besser. Das ist besser. Oh, komm näher und laß mich – ja. Ja. Oh. Oh, ich glaube nicht, daß es auf der Welt jemanden gibt, der nachts gern allein ist. Du?«

Es war ein fragiler, angenehmer Waffenstillstand, der bis zum Morgen dauerte, als er verträglich, wenn auch nervös aufbrach.

Aber auf dem Nachhauseweg in der U-Bahn bereute er, keine abschließende Erklärung abgegeben zu haben. Er ging in Gedanken mehrere eröffnende Sätze einer abschließenden Erklärung durch – »Schau mal, Christine, ich glaube nicht, daß es mit uns klappen wird…«, oder »Baby, wenn du mich für einen Luden hältst, dann glaube ich, ist es an der Zeit, daß wir…« –, bis er an den beunruhigten, verstohlenen Blicken der anderen Fahrgäste merkte, daß er die Lippen bewegte und kleine betonende Gesten machte.

»Warren?« sagte Judiths alte, melodische Stimme am Telefon, als sie an diesem Nachmittag aus Sussex anrief. »Ich dachte, ich fahre am Dienstag in die Stadt und bleibe ein, zwei Wochen. Wäre dir das sehr unangenehm?«

Er sagte, sie solle nicht albern sein und er würde sich freuen, aber kaum hatte er aufgelegt, als es wieder klingelte und Christine sagte: »Hallo, Liebling.«

»Oh, hallo. Wie geht's?«

»Gut, nur daß ich letzte Nacht nicht besonders nett zu dir war. Manchmal bin ich einfach so. Ich weiß, daß es schrecklich ist, aber es ist eben so. Kann ich es wiedergutmachen? Kannst du am Dienstagabend kommen?«

»Ich weiß nicht, Christine, ich habe nachgedacht. Vielleicht sollten wir uns besser – «

Ihre Stimme veränderte sich. »Kommst du oder kommst du nicht?«

Er ließ sie ein, zwei Sekunden warten, bevor er zusagte – und er sagte nur zu, weil er wußte, daß es besser wäre, die abschließende Erklärung persönlich abzugeben und nicht am Telefon.

Er würde nicht über Nacht bleiben. Er bliebe nur so lange, wie es dauerte, die Sache klarzustellen; wenn Leute da wären, würde er mit ihr ins Pub gehen, wo sie allein miteinander sprechen könnten. Und er beschloß, keine Reden mehr zu üben: Er würde die richtigen Worte und den richtigen Tonfall finden, wenn es soweit wäre.

Aber abgesehen davon, daß sie abschließend sein mußte, war das Wichtigste an seiner Erklärung – das schwindelerregend Schwierige –, daß sie zugleich nett sein sollte. Wenn sie das nicht wäre, wenn sie ihm grollte, könnte es später zu jeder Menge Ärger am Telefon kommen – ein Risiko, das er nicht länger eingehen konnte, wenn Judith zu Hause war – und zu noch schlimmeren Begebenheiten. Er konnte sich vorstellen, wie er und Christine als Judiths Gäste in ihrem Wohnzimmer beim Nachmittagstee saßen (»Bringen Sie Ihre junge Freundin mit, Warren«), so wie er und Carol in der Vergangenheit. Er sah vor sich, wie Christine auf eine Gesprächspause wartete, dann ihre Tasse und Untertasse mit einem Knall abstellte, um ihren Worten Nachdruck zu verleihen, und sagte: »Hörn Sie, gnädige Frau. Ich habe Neuigkeiten für

Sie. Wissen Sie, was Ihr großer, lieber Neffe ist? Hm? Nun, ich sage es Ihnen. Er ist ein Lude.«

Er hatte vorgehabt, deutlich nach dem Essen zu kommen, aber sie mußten an diesem Abend spät angefangen haben, weil sie noch am Tisch saßen, und Grace Arnold bot ihm einen Teller an.

»Nein, danke«, sagte er, aber er setzte sich mit einem Drink neben Christine, weil es unhöflich gewesen wäre, es nicht zu tun.

»Christine?« sagte er. »Gehst du mit mir ins Pub, wenn du mit dem Essen fertig bist?«

»Wozu?« fragte sie mit vollem Mund.

»Weil ich mit dir reden will.«

»Wir können hier reden.«

»Nein, das können wir nicht.«

»Worum geht's denn? Dann reden wir eben später.«

Und Warren spürte, wie ihm seine Pläne entglitten wie Sand.

· Amy schien an diesem Abend in ausgezeichneter Stimmung zu sein. Sie lachte großzügig über alles, was Alfred und Warren sagten; sie sang »Unforgettable« mit mindestens ebensoviel Gefühl, wie Christine hineingelegt hatte; sie stellte sich in die Mitte des Zimmers, schlüpfte aus ihren Schuhen und ließ das Publikum hüftenschwingend in den Genuß eines gekonnten kleinen Tanzes zur Titelmusik des Films *Moulin Rouge* kommen.

»Wieso gehst du heute abend nicht raus, Amy?« fragte Christine.

»Ach, ich weiß nicht; mir ist nicht danach. Manchmal will ich einfach nur ruhig zu Hause bleiben.«

»Alfred?« rief Grace. »Schau nach, ob Limonensaft da ist, dann können wir Gin mit Limone trinken.«

Sie fanden Tanzmusik im Radio, und Grace sank für einen altmodischen Walzer in Alfreds Arme. »Ich liebe Walzer«, sagte sie. »Ich habe Walzer schon immer geliebt« – aber er endete abrupt, als sie gegen das Bügelbrett tanzten und es umstießen, was allen als das Komischste erschien, was sie je gesehen hatten.

Christine wollte beweisen, daß sie Jitterbug tanzen konnte, vielleicht in Konkurrenz zu Amys Tanzeinlage, aber Warren war ein ungeschickter Partner: Er hüpfte und schlurfte herum, brach in Schweiß aus und wußte nicht, wie er sie vorschriftsmäßig am ausgestreckten Arm wirbelnd von sich stoßen und wirbelnd wieder zurückholen sollte, und ihr Auftritt löste sich ebenfalls in Unbeholfenheit und Gelächter auf.

»... Ach, ist es nicht nett, daß wir alle so gute Freunde sind«, sagte Grace Arnold und brach feierlich das Siegel einer neuen Flasche Gin auf. »Wir bleiben einfach heute abend hier und haben Spaß, und nichts anderes auf der Welt ist wichtig, solange wir zusammen sind, richtig?«

Richtig. Eine Weile später saßen Alfred und Warren gemeinsam auf dem Sofa und sprachen über Unterschiede und Ähnlichkeiten in der britischen und amerikanische Armee, zwei friedliche alte Soldaten; dann entschuldigte sich Alfred, um sich einen weiteren Drink zu holen, und Amy sank lächelnd auf den von ihm verlassenen Platz und berührte Warrens Oberschenkel leicht mit den Fingerspitzen, um ein neues Gespräch zu eröffnen.

»Amy«, sagte Christine vom anderen Ende des Zimmers. »Nimm deine Finger von Warren, oder ich bringe dich um.«

Und von da an ging alles schief. Amy sprang auf und leugnete hitzig jegliches Fehlverhalten, Christines Widerspruch war laut und gehässig, Grace und Alfred standen daneben, unsicher lächelnd wie Zuschauer bei einem Autounfall, und Warren wollte sich in Luft auflösen.

»Das tust du *immer*«, schrie Christine. »Seitdem ich dich in dieses Haus gebracht habe, ziehst du eine Schau ab und schmeißt dich jedem Mann an den Hals, den ich mitbringe. Du bist billig; du bist ein Flittchen; du bist eine kleine Schlampe.«

»Und du bist eine *Hure*«, rief Amy, bevor sie in Tränen ausbrach. Dann schlurfte sie zur Tür, aber sie schaffte es nicht: Sie mußte sich mit der Faust im Mund umdrehen, die Augen entsetzt aufgerissen, um mitanzuhören, was Christine zu Grace Arnold sagte.

»Na gut, Grace, hör zu.« Christines Stimme war laut und gefährlich fest. »Du bist meine beste Freundin und wirst es immer sein, aber du mußt dich entscheiden. Entweder sie oder ich. Ich meine es ernst. Und ich schwöre beim Leben meines Babys« – und sie machte mit einem Arm eine theatralisch ausholende Geste in Richtung ihres Schlafzimmers – »ich schwöre beim Leben meines Babys, daß ich keinen Tag länger in diesem Haus bleibe, wenn sie auch bleibt.«

»Oh«, sagte Amy und ging zu ihr. »Oh, das war mies. Oh, du bist eine dreckige – «

Und plötzlich hatten sich die beiden Frauen raufend ineinander verhakt, rangen und boxten oder versuchten zu boxen, zerrissen Kleider und zogen an Haaren. Grace versuchte sie zu trennen, eine schrille, zitternde Schiedsrichterin, aber sie wurde nur selbst geschubst und herumgeschoben, bis sie stürzte, und da schritt Alfred ein.

»Scheiße«, sagte er. »Hört auf damit. Hört *auf*.« Und es gelang ihm, Christine von Amys Hals wegzuzerren und grob beiseite zu schieben, dann hinderte er Amy an weiteren Kampfaktionen, indem er sie der Länge nach aufs Sofa stieß, wo sie ihr Gesicht bedeckte und weinte.

»Weiber«, sagte Alfred, als er stolperte und sich wieder aufrichtete. »Verdammte Weiber.«

»Stell Kaffee auf«, schlug Grace vor, die auf dem Stuhl saß, zu dem sie gekrochen war, und Alfred wankte zum Herd und stellte einen Topf mit Wasser aufs Gas. Er kramte nach einer Flasche mit Instant-Kaffee-Sirup und gab schwer atmend in jede von fünf sauberen Tassen einen Löffel voll; dann schritt er durch das Zimmer mit den weit aufgerissenen, funkelnden Augen eines Mannes, der nie gedacht hatte, daß er so ein Leben führen würde.

»Verdammte Weiber«, sagte er wieder. »Weiber.« Und mit all seiner Kraft schlug er mit der rechten Faust gegen die Wand.

»Ich wußte, daß Alfred aufgebracht war«, sagte Christine später, als sie und Warren im Bett lagen, »aber ich hätte nie gedacht, daß er sich die Hand so verletzen würde. Das war schlimm.«

»Darf ich reinkommen?« fragte Grace und klopfte ängstlich an die Tür. Sie trat ein, glücklich und etwas zerzaust. Sie trug noch immer ihr Kleid, hatte aber offensichtlich ihren Hüftgürtel ausgezogen, denn die schwarzen Nylonstrümpfe hingen ihr faltig um die Knöchel und über die Schuhe. Ihre nackten Beine waren bleich und leicht behaart.

»Wie geht es Alfreds Hand?« fragte Christine.

»Er hat sie in heißes Wasser gelegt«, sagte Grace, »aber er nimmt sie immer wieder raus und versucht, sie sich in den Mund zu stecken. Das wird schon wieder. Wie auch immer, hör mal, Christine. Du hast recht wegen Amy. Sie taugt nichts. Ich weiß das, seitdem du sie mitgebracht hast. Ich wollte nichts sagen, weil sie deine Freundin war, aber es ist die Wahrheit. Jedenfalls sollst du wissen, daß du mir lieber bist, Christine. Du wirst mir immer die Liebste sein.«

Warren lag da, das Laken bis zum Kinn gezogen, hörte zu und sehnte sich nach der Stille seiner Wohnung.

»...Erinnerst du dich noch daran, als sie die Zettel von der Reinigung verloren und deswegen gelogen hat?«

»Ja, und erinnerst du dich noch, als du und ich uns fertig gemacht haben, um ins Kino zu gehen?« sagte Grace. »Und wir hatten nicht genug Zeit, um Sandwiches zu machen, und weil's schneller ging, haben wir Spiegeleier auf Toast gegessen. Und sie war dauernd in der Nähe und hat gesagt: ›Wozu macht ihr denn *Eier?*‹ Sie war so wütend und eifersüchtig, weil wir sie nicht gefragt haben, ob sie mit ins Kino gehen will, sie hat sich wie ein kleines Kind aufgeführt.«

»Sie *ist* ein kleines Kind. Sie hat keine – sie hat überhaupt keine Reife.«

»Genau. Da hast du vollkommen recht, Christine. Ich sag dir, was ich beschlossen habe: Ich werd's ihr gleich morgen früh sagen. Ich werde einfach sagen: ›Tut mir leid, Amy, aber du bist in meinem Heim nicht länger willkommen...‹«

Warren verließ das Haus vor Tagesanbruch und versuchte in seiner eigenen Wohnung zu schlafen, wenn auch nur für ein, zwei Stunden, weil er aufgestanden und angezogen sein und lächeln mußte, wenn Judith herunterkam, um zu baden.

»Ich muß sagen, du siehst wirklich gut aus, Warren«, sagte Judith. »Du wirkst so gelassen und ruhig wie ein Mann, der sein Leben ganz und gar unter Kontrolle hat. Von der Ausgezehrtheit, wegen der ich mir manchmal Sorgen um dich gemacht habe, ist keine *Spur* mehr zu sehen.«

»Ja?« sagte er. »Danke, Judith. Du siehst auch sehr gut aus, aber das tust du ja immer.«

Er wußte, daß das Telefon klingeln würde, und er konnte nur hoffen, daß es bis Mittag stumm blieb. Dann ging Judith zum Essen – oder machte an den Tagen, an denen sie sich entschieden hatte zu sparen, ihre bescheidenen Einkäufe. Sie trug ein Einkaufsnetz durch die Nachbarschaft, das von unterwürfigen, ehrfürchtigen Ladenbesitzern gefüllt wurde – von Engländern und Engländerinnen, die seit Generationen darin geschult wurden, eine Dame zu erkennen, wenn sie eine sahen.

Mittags blickte er aus dem Fenster und sah ihre herrschaftliche alte Gestalt die Treppe hinunter- und langsam die Straße entlanggehen. Und es schien keine Minute vergangen zu sein, als das Telefon klingelte, seine Nervosität ließ es viel lauter erscheinen, als es tatsächlich war.

»Du hast aber schnell abgenommen«, sagte Christine.

»Ja. Ich konnte nicht schlafen. Wie war's mit Amy heute morgen?«

»Ach, das hat sich geklärt. Das ist vorbei. Wir drei haben lange miteinander gesprochen, und schließlich habe ich Grace dazu überredet, sie bleiben zu lassen.«

»Na ja, gut. Aber ich bin doch überrascht, daß sie bleiben *will*.«

»Machst du Witze? Amy? Glaubst du, sie könnte irgendwo anders hin? Himmel, wenn du meinst, daß *Amy* irgendwo anders hin könnte, bist du verrückt. Du kennst mich doch, Warren: Manchmal rege ich mich furchtbar auf, aber ich könnte nie jemand auf die Straße setzen.« Sie hielt inne, und er hörte das leise rhythmische Geräusch ihres Kaugummis. Er hatte bislang nicht gewußt, daß sie Kaugummi kaute.

Einen Moment lang dachte er, daß es jetzt, da sie sich in diesem friedlichen, vernünftigen, kaugummikauenden Zustand befand, die beste Gelegenheit wäre, mit ihr Schluß zu machen, ob am Telefon oder nicht, aber er hatte sich seine eröffnenden Bemerkungen noch nicht zurecht gelegt, als sie schon weitersprach.

»Hör mal, Liebling, ich glaube nicht, daß ich dich in nächster Zeit sehen kann. Heute abend nicht, morgen auch nicht, das ganze Wochenende nicht.« Und sie gab ein rauhes kleines Lachen von sich. »Ich muß schließlich ein *bißchen* Geld verdienen, oder?«

»Ja, *klar*«, sagte er. »*Klar* mußt du das, ich weiß.« Und erst als er diese freundlichen Worte ausgesprochen hatte, begriff er, daß es genau die Worte waren, die ein Lude sagen würde.

»Ich könnte vielleicht an einem Nachmittag zu dir kommen«, schlug Christine vor.

»Nein, tu das nicht«, sagte er rasch. »Ich bin – ich bin nachmittags fast immer in der Bibliothek.«

Sie einigten sich auf einen Abend in der folgenden Woche, bei ihr, um fünf Uhr; aber irgend etwas in ihrer Stimme flößte ihm jetzt schon den Verdacht ein, daß sie nicht da sein würde – daß die vorsätzliche Nichteinhaltung ihrer Verabredung ihre unausgesprochene Art war, ihn loszuwerden, oder zumindest wäre es der erste Schritt: Kein Lude konnte hoffen, ewig zu währen. Und so war er, als Tag und Stunde gekommen waren, nicht überrascht, daß sie fort war.

»Christine ist nicht da, Warren«, erklärte Grace Arnold und trat höflich von der Schwelle zurück, um ihn einzulassen. »Ich soll dir ausrichten, daß sie anrufen wird. Sie mußte für ein paar Tage nach Schottland.«

»Ja? Gibt es – Probleme zu Hause?«

»Wie meinst du das, ›Probleme‹?«

»Ich meine, gibt es« – und Warren gab die gleiche lahme Ausrede zum besten, die er und Carol einst, in einem scheinbar anderen Leben, gut genug für Judith befunden hatten – »gibt es einen Krankheitsfall in ihrer Familie?«

»So ist es, ja.« Grace war sichtlich dankbar für seine Hilfe. »Es gibt einen Krankheitsfall in ihrer Familie.«

Und er brachte sein Bedauern zum Ausdruck.

»Kann ich dir etwas anbieten, Warren?«

»Nein, danke. Bis bald, Grace.« Er wandte sich zum Gehen und stellte fest, daß sich die Worte für einen kühlen, endgültigen Abgang bereits in seinen Gedanken formten. Aber er hatte die Tür noch nicht erreicht, als Alfred von der Arbeit nach Hause kam und verlegen dreinblickte, sein Unterarm war vom Ellbogen bis zu den geschienten Fingerspitzen dick eingegipst und hing in einer Stoffschlinge.

»Himmel«, sagte Warren, »das sieht aber unangenehm aus.«

»Ach, man gewöhnt sich daran«, sagte Alfred, »wie an alles andere.«

»Weißt du, wie viele Knochen er sich gebrochen hat, Warren?« fragte Grace nahezu prahlend. »Drei. Drei Knochen.«

»Wow. Aber wie kannst du arbeiten, Alfred, mit so einer Hand?«

»Ach, na ja.« Und Alfred brachte ein kleines, selbstironisches Lächeln zustande. »Sie geben mir die leichten Arbeiten.«

An der Tür, den Knauf bereits in der Hand, wandte Warren sich um und sagte: »Richte Christine aus, daß ich da war, Grace, ja? Und du kannst ihr auch sagen, daß ich kein Wort von dem glaube, was du über Schottland erzählt hast. Ach, und wenn sie anrufen will, richte ihr aus, sie kann sich die Mühe sparen. Bis dann.«

Auf der Fahrt nach Hause versicherte er sich immer wieder, daß er wahrscheinlich nie wieder von Christine hören würde. Vielleicht hätte er sich ein befriedigenderes Ende gewünscht; andererseits wäre ein befriedigenderes Ende vielleicht nie möglich gewesen. Und er freute sich zunehmend über den letzten Satz, den er gesagt hatte: »Und wenn sie anrufen will, richte ihr aus, sie kann sich die Mühe sparen.« Unter den gegebenen Umständen war das genau die richtige Botschaft gewesen, auf die richtige Weise überbracht.

Es war sehr spät abends, als das Telefon wieder klingelte; Judith schlief mit großer Sicherheit schon, und Warren sprang auf, um abzuheben, bevor sie wach wurde.

»Hör mal«, sagte Christine, ihre Stimme bar jeder Liebenswürdigkeit und sogar bar jeder Höflichkeit, wie die eines Informanten in einem Kriminalfilm. »Ich rufe nur an, weil es etwas gibt, was du wissen solltest. Alfred ist wütend auf dich. Ich meine richtig wütend.«

»Ja? Warum?«

Und er sah nahezu vor sich, wie sie die Augen und Lippen zusammenkniff. »Weil du seine Frau eine Lügnerin genannt hast.«

»Ach, komm schon. Ich glaube nicht – «

»Du glaubst mir nicht? Na gut, warte ab und du wirst schon sehen. Ich sage es dir zu deinem eigenen Besten. Wenn ein Mann wie Alfred den Eindruck hat, daß seine Frau beleidigt worden ist, dann heißt das Ärger.«

Der nächste Tag war ein Sonntag – der Mann im Haus würde zu Hause sein –, und Warren benötigte fast den ganzen Morgen, um sich zu entschließen, daß er besser hinginge und mit ihm spräche. Es erschien ihm zwar albern, und er fürchtete, Christine zu begegnen; dennoch, wenn es erledigt wäre, könnte er sie alle vergessen.

Aber er mußte gar nicht in die Nähe des Hauses. Als er um die Ecke des letzten Blocks ging, kamen ihm Alfred und die sechs Kinder entgegen, herausgeputzt für einen Sonntagsausflug, vielleicht in den Zoo. Jane schien sich zu freuen, ihn zu sehen: Sie hielt Alfreds gesunde linke

Hand und trug ein leuchtendes rosa Band in ihrem afrikanischen Haar. »Hallo, Warren«, sagte sie, während die anderen stehen blieben und sich um ihn scharten.

»Hallo, Jane. Du siehst wirklich hübsch aus.« Und dann wandte er sich an den Mann. »Alfred, wie ich höre, schulde ich dir eine Entschuldigung.«

»Eine Entschuldigung? Wofür?«

»Christine sagte, du wärst wütend auf mich wegen dem, was ich zu Grace gesagt habe.«

Alfred blickte verwirrt drein, als dächte er über Dinge nach, die zu kompliziert und spitzfindig waren, um sie jemals zu durchschauen. »Nein«, sagte er. »Nein, ich bin nicht wütend.«

»Okay. Gut. Aber ich wollte dir sagen, daß ich dich nicht – du weißt schon.«

Mit leicht verzerrtem Gesicht rückte Alfred den Gips in der Schlinge zurecht. »Ich will dir einen Rat geben, Warren«, sagte er. »Du solltest nicht allzu sehr auf die Frauen hören.« Und er zwinkerte ihm zu wie ein alter Kamerad.

Als Christine ihn wieder anrief, war es in einem Ausbruch mädchenhaften Überschwangs, als wäre zwischen ihnen nie etwas vorgefallen – aber Warren würde nie erfahren, worauf dieser Sinneswandel zurückzuführen war, und er mußte auch nicht abwägen, ob er echt oder geheuchelt war.

»Liebling, hör mal«, sagte sie, »ich glaube, hier ist die Luft wieder rein – ich meine, er hat sich beruhigt –, wenn du also morgen abend oder übermorgen oder wann immer du kannst, kommen willst, können wir einen netten – «

»Einen Moment«, sagte er. »Jetzt hörst du mir mal zu, Schatz – und übrigens, ich glaube, es ist an der Zeit, daß wir das mit dem ›Schatz‹ und ›Liebling‹ ein für alle Mal lassen, meinst du nicht? Hör mir zu.«

Er war aufgestanden, um seinen Worten Nachdruck zu verleihen, sich zu behaupten, das Telefonkabel schlängelte sich eng über sein Hemd, und während er seine abschließende Erklärung abgab, hatte er die freie Hand zur Faust geballt und schüttelte sie rhythmisch in der Luft wie ein leidenschaftlicher öffentlicher Redner.

»Hör mir zu. Alfred wußte nicht einmal, was zum Teufel ich meinte, als ich mich entschuldigen wollte. Er wußte nicht einmal, wovon ich sprach, hast du mich verstanden? Okay. Das ist das eine. Und jetzt das andere. Ich habe genug. Ruf mich nicht mehr an, Christine, hast du mich verstanden? Ruf mich *nie* wieder an.«

»Okay, Liebling«, sagte sie mit kleinlauter Stimme, die nahezu unterging im Geräusch ihres Auflegens.

Er hielt noch immer den Hörer an die Wange und atmete schwer, als er hörte, wie Judith oben langsam und vorsichtig ihren Hörer auf die Gabel legte.

Na gut, was machte es schon? Er ging zu einer großen Schachtel mit Büchern und trat so fest dagegen, daß sie ungefähr einen Meter weit rutschte und eine wabernde Staubwolke freigab; dann schaute er sich nach anderen Dingen um, die er treten oder schlagen oder zertrümmern oder zerbrechen könnte, aber statt dessen ließ er sich schwer auf die Couch fallen und schlug mit der Faust auf die Fläche der anderen Hand. Ja, ja, gut, zum Teufel damit. Na und? Was machte es schon?

Nach einer Weile, als sich sein Herzschlag beruhigt

hatte, konnte er nur noch daran denken, wie Christines Stimme bei den Worten »Okay, Liebling« zu nichts geschrumpft war. Er hätte nie Angst haben müssen. Wenn er nur einen strengen Tonfall angeschlagen hätte, wäre sie jederzeit augenblicklich aus seinem Leben verschwunden – »Okay, Liebling« – vielleicht sogar mit einem gefälligen, demütigen Lächeln. Sie war schließlich nur eine dumme kleine Londoner Straßennutte.

Ein paar Tage später bekam er einen Brief von seiner Frau, der alles veränderte. Seitdem sie in New York war, hatte sie ihm jede Woche einen hastigen, freundlichen Brief geschickt, getippt auf dem knisternden Briefpapier des Büros, in dem sie Arbeit gefunden hatte, aber dieser war handgeschrieben auf weichem blauen Papier, und wies alle Anzeichen sorgfältiger Komposition auf. Sie schrieb, daß sie ihn liebe, daß sie ihn schrecklich vermisse und wünschte, er käme nach Hause – obwohl sie sofort hinzufügte, daß die Entscheidung allein bei ihm liege.

»... Wenn ich an unsere gemeinsame Zeit denke, weiß ich, daß ich für unsere Schwierigkeiten viel stärker verantwortlich war als Du. Ich habe Deine Sanftheit mit Schwäche verwechselt – das muß mein schlimmster Fehler gewesen sein, weil es am meisten weh tut, mich daran zu erinnern, aber es waren so viele andere ...«

Typischerweise widmete sie einen langen Absatz der Wohnsituation. Die Wohnungsknappheit in New York sei schrecklich, erklärte sie, aber sie habe eine einigermaßen anständige Wohnung gefunden: drei Zimmer im ersten Stock in einer nicht schlechten Gegend, und die Miete sei überraschend ...

Er überflog den Absatz über die Miete und den Vertrag und die Dimensionen der Wohnung und der Fenster und verweilte beim Schluß des Briefes.

»Die Fulbright-Leute werden doch nichts dagegen haben, wenn Du früher nach Hause kommst, wenn Du willst, oder? Ach, ich hoffe, Du willst – Du wünschst es Dir, meine ich. Cathy fragt mich immer wieder, wann ihr Daddy nach Hause kommt, und ich antworte immer: ›Bald.‹«

»Ich muß dir ein schreckliches Geständnis machen«, sagte Judith beim Tee in ihrem Wohnzimmer. »Ich habe neulich abends dein Telefongespräch mitgehört – und dann habe ich natürlich den dummen Fehler gemacht, vor dir aufzulegen, deswegen weißt du bestimmt, daß ich mitgehört habe. Es tut mir fürchterlich leid, Warren.«

»Ach«, sagte er. »Das macht nichts.«

»Nein, vermutlich nicht wirklich. Wenn wir so nah beieinander leben, werden sich diese kleinen Verletzungen der Privatsphäre nicht vermeiden lassen. Aber du mußt wissen, daß es mir – wie auch immer. Du weißt schon.« Dann, nach einer kleinen Weile, warf sie ihm einen durchtriebenen, spöttischen Blick zu. »Ich hätte nicht gedacht, daß du zu solchen Temperamentsausbrüchen fähig bist, Warren. So hart. So laut und dominierend. Aber ich muß auch sagen, daß mir die Stimme des Mädchens nicht gefallen hat. Sie klang ein bißchen vulgär.«

»Ja. Das ist eine lange Geschichte.« Und er blickte in seine Teetasse, wohlwissend, daß er rot wurde, bis er meinte, es wäre in Ordnung, wieder aufzuschauen und das Thema zu wechseln. »Judith, ich glaube, ich werde ziemlich bald nach Hause zurückkehren. Carol hat in New York eine Wohnung für uns gefunden, so daß ich sobald wie möglich – «

»Oh, dann habt ihr es gelöst«, sagte Judith. »Das ist wunderbar.«

»Was gelöst?«

»Was immer euch beide so unglücklich gemacht hat. Ach, ich bin so froh. Du hast doch nicht wirklich angenommen, daß ich den Unsinn über den Krankheitsfall in der Familie geglaubt habe, oder? Hat irgendeine junge Frau aus diesem Grund schon einmal allein den Ozean überquert? Ich habe mich sogar ein bißchen über Carol geärgert, weil sie *angenommen* hat, ich würde es glauben. Ich wollte sagen: Erzähl es mir, Liebes. Erzähl es mir. Denn wenn man alt ist, Warren« – ihre Augen begannen zu tränen, und sie wischte vergeblich mit der Hand darüber – »wenn man alt ist, wünscht man sich so sehr, daß die Menschen, die man liebt, glücklich sind.«

Am Abend vor seiner Abreise, nachdem seine Koffer gepackt waren und die Wohnung so sauber war, wie sie es nach einem Tag Putzen nur sein konnte, machte sich Warren an die letzte Aufgabe: seinen Schreibtisch zu räumen. Die meisten Bücher konnte er wegwerfen und die unerläßlichen Papiere stapeln und in den Koffer quetschen – Himmel, er kam hier raus; oh, Gott, er fuhr nach Hause –, aber als er die letzte Handvoll Papiere nahm, tauchte darunter die kleine Spieluhr aus Pappe auf.

Er nahm sich die Zeit, sie rückwärts abzuspielen, langsam, als wollte er sich für immer die trübsinnige und melancholische Melodie einprägen. Er ließ zu, daß sie die Vision von Christine heraufbeschwor, die in seinen Armen »Oh, ich liebe dich« flüsterte, denn auch das wollte er nicht vergessen, und dann ließ er sie in den Mülleimer fallen.

Urlaub aus privaten Gründen

Die 57. Division schien vom Pech verfolgt. Sie war gerade rechtzeitig nach Europa gekommen, um in der Ardennenoffensive schwere Verlust zu erleiden; dann, nachdem sie zu schnell verstärkt worden war mit Massen frischer Soldaten, quälte sie sich durch weitere Kämpfe im Osten Frankreichs und in Deutschland, nie schlecht, aber auch nie sonderlich erfolgreich, bis im Mai der Krieg zu Ende war.

Und im Juli dieses Jahres, als der Dienst in der Besatzungsarmee zu versprechen begann, zur besten Zeit ihres Lebens zu werden – damals gab es in Deutschland eine ungewöhnlich hohe Zahl ungebundener Mädchen –, wurden die Männer der 57. in Güterzüge verfrachtet und nach Frankreich zurückgeschickt.

Viele fragten sich, ob das die Strafe dafür war, daß sie gleichgültige Soldaten gewesen waren. Manche sprachen diese Frage während der langweiligen Fahrt in den Waggons sogar laut aus, bis andere meinten, sie sollten den Mund halten. Und es bestand wenig Hoffnung, daß sie an ihrem Ziel willkommen geheißen oder freundlich aufgenommen würden: Die Franzosen waren damals berühmt dafür, die Amerikaner zu hassen.

Als der Zug mit einem Bataillon endlich auf den sonnigen Wiesen in der Nähe von Reims – sie wollten nicht einmal lernen, wie man den Namen aussprach – anhielt, sprangen die Männer heraus und mühten sich mit ihrer Ausrüstung auf Lastwagen, die sie in ihre neuen Unterkünfte brachten – ein Feldlager aus olivgrünen Zelten, das ein paar Tage zuvor hastig errichtet worden war. Dort wurde ihnen aufgetragen, Matratzenbezüge aus Baumwolle mit dem Stroh zu füllen, das zu diesem Zweck bereit lag, und ihre nicht geladenen Gewehre in die Gabelung zu legen, die die überkreuzten hölzernen Beine ihrer Feldbetten bildeten. Hauptmann Henry R. Widdoes, ein barscher, trinkfester Mann, der die Kompanie C befehligte, hielt seinen versammelten Männern am nächsten Morgen auf dem hohen gelben Gras der Kompaniestraße eine Ansprache.

»So, wie ich's verstehe«, begann er und machte kleine nervöse Schritte vor und zurück, wie es typisch für ihn war, »ist das hier ein sogenanntes Umgruppierungslager. Von denen stellen sie hier in der Gegend 'ne ganze Menge auf. Sie holen Männer aus Deutschland nach dem Punktesystem und schleusen sie auf dem Weg nach Hause durch diese Lager. Und was wir hier tun, wir machen die Wie-heißt-es-noch, die Abwicklung. Wir bleiben hier. Ich weiß nicht, was genau unsere Aufgaben sein werden, wahrscheinlich vor allem Beschaffungs- und Büroarbeit. Sobald ich mehr weiß, laß ich's euch wissen. Okay.«

Hauptmann Widdoes war der Silver Star verliehen worden, weil er letzten Winter einen Angriff durch knietiefen Schnee angeführt hatte; der Angriff verschaffte ihm einen hervorragenden taktischen Vorteil, allerdings verlor er dabei einen halben Zug. Auch jetzt noch hatten viele Männer in der Kompanie Angst vor ihm.

Ein paar Wochen nach ihrer Ankunft im Lager, als ihre Strohmatratzen flach gelegen und ihre Gewehre vom Tau mit Rostflecken überzogen waren, kam es in einem der Zelte zu einem komischen Zwischenfall. Ein Unteroffizier namens Myron Phelps, der dreiunddreißig war, aber viel älter aussah, und der im zivilen Leben in einem Braunkohlebergwerk arbeitete, tippte vorsichtig die Asche von einer großen Zigarre aus dem PX ab und sagte: »Ach, ich wünschte, ihr Kinder würdet aufhören, über Deutschland zu reden. Ich habe dieses Deutschland, Deutschland, Deutschland satt.« Dann streckte er sich auf dem Rücken aus, und das wacklige Feldbett schwankte auf dem unebenen Boden. Er legte einen Arm unter den Kopf, um eine friedliche Welt anzudeuten, und benutzte den anderen, um träge mit der Zigarre zu gestikulieren. »Ich meine, was zum Teufel würdet ihr tun, wenn ihr in Deutschland wärt? Hm? Ihr würdet vögeln und den Tripper kriegen, die Syphilis und geschwollene Eier, das ist alles, und ihr würdet den ganzen Schnaps und das ganze Bier trinken und verweichlichen und eure Kondition verlieren. Stimmt's? Stimmt's? Also, wenn ihr mich fragt, dann ist es hier viel, viel besser. Wir haben frische Luft, ein Dach über dem Kopf, wir haben zu essen, wir sind diszipliniert. Wir führen ein Männerleben.«

Zuerst dachten alle, er würde Spaß machen. Es dauerte mindestens fünf Sekunden, während der sie erst Phelps, dann einander und dann wieder Phelps anstarrten, bevor grölendes Gelächter ausbrach.

»Herr im Himmel, Phelps, ›ein Männerleben‹«, rief jemand, und jemand anders schrie: »Phelps, du bist ein Arschloch. Du warst schon *immer* ein Arschloch.«

Unter diesen Angriffen richtete Phelps sich auf; seine Augen und sein Mund waren bemitleidenswert wutverzerrt, beide Wangen vor Verlegenheit rosa gefleckt.

»... Und was ist mit deiner beschissenen *Kohlen*mine, Phelps? War das auch ›ein Männerleben‹?«

Er war hilflos, versuchte etwas zu sagen, und wurde nicht gehört, und bald wirkte er todunglücklich. Ihm stand ins Gesicht geschrieben, daß er wußte, daß der Ausdruck »ein Männerleben« die Runde durch die Zelte machen, zu weiteren Ausbrüchen von Gelächter führen und ihn verfolgen würde, solange er in dieser Kompanie war.

Der Obergefreite Paul Colby lachte noch mit den anderen, als er an diesem Nachmittag das Zelt verließ und zu einem Termin bei Hauptmann Widdoes ging, aber er bedauerte es nicht, als das Gelächter in seinem Rücken leiser wurde und erstarb. Der arme alte Myron Phelps war nur zum Unteroffizier befördert worden, weil er einer der zwei Männer war, die in seiner Gruppe die Ardennenoffensive überlebt hatten, und er würde die Streifen höchstwahrscheinlich wieder verlieren, wenn er sich weiterhin zum Narren machte.

Aber es steckte noch mehr dahinter. Ob Paul Colby es vor sich selbst zugeben konnte oder nicht, er war mit Phelps in zumindest einem Punkt einig: Auch ihm gefiel die Einfachheit, die Ordnung und die Müßigkeit des Lebens in diesen Zelten auf der Wiese. Hier mußte man nichts beweisen.

Colby gehörte zu den Ersatztruppen, die im vergangenen Januar in Belgien zur Kompanie gestoßen waren, und die wenigen verbleibenden Monate des Kriegs hatten ihn durch Stolz und Todesangst und Müdigkeit und Entsetzen geführt. Er war neunzehn Jahre alt.

Vor Hauptmann Widdoes Schreibtisch in dem Zelt, das als Geschäftszimmer fungierte, nahm Colby Habachtstellung ein, salutierte und sagte: »Sir, ich bitte um Erlaubnis, mich für einen Urlaub aus privaten Gründen bewerben zu dürfen.«

»Wofür?«

»Für einen Urlaub aus privaten Gründen.«

»Rühren Sie sich.«

»Danke, Sir. Es ist so, in den Staaten bekam man manchmal Urlaub aus privaten Gründen, wenn es zu Hause Probleme gab – wenn jemand gestorben war oder jemand sehr krank war oder so. Und seitdem der Krieg zu Ende ist, kann man hier Urlaub beantragen, wenn man nahe Verwandte in Europa besuchen will – ich meine, es muß niemand krank sein oder so.«

»Ach ja?« sagte Widdoes. »Ja, ich glaube, das habe ich gelesen. Haben Sie Verwandte hier?«

»Ja, Sir. Meine Mutter und meine Schwester, in England.«

»Sind Sie Engländer?«

»Nein, Sir, ich bin aus Michigan, dort lebt mein Vater.«

»Also, das verstehe ich nicht. Wie ist es möglich, daß Ihr – «

»Sie sind geschieden, Sir.«

»Aha.« Und aus Widdoes Stirnrunzeln war zu schließen, daß er es immer noch nicht verstanden hatte, aber er schrieb etwas auf einen Block. »Okay, ähm, Colby«, sagte er schließlich. »Also, jetzt schreiben Sie hier – Sie wissen schon – den Namen Ihrer Mutter und ihre Adresse, und ich sorge dafür, daß jemand den Rest der Scheiße ausfüllt. Sie werden informiert, wenn es genehmigt wird, aber ich muß Ihnen sagen, daß der ganze Papierkram hier so chaotisch ist, daß Sie besser nicht damit rechnen.«

Colby beschloß, nicht damit zu rechnen, was den Druck auf seinem Gewissen ein wenig erleichterte. Seit seinem elften Lebensjahr hatte er seine Mutter und seine Schwester nicht mehr gesehen, und jetzt wußte er fast nichts von ihnen. Er hatte den Urlaub vor allem aus Pflichtgefühl beantragt, und weil es keine Alternative zu geben schien. Aber jetzt gab es zwei Möglichkeiten, und beide entzogen sich gnädigerweise seiner Kontrolle:

Wenn er genehmigt wurde, dann wären es zehn Tage übertriebener Höflichkeit und gekünstelten Lachens und verlegenen Schweigens, während alle versuchten, so zu tun, als wäre er kein Fremder. Sie würden schleppende Besichtigungstouren durch London machen, um ganze Nachmittage totzuschlagen; vielleicht würden sie »typisch englische« Dinge tun wie zum Beispiel Fish and Chips aus Zeitungspapiertüten essen oder was immer typische Engländer sonst taten, und wiederholt würden sie beteuern, wie nett doch alles sei, während sie alle die Tage zählten, bis es vorbei wäre.

Wenn er nicht genehmigt wurde, würde er sie vielleicht nie wiedersehen; aber damit hatte er sich schon vor vielen Jahren abgefunden, als es ihm noch viel mehr bedeutet hatte – als es einem unerträglichen Verlust gleichgekommen war.

»Also, deine Mutter war eine dieser fröhlichen jungen Engländerinnen, die nach Amerika kamen und glaubten, die Straßen wären mit Gold gepflastert«, hatte Paul Colbys Vater öfter als nur einmal erklärt, normalerweise im Wohnzimmer auf und ab schreitend, mit einem Drink in der Hand. »Und wir haben geheiratet, und du und deine Schwester wurdet geboren, und dann hat sie sich vermutlich ziemlich bald gefragt, was ist mit dem großen Versprechen dieses Landes? Wo ist das große Glück? Wo ist das Gold? Kannst du mir folgen, Paul?«

»Ja.«

»Und sie wurde ruhelos – verdammt, sie wurde wirklich ruhelos, aber den Teil erspare ich dir –, und bald darauf wollte sie die Scheidung. Na gut, dachte ich, so was passiert, aber dann hat sie gesagt: ›Ich nehme die Kinder mit.‹ Und ich, ich habe gesagt: ›Moment mal.‹ Ich habe gesagt: ›Einen Augenblick, Miss Königin von England, wir wollen doch *fair* bleiben.‹

Na ja, Gott sei Dank hatte ich damals diesen guten Freund, Earl Gibbs, und Earl war ein klasse Rechtsanwalt. Er hat zu mir gesagt: ›Fred, wenn es ums Sorgerecht geht, hat sie keine Chance.‹ Ich habe gesagt: ›Earl, ich will die Kinder.‹ Ich habe gesagt: ›Schau, daß ich die Kinder kriege, Earl, mehr will ich nicht.‹ Und er hat es versucht. Earl hat sein Bestes getan, aber da war sie schon nach Detroit gezogen, und euch beide hat sie mitgenommen, und deswegen war es nicht einfach. Ich bin einmal hingefahren, um mit euch zu einem Baseballspiel zu gehen, aber deine Schwester hat gesagt, daß sie Baseball nicht mag und es ihr außerdem nicht gut geht – Himmel, wie weh so eine kleine Sache tun kann! Und so sind nur wir beide ins Briggs Stadium zum Spiel der Tigers gegangen – erinnerst du dich noch? Erinnerst du dich daran, Paul?«

»Ja.«

»Und danach habe ich dich hierher mitgenommen, du solltest hier bei mir bleiben. Deine Mutter hatte einen Anfall. Anders kann man es nicht nennen. Sie hat völlig irrational reagiert. Sie hatte schon die Schiffspassagen nach England für euch drei, und sie ist hergestürmt mit ihrer kleinen Rattenfalle, diesem Plymouth, den sie nicht mal richtig fahren konnte, und sie hat geschrien und gebrüllt, daß ich dich ›entführt‹ hätte. Erinnerst du dich?«

»Ja.«

»Also, das war ein schrecklicher Nachmittag. Earl Gibbs und seine Frau waren zufälligerweise hier, und das war die Rettung – zumindest die halbe. Denn nachdem wir deine Mutter einigermaßen beruhigt hatten, hat Earl lange mit ihr gesprochen, und am Schluß hat er gesagt: ›Vivien, sei dankbar für das, was du hast. Begnüg dich lieber damit.‹

Verstehst du, sie hatte keine Wahl. Sie ist in ihrem lausigen Wagen davongefahren, deine Schwester saß neben ihr, und ein paar Wochen später waren sie wahrscheinlich in London, und das war's dann. Das war's.

Aber worauf ich hinaus will, Paul, ist, daß sich schließlich alles zum Guten entwickelt hat. Ich hatte Glück und habe deine Stiefmutter kennengelernt, und wir passen zusammen. Das kann jeder sehen, daß wir zusammenpassen, oder? Und deine Mutter war nie glücklich mit mir, das weiß ich. Jeder Mann, Paul – *jeder* Mann – sollte merken, wenn eine Frau nicht glücklich mit ihm ist. Und zum Teufel, das Leben ist zu kurz: Ich habe ihr schon vor langer Zeit die Qualen verziehen, die sie mir als meine Frau zugefügt hat. Nur eins kann ich ihr nicht verzeihen. Niemals. Daß sie mein kleines Mädchen mitgenommen hat.«

Paul Colbys Schwester Marcia war fast genau ein Jahr jünger als er. Mit fünf hatte sie ihm beigebracht, wie man im Badewasser Blasen blies; mit acht hatte sie seiner elektrischen Eisenbahn einen Tritt versetzt, um ihn davon zu überzeugen, daß Anziehpuppen aus Papier unterhaltsamer waren, was stimmte; ungefähr ein Jahr später hatten sie einander zitternd vor Angst herausgefordert, von einem hohen Ast eines Ahornbaums zu springen, und sie taten es, obwohl er nie vergessen würde, daß sie als erste sprang.

An dem Nachmittag, als ihre Eltern hysterisch wurden und der Anwalt sie mit sonorer Stimme im Wohnzimmer um Ruhe bat, sah er vom Haus aus, wie Marcia auf dem Beifahrersitz des schmutzbespritzten Plymouth auf der Einfahrt wartete. Und da er ziemlich sicher war, daß niemand seine Abwesenheit bemerken würde, ging er zu ihr hinaus.

Als sie ihn kommen sah, kurbelte sie das Fenster herunter und fragte: »Was machen die da drin?«

»Na ja, sie – ich weiß es nicht. Sie sind fürchterlich – ich weiß nicht wirklich, was sie machen. Wird schon in Ordnung kommen.«

»Ja, das glaube ich auch. Du gehst besser wieder rein, Paul, okay? Ich glaube nicht, daß es Daddy gefallen wird, wenn du hier draußen bist.«

»Okay.« Auf dem Weg ins Haus blieb er stehen und blickte zurück, und sie winkten sich rasch und scheu zu.

Anfangs kamen viele Briefe aus England – lustige, manchmal alberne, hastig geschriebene von Marcia, gewissenhafte und zunehmend gestelzte von seiner Mutter.

1940, während des Blitzkriegs, als alle amerikanischen Radiokommentatoren den Schluß nahe legten, daß ganz London in Schutt und Asche lag, schrieb Marcia ziemlich ausführlich und deutete an, daß die Berichte vielleicht übertrieben seien. Die Lage sei definitiv schrecklich im East End, schrieb sie, was »grausam« sei, denn dort lebten vor allem arme Leute, aber es gebe »sehr ausgedehnte Gebiete« in der Stadt, die völlig unversehrt seien. Und der Vorort, in dem sie und ihre Mutter wohnten, acht Meilen außerhalb, sei »vollkommen sicher«. Sie war dreizehn, als sie das schrieb, und der Brief blieb ihm im Gedächtnis als bemerkenswert intelligent und bemerkenswert nachdenklich für jemanden ihres Alters.

Während der nächsten Jahre wurden ihre Briefe seltener, und schließlich schrieb sie nur noch an Weihnachten und an seinem Geburtstag. Aber die Briefe seiner Mutter kamen mit hartnäckiger Regelmäßigkeit, ob er nun den letzten beantwortet hatte oder nicht, und es brauchte Willensstärke, um sie zu lesen – ja, allein schon, um die dünnen blauen Umschläge zu öffnen und das Papier zu entfalten. Ihre Anstrengung zu schreiben war so offenkundig, daß auch das Lesen nur anstrengend sein konnte; der letzte, betont fröhliche Absatz war immer eine Erlösung, und er spürte ihre eigene Erleichterung, es hinter sich gebracht zu haben. Ein, zwei Jahre nach ihrer Rückkehr nach England hatte sie wieder geheiratet; sie und ihr neuer Mann bekamen bald einen Sohn,

»Deinen kleinen Halbbruder«, den Marcia, so schrieb sie, »ungeheuer mochte«. 1943 schrieb sie, daß Marcia »jetzt bei der amerikanischen Botschaft in London sei«, was für ein sechzehnjähriges Mädchen seltsam schien, aber er erfuhr keine weiteren Einzelheiten.

Einmal hatte er seiner Schwester aus Deutschland geschrieben und dabei geschickt ein paar Hinweise auf seine Kampferfahrung eingeflochten, eine Antwort hatte er nicht erhalten. Vielleicht weil die Kriegspost damals unzuverlässig war, vielleicht aber auch, weil sie einfach nicht zurückgeschrieben hatte – und das hatte eine kleine, noch immer offene Wunde bei ihm hinterlassen.

Jetzt, nachdem er das Geschäftszimmer verlassen hatte, schrieb er schnell einen Brief an seine Mutter, in dem er seine Machtlosigkeit hinsichtlich des Urlaubs erklärte; nachdem der Brief fertig und in der Post war, meinte er, sich auf seinem Feldbett in dem dösigen, stockfleckigen, halbleeren Zelt ausstrecken zu können. Nicht weit von ihm entfernt, auf der anderen Seite des Gangs aus fest getrampelter Erde, schlief der arme alte Myron Phelps seine Schande aus – oder, wahrscheinlicher noch, schämte sich noch immer und tat so, als würde er schlafen.

Die große Neuigkeit im nächsten Monat war, daß in der Kompanie C dreitägige Urlaubsscheine für Paris ausgegeben wurden, ein paar wenige zur gleichen Zeit, und in den Zelten wurde schrilles, schlüpfriges Gerede laut. Klar, die Franzosen haßten die Amerikaner – alle wußten das –, aber ebenso wußten alle, was »Paris« bedeutete. Angeblich mußte man in Paris nicht mehr tun, als sich auf der Straße einem Mädchen – einem gut gekleideten, erstklassig aussehenden, *irgend*einem Mädchen – zu nähern und zu sagen: »Bist du im Gewerbe, Baby?« Wenn sie es nicht war, würde sie lächeln und mit Nein antworten; wenn sie es war – oder vielleicht sogar, wenn sie es nicht war, sich gerade aber zufälligerweise so fühlte –, dann, oh, Gott.

Paul Colby arrangierte es so, daß er gleichzeitig mit George Mueller seinen Urlaubsschein bekam, einem stillen, nachdenklichen Jungen, der zu seinem besten Freund geworden war. Ein paar Abende, bevor sie nach Paris fuhren, vertraute er George Mueller in einem der leisen Gespräche, die typisch für ihre Freundschaft waren, stockend an, was er noch nie jemandem erzählt hatte und worüber er gar nicht nachdenken mochte: daß er noch nie im Leben Sex gehabt hatte.

Mueller lachte nicht. Er war selbst noch Jungfrau gewesen, erzählte er, bis zu einer Nacht in einem Bunker mit einem deutschen Mädchen, eine Woche vor Kriegsende. Und er war sich nicht sicher, ob das überhaupt zählte: Das Mädchen hatte die ganze Zeit gelacht – er hatte keine Ahnung, worüber zum Teufel sie lachte –, und er war so nervös gewesen, daß er es nicht in sie hinein schaffte, bevor er kam, und dann hatte sie ihn weggestoßen.

Colby versicherte ihm, daß es zählte – jedenfalls zählte es wesentlich mehr als sein eigenes blödes Gefummel. Und fast hätte er Mueller davon erzählt, aber er entschied, daß er es besser für sich behielt.

Nicht lange, bevor sie Deutschland verlassen hatten, wurde der Kompanie C die Verantwortung für zweihundert zwangsvertriebene Russen übergeben – zivile Gefangene, die die Deutschen als Zwangsarbeiter in einer kleinstädtischen Plastikfabrik eingesetzt hatten. Auf Hauptmann Widdoes Befehl hin wurden die befreiten Russen in der besten Wohngegend der Stadt untergebracht – in ordentlichen hübschen Häusern auf einer Anhöhe, ein gutes Stück entfernt von der Fabrik – und die Deutschen, die dort gewohnt hatten (zumindest die, die nicht schon vor Tagen oder Wochen vor der anrückenden Armee geflohen waren) wurden in die Baracken der ehemaligen Zwangsarbeiter eingewiesen.

In dieser netten, zum Teil ausgebombten Stadt gab es für die Soldaten nicht viel zu tun, außer im milden Frühlingswetter herumzuschlendern und mit gelegentlichen Gesten klarzumachen, daß sie die Lage, wie Widdoes sagte, »unter Kontrolle« hatten. Paul Colby hatte eines Nachmittags gegen Sonnenuntergang allein Wachdienst ganz oben auf der Anhöhe, als sich ihm lächelnd ein russisches Mädchen näherte, so, als hätte sie ihn zuvor schon aus dem Fenster beobachtet. Sie war ungefähr siebzehn, schlank und hübsch, hatte ein billiges, altes, vom vielen Waschen verblichenes Baumwollkleid an, wie es alle russischen Frauen trugen, und ihre Brüste sahen so fest und zart aus wie reife Pfirsiche mit einem Nippel. Er wußte, daß er sie absolut in die Hände kriegen mußte, aber abgesehen davon wußte er nicht, was er tun sollte. Auf dem ganzen Hügel war niemand zu sehen.

Er machte eine, wie er hoffte, höfliche kleine Verbeugung und schüttelte ihr die Hand – das erschien ein angemessener Anfang für eine Bekanntschaft, die ohne Sprache auskommen müßte –, und sie ließ nicht erkennen, ob sie es albern oder verwirrend fand. Dann legte er Gewehr und Helm ins Gras, richtete sich wieder auf, nahm sie in die Arme – sie fühlte sich großartig an – und küßte sie auf den Mund, und sie erwiderte seinen Kuß mit erregend viel Zunge. Bald hatte er eine großartige nackte Brust in der Hand (er streichelte sie so förmlich, als wäre sie tatsächlich ein Pfirsich mit Nippel), und sein Blut pulsierte heftig; aber dann setzten die alte unvermeidliche Schüchternheit und die schreckliche Unbeholfenheit ein, so wie sie bei jedem Mädchen eingesetzt hatten, das er je berührt hatte.

Und wie immer hatte er schnell Ausreden parat: Er konnte nicht in ihr Haus mitgehen, weil dort jede Menge anderer Russen wären – das glaubte er jedenfalls –, und er konnte hier im Freien nichts mit ihr anfangen, weil bestimmt jemand käme; und es war fast an der Zeit, daß ihn der Wagen des Wachdienstes abholte.

Es schien, als könnte er nichts anderes tun, als die klammernde Umarmung zu lösen und sich direkt neben sie zu stellen, den Arm noch um sie gelegt, so daß sie gemeinsam die ausgedehnte Anhöhe hinunter in den Sonnenuntergang schauen konnten. Während sie lange in dieser Haltung dastanden, ging ihm durch den Kopf, daß sie ein ausgezeichnetes Bild für die letzte Einstellung eines gewaltigen sowjetisch-amerikanischen Films mit dem Titel *Sieg über die Nazis* abgeben würden. Und als der Wagen kam, konnte er nicht einmal sich selbst anlügen und behaupten, er wäre wütend und frustriert: Er war erleichtert.

In der zweiten Gruppe befand sich ein schweigsamer, analphabetischer Schütze namens Jesse O. Meeks – einer der vier oder fünf Männer des Zugs, die jeden Monat den Lohnzettel mit einem X unterschrieben –, und zwei Tage nach der letzten Einstellung des großen sowjetisch-amerikanischen Films hatte Jesse O. Meeks das süße Mädchen voll in Besitz genommen.

»Hat kein' Sinn, den alten Meeks heute abend zu suchen«, sagte jemand im Quartier des Zugs. »Hat kein' Sinn, ihn morgen zu suchen oder übermorgen. Der alte Meeks hat sich 'ne nette Freundin zugelegt.«

Aber hier in Frankreich, an einem schönen vielversprechenden Morgen, standen Colby und Mueller vor dem Schreibtisch des Hauptfeldwebels, um ihren dreitätigen Urlaubsschein abzuholen. Auf der linken Schreibtisch-seite, auf einem ins Holz geschraubten Metallsockel, stand ein breiter, rotierender Spender, der miteinander verbundene, in Folie eingeschweißte Kondome ausgab: Man konnte so viele herausziehen, wie man glaubte zu brauchen. Colby ließ Mueller den Vortritt, um zu sehen, wie viele er abriß – sechs –, dann nahm er selbst unsicher sechs Stück und stopfte sie in seine Tasche, und gemeinsam gingen sie zum Fuhrpark.

Sie trugen ihre brandneuen Eisenhower-Jacken mit der bescheidenen Anzahl von Streifen und dem hüb-schen blausilbernen Abzeichen des Combat Infantry-man Badge für ihren Einsatz bei Bodenkämpfen, und sie hatten ihre schwarzen Kampfstiefel sorgfältig geputzt und poliert. Allerdings war ihr Gang etwas steif, weil jeder von ihnen zwei Stangen gestohlene PX-Zigaretten in den Hosenbeinen versteckt hatte: Angeblich brachte eine Stange Zigaretten zwanzig Dollar auf dem Schwarz-markt von Paris.

Die Ankunft in der Stadt war spektakulär. Der Eiffelturm, der Triumphbogen – alles war da, genau so wie es im *Life*-Magazin aussah, und es zog sich meilenweit in jede Richtung: Es war soviel, daß sie nicht aufhören konnten, sich immer wieder umzudrehen und zu schauen.

Der Wagen setzte sie vor dem Club des amerikanischen Roten Kreuzes ab, der als häusliche Basis aller Unternehmungen diente. Es gab hier Schlafsäle und Duschen und regelmäßige Mahlzeiten, es gab Räume, um Tischtennis zu spielen, und Räume mit tiefen weichen Sesseln, um zu dösen. Nur Schlappschwänze würden viel Zeit im Club verbringen, wenn vor den Toren so ein Reichtum an Geheimnissen und Herausforderungen wartete, aber Colby und Mueller kamen überein, hier zu essen, weil es Mittag war.

Und als nächstes, so beschlossen sie, wollten sie die Zigaretten losschlagen. Das war ein Kinderspiel. Ein paar Straßenzüge entfernt trafen sie auf einen kleinen, angespannt dreinblickenden, ungefähr vierzehnjährigen Jungen, der sie eine Treppe hinaufführte zu einem dreifach abgesperrten Zimmer, das bis zur Decke mit amerikanischen Zigaretten angefüllt war. Sein furchterregendes Schweigen und seine Ungeduld, das Geschäft zum Abschluß zu bringen und sie aus einem dicken Bündel schöner französischer Geldscheine zu bezahlen, ließen den Schluß zu, daß er in drei oder vier Jahren eine wichtige Gestalt in der europäischen Unterwelt sein würde.

George Mueller hatte seinen Fotoapparat dabei und wollte seinen Eltern Schnappschüsse schicken, deswegen machten sie mit dem Bus eine Stadtrundfahrt, die an den wichtigsten Sehenswürdigkeiten vorbeiführte und bis zum späten Nachmittag dauerte.

»Wir brauchen einen Stadtplan«, sagte Mueller, als sie den langweiligen, plappernden Stadtführer endlich los waren. »Kaufen wir einen Stadtplan.« Überall standen verwahrloste alte Männer, die Soldaten Stadtpläne verkauften wie Kindern Luftballons; als Colby und Mueller den mehrfach gefalteten Plan öffneten, gegen die Mauer eines Bürogebäudes hielten, mit den Zeigefingern auf diverse Punkte deuteten und gleichzeitig sprachen, waren sie sich zum ersten Mal an diesem Tag uneinig.

Weil er in der Highschool *Fiesta* gelesen hatte, wußte Colby, daß es am linken Ufer der Seine am wahrscheinlichsten sein würde, daß irgend etwas Nettes passierte. Mueller hatte das Buch ebenfalls gelesen, aber er hörte auch seit Wochen den Männern in den Zelten zu, weswegen er die Gegend um den Place Pigalle empfahl.

»Ja, aber dort sind nur Prostituierte, George«, sagte Colby. »Du willst dich doch nicht gleich auf Prostituierte einlassen, oder? Bevor wir es mit was Besserem versucht haben?« Letztlich einigten sie sich auf einen Kompromiß: Sie wollten es zuerst am linken Ufer versuchen – sie hatten reichlich Zeit – und dann am Place Pigalle.

»Wow«, sagte Mueller im U-Bahnhof; er hatte sich schon immer leicht getan, wenn es darum ging, etwas herauszufinden. »Siehst du, wie das funktioniert? Du drückst den Knopf dort, wo du gerade bist, und dann den Knopf für die Station, wo du hin willst, und die ganze verdammte Strecke leuchtet auf. Man muß schon ein Idiot sein, um sich in dieser Stadt zu verirren.«

»Ja.«

Und bald mußte Colby zugeben, daß Mueller mit dem linken Ufer recht hatte. Auch nach zwei Stunden deutete nichts in den endlosen Straßen und Boulevards darauf hin, daß irgendwas Nettes passieren würde. Sie sahen Hunderte von Menschen in den tiefen breiten Straßencafés sitzen, reden und lachen, darunter viele gutaussehende Mädchen, aber ihre kühlen und sofort abgewandten Blicke kündeten augenblicklich davon, daß sie zu der Mehrheit der Franzosen gehörten, die die Amerikaner haßten. Und wenn sie gelegentlich ein hübsches Mädchen allein herumschlendern sahen und, wie verschämt auch immer, versuchten, ihren Blick aufzufangen, sah sie aus, als würde sie eine Polizeipfeife aus ihrer Tasche holen und mit aller Kraft hineinblasen, falls sie sie fragten, ob sie im Gewerbe sei.

Aber, oh, Gott, die Gegend um den Place Pigalle. In der gerade hereingebrochenen Dunkelheit pochte dort der Puls des Sex; allerdings war im Schatten und in den wachsamen Gesichtern der Passanten auch etwas entschieden Finsteres zu entdecken. Dampf stieg aus den Gullydeckeln in den Straßen und färbte sich sofort rot und blau und grün im leuchtenden Licht von Gaslampen und elektrischen Schildern. Überall waren Mädchen und Frauen, schlenderten herum und warteten, unter Hunderten von herumstreifenden Soldaten.

Colby und Mueller ließen sich Zeit, saßen am Tisch eines Cafés, tranken Highballs mit, wie der Kellner versprochen hatte, echtem »amerikanischen Whiskey« und sahen zu. Das Abendessen war erledigt – sie waren kurz im Rot-Kreuz-Club gewesen, um sich frischzumachen und etwas zu essen, und Mueller hatte seine Kamera dort gelassen (heute abend wollte er nicht wie ein Tourist aussehen) –, und so hatten sie eine Zeitlang nichts zu tun, als sich umzusehen.

»Siehst du das Mädchen, das auf der anderen Straßenseite mit dem Typen aus der Tür kommt?« fragte Mueller und kniff die Augen zusammen. »Siehst du sie? Das Mädchen in Blau? Und jetzt geht der Typ in die andere Richtung davon?«

»Ja.«

»Ich schwöre bei Gott, es ist noch keine fünf Minuten her, daß sie *rein*gegangen sind. Verdammt. Sie hat ihm fünf Minuten gegeben – *weniger* als fünf Minuten – und ihm wahrscheinlich zwanzig Dollar abgeknöpft.«

»O Gott.« Und Colby trank einen Schluck, um Ordnung in die schnelle Abfolge zahlloser häßlicher Bilder in seinem Kopf zu bringen. Was konnte man in fünf Minuten schaffen? Brauchte man nicht fast so lange, bis man sich aus- und wieder angezogen hatte? Wie grauenhaft vorzeitig konnte ein vorzeitiger Samenerguß sein? Vielleicht hatte sie ihm einen geblasen, aber auch das sollte, gemäß den erschöpfenden Diskussionen im Zelt, wesentlich länger als fünf Minuten dauern. Oder vielleicht – und das war eine Möglichkeit, bei der es ihm kühl ums Herz wurde – vielleicht war der Mann oben im Zimmer von Panik überwältigt worden. Vielleicht hatte er zugesehen, wie sie sich bereit machte, und schlagartig gewußt, daß er nicht tun konnte, was von ihm erwartet wurde – und er hatte es mit solcher Sicherheit gewußt, daß er nicht einmal hoffen konnte, es zu versuchen oder auch nur so zu tun, als würde er es versuchen –, und dann hatte er in seinem Highschool-Französisch eine

Entschuldigung gestammelt und ihr Geld in die Hand gedrückt, und sie war mit ihm die Treppe hinuntergegangen und hatte dabei die ganze Zeit geredet (Unflätig? Verächtlich? Grausam?), bis sie sich auf der Straße trennen konnten.

Colby beschloß, daß es für ihn am besten wäre, nicht mit einem Straßenmädchen zu gehen – auch nicht mit einer, für die er sich nach gründlicher Überlegung aufgrund von Eigenschaften wie Jugend, gesundes und sanftmütiges Aussehen entscheiden würde. Er sollte in einer Bar nach einem Mädchen Ausschau halten – in dieser oder in einer anderen – und eine Weile mit ihr plaudern, wie gebrochen auch immer, und sich an das angenehme Ritual halten, ihr einen Drink auszugeben. Denn auch wenn die Mädchen in den Bars Straßendirnen waren (oder waren sie Huren von einem größeren Kaliber, die mehr verlangten? Und wie fand man solche Unterschiede überhaupt heraus?), die gerade eine Pause einlegten, man hatte zumindest das Gefühl, sich zu kennen, bevor man im Bett landete.

Nach ein, zwei Minuten fing Colby den Blick des Kellners auf und bestellte noch eine Runde, und als er sich umwandte, sah er, daß sich George Mueller mit einer Frau unterhielt, die allein am Nebentisch saß. Die Frau – sie war definitiv kein Mädchen mehr – war adrett und hübsch, und nach den vereinzelten Sätzen, die Colby aufschnappte, schien sie überwiegend Englisch zu sprechen. Mueller hatte seinen Stuhl verrückt, um besser mit ihr reden zu können, und sein Gesicht befand sich teilweise im Schatten, aber Colby sah seine tiefe Röte und das angespannte, schüchterne Lächeln. Dann bemerkte

er, wie die Frau mit der Hand langsam auf Muellers Oberschenkel auf und ab fuhr.

»Paul?« sagte Mueller, als er und die Frau aufstanden,
um zu gehen. »Vielleicht sehen wir uns heute abend
nicht wieder, aber wir sehen uns morgen früh im Wie-
heißt-es, okay? Im Roten Kreuz. Oder vielleicht nicht
morgen früh, sondern du weißt schon. Wir werden uns
schon treffen.«

»Klar, ist schon okay.«

In keiner anderen Bar in der Gegend um den Place
Pigalle fand er ein Mädchen oder eine Frau, die allein
dasaß. Paul Colby vergewisserte sich, denn er versuchte
es in allen – in manchen versuchte er es zwei- oder dreimal –, und im Verlauf seiner Suche trank er soviel, daß
er sich meilenweit von seinem Ausgangspunkt entfernte;
er war in einem völlig anderen Teil von Paris, als ihn das
Geräusch eines lauten Klaviers von der Straße in eine
unbekannte kleine Bar im amerikanischen Stil lockte.
Dort stellte er sich zu fünf oder sechs anderen Soldaten, von denen sich die meisten offenbar nicht kannten; sie standen da, die Arme um die Eisenhower-Jacken
der Nachbarn gelegt, und sangen alle zehn Strophen
von »Roll Me Over«, so laut sie konnten, das Klavier
hämmerte die Melodie und den Tusch. Irgendwann, bei
der sechsten oder siebten Strophe, dachte Colby, daß
das eine ziemlich denkwürdige Weise wäre, den ersten
Abend in Paris zu beenden, aber als das Lied zu Ende
war, war er klüger – und das galt offensichtlich auch für
die anderen Sänger.

George Mueller hatte gesagt, daß man ein Idiot sein
müsse, um sich in dieser Stadt zu verirren, aber Paul

Colby stand eine halbe Stunde in einem U-Bahnhof und drückte auf Knöpfe, und immer mehr und kompliziertere Strecken leuchteten in unterschiedlichen Farben auf, bis ein sehr alter Mann kam und ihm erklärte, wie er zum Rot-Kreuz-Club käme. Und dort, wo, wie jeder wußte, nur ein Schlappschwanz viel Zeit verbrachte, kroch er in den Schlafsaal und sein Bett, als wäre es das letzte Bett auf der Welt.

Am nächsten Tag war es noch schlimmer. Er war so verkatert, daß er sich erst mittags anzog; dann schlich er hinunter und suchte in allen Gemeinschaftsräumen nach George Mueller, obwohl er wußte, daß er ihn nicht finden würde. Dann lief er stundenlang auf wunden Füßen durch die Straßen und gab sich trostlos und zufrieden seiner schlechten Laune hin. Was zum Teufel sollte so großartig und schön an Paris sein? Hatte irgendwann einmal irgend jemand den Mut aufgebracht und gesagt, daß es auch nur eine Stadt wie Detroit oder Chicago oder New York war mit zu vielen bleichen, grimmig dreinblickenden Männern in Geschäftsanzügen, die auf den Gehsteigen dahinhasteten, und zuviel Lärm und zu vielen Abgasen und zuviel schlichter, verdammter, unzivilisierter Unhöflichkeit? Hatte irgendwann einmal irgend jemand zugegeben, daß ihn diese beschissene Stadt erschreckte, verwirrte und langweilte, und daß er sich hier außerdem mutterseelenallein fühlte?

Spät an diesem Tag entdeckte er den Weißwein. Er beruhigte und heilte den Kater; er milderte seinen kratzenden Zorn zu einer nahezu angenehmen Melancholie. Er war wohlschmeckend, trocken und mild, und er trank eine Menge davon, langsam, in einem dienstbereiten Café nach dem anderen. Er fand unterschiedliche Möglichkeiten, sich an den Tisch zu setzen, und bald fragte er sich, wie er auf beiläufige Betrachter wirken mußte; das war, seitdem er sich erinnern konnte, eins seiner geheimsten, obsessivsten und am wenigsten bewundernswerten Gedankenspiele. Während er mehr Weißwein trank, dachte er, daß er wahrscheinlich wie ein sensibler junger Mann aussah, der ironische Gedanken über die Jugend, die Liebe und den Tod hegte – ein »interessanter« junger Mann –, und auf dieser hohen Welle der Selbstachtung glitt er nach Hause und haute sich wieder ins Bett.

Der letzte Tag war ein Tag gehemmter Gedanken und geschrumpfter Hoffnungen, von einer so tiefen Depression, daß ganz Paris davon überschwemmt wurde und darin ertrank, während seine Zeit ablief.

Um Mitternacht war er wieder auf dem Place Pigalle und betrunken – oder vielmehr tat er vor sich selbst so, als wäre er betrunken – und mußte feststellen, daß er fast kein Geld mehr hatte. Er konnte sich jetzt nicht einmal mehr die Häßlichste der Huren mittleren Alters leisten, und er wußte, daß er es wahrscheinlich insgeheim so arrangiert hatte. Es blieb ihm nichts weiter übrig, als sich auf den Weg zu machen in den dunklen Teil der Stadt, wo die Armeelaster parkten.

Niemand erwartete, daß man mit dem ersten Laster kam; man konnte sogar den letzten Laster versäumen, und niemand machte deswegen ein Theater. Aber diese unausgesprochenen Verhaltensregeln galten für Paul Colby nicht mehr: Er war höchstwahrscheinlich der einzige Soldat in ganz Europa, der drei Tage in Paris verbracht hatte, ohne Sex zu haben. Und er wußte jetzt ohne jeden Zweifel, daß er sein Problem nicht auf Schüchternheit oder Unbeholfenheit zurückführen konnte: Er hatte Angst. Schlimmer als das: Er war feige.

»Warum hast du meine Nachrichten nicht abgeholt?« fragte George Mueller ihn am nächsten Tag im Zelt. Mueller hatte drei Nachrichten für Colby am Schwarzen Brett im Roten Kreuz hinterlassen – eine am Morgen, nachdem sie sich am ersten Abend getrennt hatten, und zwei weitere später.

»Ich habe vermutlich nicht mal bemerkt, daß es ein Schwarzes Brett gibt.«

»Mann, es hing gleich in der Eingangshalle, neben der Rezeption«, sagte Mueller und sah gekränkt aus. »Ich verstehe nicht, wie du das hast übersehen können.«

Colby erklärte, und dafür verachtete er sich und wandte sich rasch ab, daß er nicht sehr viel Zeit im Rot-Kreuz-Club verbracht habe.

Keine Woche später wurde er ins Geschäftszimmer gerufen und erfuhr, daß die Papiere für seinen Urlaub aus privaten Gründen fertig waren. Und ein paar Tage darauf, abrupt irgendwo in London abgesetzt, betrat er den von Gemurmel erfüllten, widerhallenden Rot-Kreuz-Club, der nahezu genauso aussah wie der in Paris.

Er verbrachte lange Zeit unter der Dusche und zog dann pedantisch die andere, absolut saubere Uniform an – und hielt dabei wieder und wieder inne; dann, mit einem zitternden Finger in der Wählscheibe eines sperrigen englischen Münztelefons, rief er seine Mutter an.

»Ach, du lieber Gott«, sagte ihre Stimme. »Bist du es wirklich? Oh, das ist ja verrückt...«

Sie vereinbarten, daß er sie am Nachmittag »zum Tee« besuchen würde, und er fuhr in einem klapprigen Pendlerzug hinaus in ihren Vorort.

»Oh, wie schön!« sagte sie auf der Schwelle ihres ordentlichen Reihenhauses. »Und wie gut du in dieser wunderbaren amerikanischen Uniform aussiehst. Ach, du lieber Gott.« Sie drückte den Kopf seitlich an seine Streifen und das Kampfabzeichen und schien zu weinen, aber er war sich nicht sicher. Er sagte, er freue sich auch sehr, sie wiederzusehen, und gemeinsam gingen sie in ein kleines Wohnzimmer.

»Du meine Güte«, sagte sie und hatte offenbar die Tränen getrocknet. »Wie soll ich einen so tollen großen amerikanischen Soldaten in einem so heruntergekommenen kleinen Haus bewirten?«

Aber bald saßen sie behaglich – zumindest so behaglich, wie es ihnen möglich war – einander gegenüber in gepolsterten Sesseln, während die Heizstäbe des kleinen gasbetriebenen Kamins knackten und zischten und blau und orange wurden. Sie sagte, daß ihr Mann bald nach Hause käme, ebenso ihr gemeinsamer Sohn, der jetzt sechs sei und dafür »sterben« würde, ihn kennenzulernen.

»Ah, gut«, sagte er.

»Und ich habe versucht, Marcia anzurufen, aber ich habe die Telefonzentrale der Botschaft den Bruchteil einer Sekunde zu spät erreicht; ein bißchen später habe ich in ihrer Wohnung angerufen, aber niemand hat sich gemeldet, deswegen nehme ich an, daß sie ausgegangen sind. Sie wohnt seit einem Jahr mit einem anderen Mädchen zusammen« – und an dieser Stelle zog seine Mutter die Luft hörbar durch ein Nasenloch ein und wandte ihr Gesicht halb ab, eine Verhaltensweise, die die Frau, an die er sich erinnerte, plötzlich zum Leben erweckte – »sie ist dieser Tage ganz die junge Frau von Welt. Aber wir können es später am Abend noch einmal versuchen, und vielleicht haben wir – «

»Nein, ist schon in Ordnung«, sagte er. »Ich rufe sie morgen an.«

»Wie du möchtest.«

Und wie du möchtest, hieß es den Rest des rasch dunkler werdenden Nachmittags über, auch nachdem ihr Mann nach Hause gekommen war – ein erschöpft wirkender Mann in mittleren Jahren, dessen Hut einen ordentlichen Kreis in sein flaches, akkurat gekämmtes Haar gedrückt hatte und der keinerlei Gesprächsanstrengungen unternahm – und ihr kleiner Junge, der alles andere als starb, um ihn kennenzulernen, als er aus seinem Versteck spähte und ihm die Zunge herausstreckte.

Mochte Paul noch ein Butterbrot zum Tee? Gut. Mochte er einen Drink? Oh, gut. Und wollte er wirklich nicht noch ein bißchen länger zu einem einfachen kleinen Abendessen – Bohnen in Tomatensauce auf Toast – und über Nacht bleiben? Denn wirklich, sie hatten genügend Platz. Wie er mochte.

Er konnte es kaum erwarten, das Haus zu verlassen, obwohl er sich auf der Rückfahrt mehrmals versicherte, daß er nicht unhöflich gewesen war.

Und nachdem er aufgewacht war, konnte er kaum frühstücken vor lauter Nervosität, weil er die amerikanische Botschaft anrufen sollte.

»Wen?« sagte eine Telefonistin. »Welche Abteilung bitte?«

»Das weiß ich nicht, ich weiß nur, daß sie dort arbeitet. Gibt es nicht eine Möglichkeit, wie Sie – «

»Einen Augenblick... ja, hier: Wir haben eine Miss Colby, Marcia, in der Auslagenabteilung. Ich verbinde Sie.« Und nach mehrmaligem Summen und Klicken, nach einer langen Wartezeit, erklang eine Stimme so klar wie eine Flöte, die sich freute, von ihm zu hören – ein süß klingendes englisches Mädchen.

»... Also, das wäre wunderbar«, sagte sie. »Könntest du gegen fünf kommen? Es ist das erste Gebäude nach dem Hauptgebäude, gleich links von der FDR-Statue, wenn du vom Berkeley Square kommst. Du kannst es nicht verfehlen, und ich bin in einer Minute da, wenn du wartest oder – ich warte, wenn du dich verspätest.«

Nachdem er aufgelegt hatte, brauchte er eine Weile, bis er merkte, daß sie ihn kein einziges Mal beim Namen genannt hatte; wahrscheinlich war auch sie verlegen gewesen.

Im Keller des Roten Kreuzes befand sich ein überhitzter Raum, wo zwei schwitzende, quasselnde Cockneys in Unterhemden für eine halbe Krone Uniformen bügelten, während viele Soldaten sich anstellten und warteten, bis sie an der Reihe waren, und Colby beschloß, dort unten einen Teil des Nachmittags totzuschlagen. Er wußte, daß seine Kleider nicht wirklich gebügelt werden mußten, aber er wollte am Abend schmuck aussehen.

Dann ging er über den Berkeley Square und versuchte mit jedem Schritt seinen, wie er hoffte, draufgängerischen Gang zu vervollkommnen. Dort war die FDR-Statue, und da war ihr Bürogebäude; und dort im Korridor, allein hinter einer Gruppe anderer Frauen und Mädchen, kam ein zögerliches, großäugiges, halb lächelndes Mädchen, das nur Marcia sein konnte.

»Paul?« fragte sie. »Bist du Paul?«

Er stürmte vorwärts, schloß sie fest in die Arme, steckte die Nase in ihr Haar und hob sie hoch in der Hoffnung, daß sie lachte – und er machte es gut, wahrscheinlich dank der Übung im draufgängerischen Gehen; als ihre Schuhe wieder auf den Boden trafen, lachte sie tatsächlich mit allen Anzeichen, daß es ihr gefallen hatte.

»... Na so was!« sagte sie. »Gut siehst du aus.«

»Du auch«, sagte er und hielt ihr den Arm hin, damit sie sich unterhaken konnte.

In der ersten Kneipe, in die sie gingen und die sie als »nettes, kleines Pub nicht weit von hier« beschrieb, beglückwünschte er sich insgeheim dafür, wie gut er sich hielt. Er sprach, ohne zu stocken – ein- oder zweimal brachte er sie sogar wieder zum Lachen –, und er hörte aufmerksam und verständnisvoll zu. Nur eine Kleinigkeit ging schief: Er hatte angenommen, daß englische Mädchen Bier tranken, aber sie hatte die Bestellung in »Pink Gin« umgeändert, und daraufhin kam er sich dumm vor, weil er sie nicht gefragt hatte; abgesehen davon fand er an seiner Vorstellung nichts zu bemängeln.

Hätte sich hinter der Theke ein Spiegel befunden, hätte er auf dem Weg zur Toilette bestimmt einen glücklichen Blick hineingeworfen; gemäß den Ausführungsbestimmungen war er zweimal auf dem alten Boden aufgetreten, um seine Hosenbeine über die Stiefel zu schütteln, dann entfernte er sich durch die in Rauch gehüllte Menge auf seine neue draufgängerische Art und hoffte, sie würde ihm nachsehen.

»...Was bedeutet Auslagenabteilung?« fragte er, als er zurück war.

»Ach, nichts Wichtiges. In einer normalen Firma hieße sie vermutlich Lohnbuchhaltung. Ich bin Lohnbuchhalterin. Ah, ich weiß«, sagte sie dann mit einem Lächeln, das auf witzige Weise erstarrte. »Mutter hat dir erzählt, ich sei ›bei der amerikanischen Botschaft‹. O Gott. Ich habe ein paarmal gehört, wie sie das am Telefon gesagt hat, als ich noch bei ihr gewohnt habe. Da habe ich beschlossen auszuziehen.«

Er war so mit sich selbst beschäftigt gewesen, daß ihm erst jetzt, als er ihr eine Zigarette anzündete, auffiel, was für ein hübsches Mädchen sie war. Nicht nur ihr Gesicht, sondern von Kopf bis Fuß.

»...Ich fürchte, du hast einen schlechten Zeitpunkt erwischt, Paul«, sagte sie. »Denn morgen ist der letzte Tag vor meinem Urlaub, ich hatte ja keine Ahnung, daß du kommst, und ich werde die nächste Woche bei einem Freund in Blackpool verbringen. Aber wenn du willst, können wir uns morgen abend noch mal sehen – willst du zum Abendessen oder so zu mir kommen?«

»Ja. Das wäre nett.«

»Gut. Komm. Es wird nicht viel geben, aber wir können uns ja heute abend schon mal mit einem richtigen Essen stärken. Jesus, ich habe Hunger, du nicht?« Und er vermutete, daß viele englische Mädchen während des Kriegs gelernt hatten, »Jesus« zu sagen.

Sie ging mit ihm in ein, wie sie es nannte, »gutes Schwarzmarktrestaurant«, ein warmer geschlossener

Raum im ersten Stock, der einigermaßen geheim wirkte; sie waren umgeben von amerikanischen Offizieren und ihren Mädchen und aßen dicke Scheiben von etwas, das ihrer Auskunft nach Pferdesteaks waren. Sie waren merkwürdig scheu miteinander, wie Kinder in einem fremden Haus, aber bald darauf, im nächsten Pub, in das sie gingen, tauschten sie Erinnerungen aus.

»Es ist komisch«, sagte sie. »Zuerst habe ich Daddy schrecklich vermißt, es war wie eine Krankheit, aber mit der Zeit konnte ich mich nicht mehr richtig an ihn erinnern. Und in letzter Zeit – ich weiß nicht. Seine Briefe wirken so – irgendwie laut und leer. Irgendwie schal.«

»Ja. Er ist sehr – ja.«

»Und während des Kriegs hat er mir einmal eine Broschüre des Gesundheitsamts über Geschlechtskrankheiten geschickt. Das war nicht sehr taktvoll, findest du nicht auch?«

»Ja. Ja, das war es nicht.«

Und sie erinnerte sich an die elektrische Eisenbahn und die Anziehpuppen aus Papier. Sie erinnerte sich an den furchterregenden Sprung vom Ahornbaum – das Schlimmste daran war, sagte sie, daß man auf dem Weg nach unten an einem weiteren, schrecklich dicken Ast vorbei mußte –, und ja, sie erinnerte sich daran, wie sie allein im Wagen gewartet hatte an jenem Nachmittag, als sich ihre Eltern im Haus anschrien. Sie erinnerte sich sogar, daß Paul nach draußen gekommen war, um sich zu verabschieden.

Gegen Ende des Abends gingen sie noch in eine andere Kneipe, und dort begann sie über ihre Pläne zu sprechen. Vielleicht würde sie im nächsten Jahr in die

USA zurückkehren und aufs College gehen – das war der Wunsch ihres Vaters –, aber vielleicht würde sie auch zurückkehren und heiraten.

»Ja? Im Ernst? Wen?«

Das kleine Lächeln, mit dem sie ihn bedachte, war der erste unaufrichtige Ausdruck, den er in ihrem Gesicht sah. »Das habe ich noch nicht entschieden«, sagte sie. »Weil weißt du, ich habe jede Menge Angebote – na ja, *fast* jede Menge.« Und sie zog aus ihrer Handtasche eine große billige amerikanische Brieftasche mit Plastikhüllen für Fotos. Ein lächelndes oder stirnrunzelndes Gesicht folgte auf das andere, die meisten trugen ein Schiffchen, eine Galerie amerikanischer Soldaten.

»… und das ist Chet«, sagte sie, »er ist nett, er ist jetzt wieder in Cleveland. Und das ist John, er wird bald nach Hause zurückkehren, in eine kleine Stadt im Osten von Texas; und das ist Tom, er ist nett, er ist …«

Es waren wahrscheinlich fünf oder sechs Fotos, aber es schienen mehr zu sein. Einer war ein dekorierter Offizier der 82. Luftwaffendivision, der beeindruckend wirkte, aber ein anderer gehörte zum Wartungs- und Instandhaltungspersonal – einem »Blue-Star-Commando« –, und Colby hatte gelernt, leise Verachtung für diese Leute zum Ausdruck zu bringen.

»Aber was bedeutet das schon?« fragte sie. »Mir ist egal, was sie im Krieg getan oder nicht getan haben, warum sollte *das* wichtig sein?«

»Okay, wahrscheinlich hast du recht«, sagte er, als sie die Brieftasche wegsteckte, und er sah sie aufmerksam an. »Aber hör mal: Bist du in einen von ihnen verliebt?«

»Ach, na ja, ich glaube schon«, sagte sie. »Aber das ist einfach, oder?«

»Was ist einfach?«

»Sich in jemanden zu verlieben, wenn er nett und sympathisch ist.«

Und darüber mußte er am nächsten Tag lange nachdenken.

Am folgenden Abend, an dem er »zum Abendessen oder so« eingeladen war, inspizierte er ernst ihre weiße, schlecht eingerichtete Wohnung und lernte ihre Mitbewohnerin kennen, die Irene hieß. Sie sah aus wie Mitte Dreißig, und jeder Blick und jedes Lächeln ließen erkennen, daß sie es genoß, mit einer wesentlich jüngeren Person zusammenzuwohnen. Sie machte Colby sofort verlegen, weil sie sagte, »was für ein gutaussehender Junge« er doch sei; dann stand sie neben Marcia und redete ihr dazwischen, wie man die Drinks mixte, die aus billigem, verschnittenem amerikanischen Whiskey und Soda bestanden, kein Eis.

Das Abendessen war noch dürftiger, als er erwartet hatte – ein Auflauf aus Dosenfleisch, Kartoffelscheiben und Milchpulver –, und während sie noch am Tisch saßen, lachte Irene herzlich über etwas, was Colby gesagt, aber gar nicht so witzig gemeint hatte. Als sie sich wieder beruhigt hatte, wandte sie sich mit glänzenden Augen an Marcia und sagte: »Oh, er ist süß, dein Bruder – und weißt du was? Ich glaube, du hast recht. Ich glaube auch, daß er noch Jungfrau ist.«

Es gibt mehrere Möglichkeiten, Verlegenheit zu überspielen: Colby hätte den errötenden Kopf senken können, oder er hätte sich eine Zigarette zwischen die Lippen

stecken, sie anzünden, blinzeln, mit noch zusammengekniffenen Augen zu der Frau blicken und sagen können: »Wie kommst du denn da drauf?«, aber statt dessen
brach er in Lachen aus. Und er lachte und lachte viel länger, als nötig gewesen wäre, um darauf hinzuweisen, daß
sie eine groteske Vermutung geäußert hatte; er saß hilflos lachend auf seinem Stuhl; er konnte nicht aufhören.

»... *Irene!*« sagte Marcia und wurde ebenfalls rot. »Ich
weiß gar nicht, wovon du *redest* – das habe ich *nie*
gesagt.«

»Oh, tut mir leid, entschuldigt, mein Fehler«, sagte
Irene, aber es war immer noch ein Funkeln in ihren
Augen, als sie über den unordentlichen Tisch sah und er
sich endlich wieder faßte. Ihm war ein wenig übel.

Marcias Zug sollte um neun fahren, von einem Bahnhof weit im Norden Londons, und sie mußte sich beei-
len. »Hör mal, Paul«, sagte sie, als sie hastig einen Koffer
packte, »du mußt wirklich nicht mitkommen, ich fahre
allein zum Bahnhof.«

Aber er bestand darauf – er wollte fort von Irene –,
und so fuhren sie gemeinsam nervös und schweigend
mit der U-Bahn. Aber sie stiegen an der falschen Halte-
stelle aus – »Jesus, das war blöd«, sagte sie, »jetzt müssen
wir zu Fuß gehen« –, und unterwegs begannen sie erneut,
miteinander zu reden.

»Ich weiß nicht, was in Irene gefahren ist, daß sie so
etwas Albernes gesagt hat«, sagte sie.

»Ist schon okay. Vergiß es.«

»Ich habe nur gesagt, daß du so jung wirkst. Ist das
so schrecklich?«

»Vermutlich nicht.«

»Ich meine, wem hat es schon mal was ausgemacht, jung zu sein – will nicht jeder jung sein?«

»Vermutlich schon.«

»Ach, vermutlich nicht und vermutlich schon. Aber es stimmt – jeder will jung sein. Ich bin jetzt achtzehn, und manchmal wünschte ich, ich wäre wieder *sech*zehn.«

»Warum?«

»Ach, damit ich mich ein bißchen intelligenter verhalten könnte, nicht so oft Uniformen hinterherjagen – britischen *oder* amerikanischen, ich weiß nicht.«

Sie hatte also mit sechzehn Sex gehabt, entweder mit einem beherzten RAF-Piloten oder mit einem sabbernden Amerikaner und wahrscheinlich mit mehreren von beiden Sorten.

Er hatte es satt, zu gehen und den Koffer zu tragen; er mußte seinen ganzen Willen zusammennehmen, um sich daran zu erinnern, daß er Infanterist war. Dann sagte sie: »Oh, schau, wir haben's geschafft«, und sie liefen die letzten fünfzig Meter in den Bahnhof und über den widerhallenden Marmorboden. Aber ihr Zug war bereits abgefahren, und der nächste fuhr erst in einer Stunde. Sie saßen ein Weile unbehaglich auf einer Bank; dann gingen sie wieder auf die Straße, um Luft zu schnappen.

Sie nahm ihm den Koffer ab, stellte ihn an einen Lampenmast, setzte sich anmutig darauf und schlug die hübschen Beine übereinander. Auch ihre Knie waren hübsch. Sie wirkte vollkommen gelassen. Sie würde heute abend abfahren in dem Wissen, daß er eine Jungfrau war – sie würde es für alle Zeiten wissen, ob sie sich nun wiedersahen oder nicht.

»Paul?« sagte sie.

»Ja?«

»Weißt du, mit den Jungs auf den Fotos habe ich dich nur auf den Arm genommen – ich weiß nicht warum, außer aus Albernheit.«

»Okay. Ich wußte, daß du mich auf den Arm genommen hast.« Dennoch war es eine Erleichterung, sie es sagen zu hören.

»Es waren nur Jungs, die ich kennengelernt habe, als ich zu den Tanzabenden vom Roten Kreuz ins Rainbow Corner gegangen bin. Keiner von ihnen hat mir einen Heiratsantrag gemacht außer Chet, und das war auch nur Herumgealber, weil er gesagt hat, daß ich hübsch bin. Wenn ich ihn darauf ansprüche, würde er sterben.«

»Okay.«

»Und es war albern, dir weiszumachen, daß ich mit sechzehn Soldaten hinterhergelaufen bin – o Gott, mit sechzehn hatte ich *Angst* vor Jungen. Weißt du, warum Leute in unserem Alter immer behaupten müssen, sie wüßten mehr über – Sex und so, als sie tatsächlich wissen?«

»Nein. Nein, das weiß ich nicht.« Sie wurde ihm immer sympathischer, aber er fürchtete, daß sie, wenn er sie weitersprechen ließe, darauf bestehen würde, auch noch Jungfrau zu sein, nur damit er sich besser fühlte; das wäre mit großer Sicherheit eine herablassende Lüge, und er würde sich deswegen noch schlechter fühlen.

»Weil, ich meine, wir haben doch unser ganzes *Leben*«, sagte sie, »ist es nicht so? Du zum Beispiel: Du wirst bald nach Hause zurückkehren und aufs College gehen, und jahrelang werden Mädchen in deinem Leben ein und aus gehen; dann wirst du dich schließlich verlieben, und ist es nicht das, was die Welt in Schwung hält?«

Sie war freundlich zu ihm; er wußte nicht, ob er dankbar sein oder noch tiefer im Unglück versinken sollte.

»Und ich, also ich bin jetzt in jemanden verliebt«, sagte sie, und sah diesmal gar nicht unaufrichtig aus. »Ich wollte dir schon von ihm erzählen, als wir uns zum ersten Mal gesehen haben, aber es gab keine Gelegenheit. Er ist der Mann, mit dem ich die Woche in Blackpool verbringen werde. Er heißt Ralph Kovacks, und er ist dreiundzwanzig. Er war Rumpfschütze in einer B-17, aber er ist nur dreizehn Einsätze geflogen, weil er dann einen Nervenzusammenbruch hatte, und seitdem ist er immer wieder im Krankenhaus. Er ist ziemlich klein und sieht komisch aus, und er will nur in der Unterwäsche dasitzen und bedeutende Bücher lesen, und er wird Philosoph, und irgendwie glaube ich, daß ich ohne ihn nicht leben kann. Vielleicht gehe ich nächstes Jahr nicht in die USA; vielleicht gehe ich nach Heidelberg, weil Ralph dorthin möchte. Die Frage ist, ob er mich bei sich bleiben läßt oder nicht.«

»Oh«, sagte Colby. »Ich verstehe.«

»Was soll das heißen, du ›verstehst‹? Du bist wirklich kein guter Gesprächspartner. Du ›verstehst‹. Was kannst du ›verstehen‹ nach dem bißchen, was ich dir erzählt habe? Jesus, wie kannst du überhaupt etwas verstehen mit deinen großen, runden, jungfräulichen Augen?«

Er ging fort von ihr, den Kopf gesenkt, weil es schien, als gäbe es nichts anderes zu tun, aber er war nicht weit gekommen, als sie ihm nachlief, ihre kleinen Schuhe mit den hohen Absätzen klapperten auf dem Gehsteig. »Ach, Paul, geh nicht fort«, rief sie. »Komm zurück. Bitte, komm zurück. Es tut mir schrecklich leid.«

Sie gingen zurück zu dem Lampenmast, an dem der Koffer stand, aber jetzt setzte sie sich nicht. »Es tut mir schrecklich leid«, sagte sie noch einmal. »Und komm nicht mit bis zum Zug, ich will mich hier von dir verabschieden. Nur hör zu. Hör mir zu. Ich weiß, daß mit dir alles gutgehen wird. Mit uns beiden. Es ist ungeheuer wichtig, daran zu glauben. Also, Gott segne dich.«

»Okay, dich auch«, sagte er. »Dich auch, Marcia.«

Dann hob sie die Arme und schlang sie ihm um den Hals, und einen Augenblick lang preßte sie ihre ganze schlanke Gestalt an ihn, und mit tränenerstickter Stimme sagte sie: »Oh, mein Bruder.«

Danach ging er eine große Strecke allein, und sein Gang hatte nichts Draufgängerisches. Die Absätze seiner Stiefel schlugen einen ruhigen, regelmäßigen Rhythmus, und sein Gesicht war das eines erfahrenen jungen Mannes, der über ein paar Dinge nachdenken mußte. Morgen würde er seine Mutter anrufen und sagen, daß er »zum Dienst« nach Frankreich zurückbeordert worden sei, ein Ausdruck, den sie weder verstehen noch hinterfragen würde; damit wäre das erledigt. Und es gab guten Grund zu der Annahme, daß er in sieben weiteren freien Tagen in dieser riesigen, verworrenen, englischsprechenden Stadt ein Mädchen finden würde.

Grüße zu Hause

»Ich weiß, es ist komisch«, sagte der junge Mann und stand von seinem Zeichenbrett auf, »aber ich glaube nicht, daß wir uns schon förmlich vorgestellt wurden. Ich heiße Dan Rosenthal.« Er war groß und stämmig, und sein Gesicht ließ auf die Qualen der Schüchternheit schließen.

»Bill Grove«, sagte ich, als ich ihm die Hand schüttelte, und dann konnten wir beide so tun, als würden wir uns im Büro miteinander einrichten. Wir waren gerade von Remington Rand eingestellt und angewiesen worden, einen verglasten, abgetrennten kleinen Raum im hellen, von Gemurmel erfüllten Labyrinth des elften Stocks zu teilen; das war im Frühjahr 1949 in New York.

Dan Rosenthals Arbeit bestand darin, das »externe Hausorgan« der Firma zu entwerfen und zu illustrieren, ein unlesbares, monatlich erscheinendes Hochglanzmagazin namens *Systems*; mein Job war es, zu schreiben und zu redigieren. Er schien in der Lage zu sprechen und zuzuhören, während er die kompliziertesten Aufgaben erledigte, und ich begann bald, meine Arbeit stunden-, wenn nicht gar tagelang zu vernachlässigen, weil ein nahezu beständiger Gesprächsfluß über sein makelloses Zeichenbrett und das zunehmend betrübliche Chaos auf meinem Schreibtisch hinweg einsetzte.

Ich war in jenem Jahr dreiundzwanzig; Dan war ein Jahr älter, und in seiner Stimme schwang eine ruppige polternde Freundlichkeit mit, die zu versprechen schien, daß er stets gute Gesellschaft wäre. Er wohnte mit seinen Eltern und seinem jüngeren Bruder in Brooklyn, »gleich um die Ecke von Coney Island, falls Ihnen das was sagt«, und er hatte Kunst am Cooper Union studiert – einem College, das keine Gebühren verlangt, aber berühmt dafür ist, sehr genau auszuwählen. Ich hatte gehört, daß nur einer von zehn Bewerbern angenommen wird; als ich ihn fragte, ob das stimme, sagte er, er wisse es nicht.

»Und wo haben *Sie* studiert, Bill?« fragte er, und das war immer eine unangenehme Frage.

Ich war aus der Armee entlassen worden und alle Möglichkeiten der G. I. Bill of Rights standen mir zur Verfügung, aber ich hatte sie nicht genutzt – und ich werde nie wirklich verstehen, warum nicht. Zum einen war es Angst; in der Highschool war ich schlecht gewesen, die Armee hatte meinen IQ mit 109 bestimmt, und ich wollte nicht noch einmal scheitern. Zum anderen war es Arroganz: Ich wollte so schnell wie möglich professioneller Schriftsteller werden, und da schienen vier Jahre College ein verschwenderischer Aufschub. Und es gab noch einen dritten Faktor – dessen Erklärung zu großes Unbehagen ausgelöst hätte, der jedoch in sehr vereinfachter Form leichter mitzuteilen war als die ganze Angst-und-Arroganz-Geschichte –, und er wurde zu der Antwort, die ich meistens gab, wenn ich gefragt wurde, warum ich nicht aufs College gegangen war. »Na ja«, sagte ich, »ich mußte mich um meine Mutter kümmern.«

»Das ist aber bedauerlich«, sagte Dan Rosenthal und sah mich betroffen an. »Ich meine, es ist wirklich bedauerlich, daß Sie nicht aufs College gehen konnten.« Er schien eine Weile darüber nachzudenken und fuhr mit einem feinen Pinsel in dem sauberen Duft von Bananenöl auf und ab, der immer in seiner Hälfte des Raums hing. Dann sagte er: »Aber wenn mit der G. I. Bill auch Familienangehörige wie Ehefrauen und Kinder unterstützt werden, warum dann nicht auch eine Mutter?«

Das war etwas, was ich nie recherchiert hatte; schlimmer, es war mir nicht einmal in den Sinn gekommen. Aber welche lahme und ausweichende Antwort ich ihm auch gab, sie spielte keine große Rolle, denn er hatte sich bereits weiterbewegt zu einem anderen sumpfigen Ort im dunklen Feld meiner Autobiographie.

»Und sind Sie jetzt verheiratet?« fragte er.

»Mhm.«

»Und wer versorgt jetzt Ihre Mutter? Machen das immer noch Sie?«

»Nein, sie – sie steht jetzt wieder auf eigenen Beinen«, sagte ich, und das war gelogen.

Ich wußte, daß er nicht weiter in mich dringen würde, und er tat es auch nicht. Bürofreundschaften funktionieren nicht so. Aber als ich nervös in den *Systems*-Texten blätterte, wußte ich auch, daß ich in Gegenwart von Dan Rosenthal von nun an auf meine Worte achten mußte.

Seitdem ich mich erinnern konnte, hatte meine Mutter von Unterhaltszahlungen gelebt, aber nach dem Tod meines Vaters 1942 stand sie mittellos da. Anfänglich nahm sie ein paar harte und entwürdigende Jobs an – in einem Betrieb, der Linsen schliff, in einer billigen Speicherfabrik, die Schaufensterpuppen herstellt –, aber diese Arbeit war erbärmlich ungeeignet für eine verwirrte, rasant alternde, oft hysterische Frau, die sich mit mindestens ebenso intensiven Gefühlen immer als Bildhauerin gesehen hatte, wie ich sie für mein Selbstbild als Schriftsteller hegte. Als ich bei der Armee war, hatte sie aufgrund ihres Status als »unterhaltsberechtigte Angehörige der Klasse A« etwas Geld bekommen, aber es konnte nicht sehr viel gewesen sein. Eine Weile wohnte sie bei meiner älteren Schwester und ihrer Familie in einem kleinen Ort auf Long Island, aber der Zusammenprall der Persönlichkeiten in diesem unglücklichen Haushalt brachte sie bald wieder zurück nach New York – und zu mir. Meine Schwester schrieb mir einen Brief, als wäre das Thema zu heikel, um am Telefon darüber zu sprechen, und erklärte, daß die »Ansichten« ihres Mannes zum Zusammenleben mit seiner Schwiegermutter »theoretisch vernünftig, praktisch aber schrecklich schwierig umzusetzen« seien, und das würde ich bestimmt verstehen.

So fing es an. Meine Mutter und ich lebten von dem wenigen, was ich als Auszubildender verdiente, zuerst bei einem Handelsblatt und später als Redakteur bei United Press, und wir wohnten in einer Wohnung, die sie in der Hudson Street gefunden hatte. Abgesehen von dem nagenden Gefühl, daß das keine sehr abenteuerliche oder ansprechende Lebensweise für einen jungen Mann war, empfand ich es zu Beginn als angenehm. Wir kamen erstaunlich gut miteinander aus; aber eigentlich war das schon immer so gewesen.

Während meiner Kindheit hatte ich die Weise bewundert, wie sie Geldsorgen auf die leichte Schulter nahm – das war es gewesen, vielleicht noch mehr als die Kunst, die sie stur anstrebte, oder die Liebe, auf die sie sich so oft berief, was sie in meinen Augen so ungewöhnlich machte und auszeichnete. Daß wir gelegentlich aus den von uns gemieteten Wohnungen geworfen wurden, daß wir selten vorzeigbare Kleidung hatten oder manchmal zwei, drei Tage hungern mußten, wenn wir auf den monatlichen Scheck von meinem Vater warteten, alle diese Härten steigerten nur die süße Schmerzlichkeit, wenn sie meiner Schwester und mir abends im Bett *Große Erwartungen* vorlas. Sie war ein Freigeist. *Wir* waren Freigeister, und nur eine Welt, die aus Gläubigern und »Leuten wie eurem Vater« bestand, konnte die Romantik unseres Lebens übersehen.

Jetzt versicherte sie mir wiederholt, daß dieses neue Arrangement nur vorübergehend sei – bestimmt fände sie ganz schnell eine Möglichkeit, »wieder auf die Beine zu kommen« –, aber während die Monate vergingen, machte sie keinerlei Anstalten oder vernünftige Pläne, und ich begann die Geduld zu verlieren. Es war unmöglich. Ich wollte mir nicht länger ihr sturzflutartiges Gerede anhören oder in ihr Gelächter einstimmen; ich meinte, daß sie zuviel trank; ich empfand sie als kindisch und unverantwortlich – beides Ausdrücke meines Vaters –, und ich wollte sie nicht einmal mehr ansehen: klein und bucklig in geschmackvollen Kleidern, die nie ganz sauber waren, mit spärlichem, zerzaustem gelb-grauem Haar und einem weichen Mund, der entweder griesgrämig oder ausgelassen verzogen war.

Seit Jahren hatte sie schlechte Zähne. Sie waren unansehnlich, und sie hatten angefangen zu schmerzen. Ich brachte sie in die Northern Dispensary, ein altes, kleines, dreieckiges Village-Wahrzeichen aus Backstein, angeblich die älteste, kostenlose Zahnklinik in New York. Ein freundlicher junger Zahnarzt schaute ihre Zähne an und sagte, daß sie alle gezogen werden müßten.

»Oh, nein«, rief sie.

Das könne nicht hier in der Klinik gemacht werden, erklärte er, aber wenn sie in seine Privatpraxis nach Queens käme, würde er es dort tun und ihr ein Gebiß anpassen und nur die Hälfte seines üblichen Honorars verlangen, weil sie Klinikpatientin sei.

Wir waren einverstanden. Wir fuhren mit dem Zug nach Jamaica, und ich stand es mit ihr durch, hörte sie bei jedem gezogenem Zahn ächzen und schaudern und sah zu, wie der Zahnarzt einen häßlichen alten Zahn nach dem anderen in eine kleine Porzellanschale fallen ließ. Meine Zehen zogen sich zusammen, und meine Kopfhaut prickelte; es war schrecklich, aber merkwürdig befriedigend, dabei zuzuschauen. Da, dachte ich jedes Mal, wenn ein blutiger Zahn in die Schale fiel. Da ... da ... da. Wie sollte sie das romantisch verklären können? Vielleicht würde sie sich jetzt endlich mit der Realität abfinden.

Am Nachmittag saß sie auf der Fahrt nach Hause da, die untere Hälfte ihres Gesichts so eingefallen, daß sie es niemanden sehen lassen wollte, starrte aus dem Fenster und drückte einen Stoß Papiertaschentücher auf den Mund. Sie schien vollkommen fertig. Als am Abend die Schmerzen schlimmer wurden, warf sie sich in ihrem Bett hin und her, stöhnte und bat mich um einen Drink.

»Ich glaube, das ist keine gute Idee«, sagte ich. »Ich meine, Alkohol erwärmt das Blut, und wenn du sowieso schon blutest, wird es noch schlimmer.«

»Ruf ihn an«, befahl sie mir. »Ruf Wie-heißt-er-noch an, den Zahnarzt. Laß dir von der Auskunft in Queens die Nummer geben. Mir ist egal, wieviel Uhr es ist. Ich sterbe. Verstehst du? Ich sterbe.«

Und ich gehorchte ihr. »Bitte, entschuldigen Sie, daß ich Sie zu Hause störe, Doktor«, sagte ich, »aber ich wollte Sie fragen, ob es in Ordnung ist, wenn meine Mutter etwas trinkt.«

»Aber ja«, sagte er. »Flüssigkeit tut ihr gut. Fruchtsaft, Tee mit Eis, Mineralwasser oder Limonade, das ist vollkommen in Ordnung.«

»Nein, ich meinte – Whiskey. Alkohol.«

»Ach so.« Und er erklärte taktvoll, daß Alkohol überhaupt nicht ratsam sei.

Letztlich brachte ich ihr ein, zwei Drinks und trank selbst drei oder vier, allein und mit hängenden Schultern am Fenster stehend in einer melodramatischen Pose der Verzweiflung. Ich dachte nicht, daß ich da lebend herauskäme.

Nachdem sie ihr Gebiß bekommen hatte, und nachdem die ersten Schwierigkeiten, es zu tragen, vorbei waren, schien sie zwanzig Jahre abzuschütteln. Sie lächelte und lachte oft und verbrachte viel Zeit vor dem Spiegel. Aber sie fürchtete, die Leute würden merken, daß es falsche Zähne waren, und war deswegen unsicher.

»Hörst du es klappern, wenn ich spreche?« fragte sie mich.

»Nein.«

»*Ich* höre es nämlich. Und siehst du diese schreckliche kleine Falte unter meiner Nase, wo sie aufsitzen? Sieht man das?«

»Nein, natürlich nicht. Niemand sieht das.«

In ihren Tagen als Bildhauerin war sie drei Künstlervereinigungen beigetreten, die Mitgliedsbeiträge erhoben: dem Nationalen Bildhauerverein, der Nationalen Vereinigung der Künstlerinnen und einem Verein, der sich Stift und Pinsel nannte, ein lokaler Frauenclub im Village – ein Relikt, glaube ich, des uralten Village der Malerkittel, Räucherstäbchen, ägyptischen Zigaretten mit Monogramm und von Edna St. Vincent Millay. Auf mein Drängen hin hatte sie widerwillig davon abgesehen, die Beiträge für die ersten beiden Vereine weiterhin zu bezahlen, aber sie hing an Stift und Pinsel, weil er »gesellschaftlich« wichtig für sie war.

Dagegen hatte ich nichts; er kostete nicht viel, und manchmal veranstalteten sie Ausstellungen von Gemälden und Skulpturen – schreckliche Nachmittage mit Tee und Biskuitkuchen, laut knarrenden Holzböden und Gruppen von Frauen mit komischen Hüten –, bei denen eine kleine, alte, mit Fingerabdrücken übersäte Skulptur meiner Mutter eventuell eine lobende Erwähnung einheimste.

»Und weißt du, Bildhauerinnen werden überhaupt erst seit kurzem in den Stift und Pinsel aufgenommen«, erklärte sie öfter als nötig. »Es waren immer nur Schriftstellerinnen und Malerinnen, und jetzt können sie den *Namen* natürlich nicht mehr ändern, aber wir nennen uns ›die Meißlerinnen‹.« Und das erschien ihr immer so komisch, daß sie lachte und lachte und versuchte, entweder die Hand vor ihre alten Zähne zu halten oder, später, zufrieden ihr schimmerndes neues Gebiß zu entblößen.

Während dieser Zeit lernte ich fast niemanden in meinem Alter kennen, außer wenn ich in Village-Bars herumhing und versuchte herauszufinden, was vor sich ging; dann wurde ich einmal zu einer kleinen Party mitgenommen und einem Mädchen namens Eileen vorgestellt, die genauso einsam war wie ich, allerdings konnte sie es besser verheimlichen. Sie war groß und schlank und hatte dichtes, dunkelrot schimmerndes Haar und ein hübsches knochiges Gesicht, und sie konnte bisweilen argwöhnisch streng dreinblicken, als wollte die Welt ihr etwas vormachen. Auch sie hatte einen »schäbig-vornehmen« Hintergrund (diesen Ausdruck hatte ich noch nie zuvor gehört und fügte ihn sofort meinem Vokabular hinzu); auch ihre Eltern waren seit langem geschieden; sie war ebenfalls nicht auf einem College gewesen; und sie verdiente ihr Geld wie ich als Angestellte. Sie war Sekretärin in einem Büro. Ein wichtiger Unterschied war, daß sie darauf bestand, ihre Arbeit zu mögen, weil es »ein guter Job« war, aber ich dachte, ich hätte noch genug Zeit, um ihr das auszureden.

Von Anfang an und während des nächsten Jahres waren wir so gut wie immer zusammen, außer während der Arbeitszeit. Vielleicht war es nicht Liebe, aber davon hätte man uns nicht überzeugen können, weil wir uns gegenseitig und uns selbst beteuerten, daß es Liebe war. Wenn wir uns häufig stritten, so sah man im Kino immer wieder, daß Streit zur Liebe gehörte. Wir konnten uns nicht voneinander fernhalten, aber ich glaube, wir begannen beide nach einer Weile zu vermuten, daß dem so war, weil keiner von uns irgendwo anders hin konnte.

Eileen wollte meine Mutter kennenlernen, und ich wußte, daß es ein Fehler sein würde, fand jedoch keinen vertretbaren Grund, um nein zu sagen. Und wie erwartet mochte meine Mutter sie nicht. »Also, sie ist ein nettes Mädchen, Lieber«, sagte sie später, »aber ich verstehe nicht, wieso du sie so attraktiv findest.«

Eileen erzählte mir einmal von einem langweiligen Mann mittleren Alters, der in ihrem Haus wohnte, und sagte: »Er hat sich so viele Jahre in den Randzonen der Kunst herumgetrieben und darüber geredet und geredet, daß er jetzt alle Vorrechte des Künstlers für sich in Anspruch nimmt, ohne jemals etwas zu schaffen. Ich meine, er ist ein *Kunst*schnorrer wie deine Mutter.«

»Ein Kunstschnorrer?«

»Ja, du weißt schon. Wenn man das ganze Leben nur Blödsinn damit macht und versucht, Leute mit etwas zu beeindrucken, was es gar nicht wirklich gibt und nie gegeben hat – findest du das nicht lästig? Findest du nicht, daß es für alle eine Zeitverschwendung ist?«

Aus alter Loyalität versuchte ich, meine Mutter gegen den Kunstschnorrer-Vorwurf zu verteidigen, aber es klang schwach und lahm und übertrieben, und vielleicht hätten wir uns wieder gestritten, wenn wir nicht irgendwie das Thema gewechselt hätten.

An manchen Morgen, wenn ich nach Tagesanbruch nach Hause kam und kaum mehr Zeit hatte, ein frisches Hemd für die Arbeit anzuziehen, begrüßte mich meine

Mutter mit einem tragischen Blick – und ein-, zweimal sagte sie, als wäre ich das Mädchen: »Ich kann nur hoffen, daß du weißt, was du tust.« Dann, eines Abends spät im Jahr, hatte sie einen ihrer unkontrollierten Wutanfälle und nannte Eileen »diese billige, kleine irische Schlampe von dir«. Aber das war nicht wirklich schlimm, weil es mich in die Lage versetzte, verächtlich schweigend aufzustehen, die Wohnung zu verlassen und die Tür zu schließen, so daß sie sich fragen mußte, ob ich jemals wieder zurückkommen würde.

In diesem Winter hatte ich eine Lungenentzündung, was nur in Einklang stand mit der allgemeinen Pechsträhne. Und während ich mich im Krankenhaus erholte, fuhren eines Tages zur nachmittäglichen Besuchszeit meine Mutter und Eileen, die einander bislang geschickt aus dem Weg gegangen waren, gemeinsam mit dem Aufzug und kamen zusammen auf meine Station. Sie setzten sich zu beiden Seiten meines hohen Stahlbetts auf Stühle und machten zögerlich Konversation über meine Brust hinweg, während ich den Kopf auf dem Kissen von einem zum anderen ihrer bemerkenswert unterschiedlichen Gesichter, das eine alt, das andere jung, wandte und versuchte, für jede eine angemessene Miene aufzusetzen.

Dann öffnete Eileen eine Seite meines Krankenhaushemds, spähte darunter und begann das Fleisch auf meinen Rippen zu massieren. »Hat er nicht eine hübsche Farbe?« fragte sie mit einem hellen falschen Trillern in der Stimme.

»Ja, das habe ich auch immer gedacht«, sagte meine Mutter leise.

»Und wissen Sie, was das Beste ist?« sagte Eileen. »Das Beste ist, daß er die Farbe am ganzen Körper hat.«

Und es hätte komisch sein können, wenn meine Mutter sich nicht entschieden hätte, es schweigend zu übergehen, die Lider ein wenig zu senken und das Kinn zu recken wie eine Königinwitwe, die sich mit einem schamlosen Küchenmädchen konfrontiert sieht; danach konnte Eileen nichts anderes mehr tun, als die Hand wieder in den Schoß zu legen und darauf hinunterzublicken.

Ein paar Tage später wurde ich entlassen, aber erst nachdem ein sanftmütiger und gewissenhafter Arzt mir einen Vortrag über die Tugenden angemessener Ernährung und einer regelmäßigen Lebensweise gehalten hatte. »Sie haben Untergewicht«, erklärte er, als ob ich es nicht wüßte, als ob meine Magerkeit nicht mein Leben lang Ursache von Verlegenheit gewesen wäre. »Und Sie hatten mehrere Lungenkrankheiten, und Ihre allgemeine Physis legt eine Empfänglichkeit für Tbc nahe.«

Ich wußte nicht, was ich davon halten sollte, als ich in der U-Bahn nach Hause fuhr mit einer schmuddeligen braunen Papiertüte mit Toilettenartikeln, aber ich wußte, daß es warten mußte. Im Augenblick, und nur Gott konnte sagen, wie lange noch, hatte ich andere Probleme.

Und mit dem gefürchtetsten, dem erdenklich schlimmsten Problem wurde ich ein oder zwei Monate später, an einem warmen Abend in Eileens Wohnung konfrontiert, als sie sagte, daß sie mit mir Schluß machen wolle. Seit einem Jahr hatten wir umeinander »geworben« – ihr Ausdruck –, aber das schien keine Zukunft zu haben. Sie sagte, sie sei »noch an anderen Männern interessiert«, und als ich fragte: »An *welchen* anderen Männern?«, blickte sie weg und gab mir eine kryptische Antwort, aus der ich schloß, daß ich einen Streit verlieren würde.

Ich wußte, daß ich recht hatte – sie kannte keine anderen Männer; aber auch sie hatte recht. Sie wollte die Freiheit, wieder einsam zu sein, neben dem Telefon zu warten, bis jemand sie anrief und sie an einen Ort einlud, wo andere Männer sein *würden,* und dann würde sie unter mehreren Kandidaten einen erwählen. Er wäre wahrscheinlich älter als ich, sähe besser aus und wäre besser gekleidet, hätte ein paar Dollar auf der Bank und eine Vorstellung, wie sein Leben verlaufen sollte, und auf keinen Fall hätte er eine Mutter am Hals.

Es war also vorbei; eine kurze Weile betrachtete ich meine Lage als tragisch und dachte, daß ich wahrscheinlich sterben würde. Ich war noch nicht so alt wie John Keats, ein anderer unterernährter, tuberkulöser Typ, aber andererseits hatte ich auch nicht den Anspruch erhoben, ein Genie zu sein, und so könnte mein Tod in seiner Obskurität durchaus ergreifend sein – ein junger, vorzeitig verschiedener Mann, ein unbekannter Soldat, um den niemand trauerte außer vielleicht ein einziges Mädchen.

Aber von mir wurde noch immer erwartet, daß ich acht Stunden am Tag Texte für United Press schrieb, U-Bahn fuhr und aufpaßte, wo zum Teufel ich auf der Straße hintrat, und es dauerte nicht lange, bis ich feststellte, daß man am Leben sein mußte, um diese Dinge zu tun.

Eines Abends kam ich nach Hause, und meine Mutter war kaum fähig, die Freude über etwas zu unterdrücken, was sie mir unbedingt erzählen wollte. Einen Augenblick voll unvernünftiger Hoffnung lang, als ich ihr glückliches Gesicht sah, dachte ich, die gute Neuigkeit wäre, daß sie irgendeine anständige Arbeit gefunden hätte, aber das war es nicht.

Der Stift und Pinsel, so sagte sie, veranstalte einen unterhaltsamen Abend, und anschließend eine Party. Jede Mitgliederkategorie des Clubs sollte ein humoristisches Lied oder einen Sketch präsentieren, und sie war dazu bestimmt worden, die Bildhauerinnen zu vertreten.

Damals lief im Radio ein geistloses Werbelied für Bananen. Ein Mädchen mit südamerikanischem Akzent sang zu einem lateinamerikanischen Rhythmus:

Ich bin`Chiquita Banana und – singe ganz leise
Bananen müssen reifen – auf gewisse Weise …

Und das war die Parodie meiner Mutter darauf, erdacht zum Vergnügen der Damen von Stift und Pinsel und vorgeführt für mich, mit leuchtenden Augen und munterem Herumgehüpfe auf dem Boden unserer elenden Wohnung:

Oh, wir sind die Bildhauerinnen und – singen ganz leise
Die Bildhauerinnen muß man behandeln – auf gewisse Weise …

Sie war siebenundfünfzig Jahre alt. Ich hatte mir schon oft gedacht, daß sie verrückt war – seitdem ich mich erinnern konnte, gab es Leute, die behaupteten, sie sei verrückt –, aber es war an diesem Abend oder kurz darauf, daß ich beschloß auszuziehen.

Ich lieh mir bei der Bank dreihundert Dollar, gab sie meiner Mutter, erklärte, daß ich das Geld zurückzahlen würde, und brachte ihr wortreich bei, daß sie von nun an auf sich allein gestellt sei.

Dann hastete ich zu Eileens Wohnung – hastete, als hätte ich Angst, »andere Männer« könnten vor mir dort eintreffen – und fragte sie, ob sie mich auf der Stelle heiraten würde, und sie sagte ja.

»Es ist komisch mit uns«, sagte sie später. »Wir sind uns überhaupt nicht ähnlich, wir haben keine gemeinsamen Interessen, aber zwischen uns besteht – eine chemische Anziehungskraft, nicht wahr?«

»Ja.«

Und nur dank dieser chemischen Anziehungskraft, so schien es, überlebten wir den Sommer 1948 in einer bröckelnden Wohnung im ruhigen Hafenviertel des Village.

Es gab Zeiten, in denen meine Mutter kleinlaut und drängend anrief, um mich um zwanzig oder zehn oder fünf Dollar zu bitten, bis Eileen und ich das Läuten des Telefons fürchteten; aber dann verdiente sie binnen kurzem ihren Lebensunterhalt selbst. Sie formte die Köpfe von Schaufensterpuppen für Kaufhäuser und arbeitete freiberuflich zu Hause – zumindest keine Arbeit mehr in einer Fabrik –, aber sie ließ mich wissen, daß sie bald eine viel bessere Stelle haben würde. Sie hatte erfahren, daß die Nationale Vereinigung der Künstlerinnen eine Person für Verwaltungsaufgaben und Öffentlichkeitsarbeit einstellen wollte. Wäre das nicht ein wunderbarer Job? Es war nicht erforderlich, daß die Person Schreibmaschine schreiben konnte, was ein Segen war, aber das Problem bestand darin, daß sie wahrscheinlich eine Weile ehrenamtlich arbeiten müßte, bevor sie ihr ein Gehalt zahlten. Und wenn sie mehrere Monate ganztags ohne Bezahlung arbeiten mußte, wie sollte sie dann ihre Schaufensterpuppenköpfe machen? War es nicht eine Ironie des Schicksals, daß bei ihr nie etwas so richtig klappte?

Ja.

Im Spätherbst wurde ich bei United Press gefeuert – wegen allgemeiner Unfähigkeit, glaube ich, obwohl dieser Ausdruck in dem herzlichen kurzen Entlassungsgespräch nicht fiel –, und es folgten ein paar angespannte Wochen, bis ich Arbeit bei einer Gewerkschaftszeitung fand. Im Frühjahr wurde ich dann bei Remington Rand eingestellt, und so begann meine Zeit der Faulheit und des Plauderns in dem staubtrockenen verglasten Büro mit Dan Rosenthal.

Nachdem ich gelernt hatte, ihm nicht allzu viel über mich zu erzählen, kamen wir sehr gut miteinander aus. Und es wurde mir sehr wichtig, mir seine gute Meinung zu verdienen und sie zu erhalten.

Er sprach viel über seine Familie. Er erzählte, daß sein Vater Zuschneider in der Herrenbekleidungsindustrie sei und sich »in bemerkenswerter Weise selbst gebildet« habe, aber dann sagte er: »Ah, Scheiße. Es ist unmöglich, so etwas zu sagen, ohne den Mann herabzusetzen. Man sieht dann einen komischen kleinen Kauz vor sich, der sich tagsüber über eine Maschine beugt und nachts über Kierkegaard diskutiert. Das meine ich überhaupt nicht. Weißt du was? Wenn man jemandem nahe steht, wenn man jemanden liebt, macht man sich nur zu einem gott-verdammten Narren, wenn man versucht, es zu erklären. Das gleiche gilt für meine Mutter.«

Und er war sehr stolz auf seinen Bruder, Phil, der damals in eine der städtischen Highschools für hochbegabte Schüler ging. »Ich habe ihn bestellt«, sagte er einmal. »Als ich sieben Jahre alt war, habe ich zu meinen Eltern gesagt, daß ich einen kleinen Bruder möchte und kein Nein als Antwort gelten lasse. Sie hatten keine Wahl. Sie haben mir den Wunsch erfüllt, und das war toll, aber mir war nicht klar gewesen, daß es Jahre dauern würde, bis ich mit ihm spielen oder reden oder ihm irgendwas beibringen oder über*haupt* etwas mit ihm anfangen könnte, und das war schwierig. Aber seitdem er sechs war, konnte ich mich nicht mehr beschweren. Wir haben ein Klavier, und nach ein paar Monaten konnte Phil klassische Stücke spielen. Im Ernst. Als er in die Highschool wechseln sollte, konnte er unter den besten Schulen der Stadt wählen. Mit Mädchen ist er noch sehr schüchtern, und ich glaube, er macht sich deswegen Sorgen, aber die Mädchen sind überhaupt nicht schüchtern mit ihm. Das verdammte Telefon klingelt jeden Abend. Mädchen. Rufen nur an, um ein bißchen mit Phil zu quatschen. Ha, der verdammte Kerl, der Junge hat alles, was man braucht.«

Mehrmals sagte Dan, daß er vermutlich bereit wäre, in eine eigene Wohnung zu ziehen, und er fragte mich vorsichtig nach den Mieten in verschiedenen Teilen des Village, aber diese Pläne hatten nichts mit Schwierigkeiten mit seiner Familie zu tun. Es schien vielmehr, daß er glaubte, die Welt erwarte jetzt von ihm, daß er auszog, angesichts seines Alters und seiner Ausbildung. Er wollte das Richtige tun.

Dann, eines Morgens, rief er im Büro an, heiser vor Schock und Schlafmangel, und sagte: »Bill? Hör mal, ich kann ein paar Tage nicht kommen. Ich weiß nicht, wie lange. Mein Vater ist letzte Nacht gestorben.«

Als er wieder zur Arbeit kam, war er sehr blaß und schien ein wenig geschrumpft. Er sagte häufig »Scheiße«, wenn es um Arbeitsprobleme ging; dann, nach ungefähr einer Woche, wollte er mir vom Leben seines Vaters erzählen.

»Weißt du, was ein Zuschneider macht?« fragte er. »Er bedient den ganzen Tag eine kleine Maschine. Die Maschine hat eine automatische Klinge, so ähnlich wie eine Laubsäge; der Mann nimmt ungefähr fünfundzwanzig Schichten Stoff – Baumwolle oder Kammgarn oder was immer – und schneidet mit der Klinge den ganzen Stapel Stoff nach einem Muster aus, zum Beispiel einen Ärmel oder ein Revers oder eine Jackentasche. Und überall sind Flusen. Sie kriechen dir in die Nase, in den Hals. Du verbringst dein ganzes Leben in verdammten *Flusen*. Und kannst du dir einen hochintelligenten Mann vorstellen – einen hochintelligenten Mann, der diese Arbeit fünfunddreißig Jahre lang macht? Aus keinem anderen Grund, als daß er nie die Zeit hatte, etwas anderes zu lernen? Ah, Scheiße. Scheiße. Das bricht einem das verdammte Herz. Zweiundfünfzig Jahre alt.«

Im Sommer begann Dan, Zigarren zu rauchen, er hatte immer ein paar davon in seiner Hemdtasche, und kaute und rauchte sie den ganzen Tag, während er sich über seine Arbeit beugte. Mir schien, daß er sie nicht wirklich genoß – manchmal hatte er Hustenanfälle –, aber es war, als wären sie ein notwendiger Bestandteil seiner Vorbereitungen für die dicken, verfrühten mittleren Lebensjahre, die er sich mit fünfundzwanzig verordnet hatte.

»Erinnerst du dich an den Mann im Büro, von dem ich dir erzählt habe?« sagte ich eines Abends zu Eileen. »Den Künstler? Dan Rosenthal? Ich glaube, er übt, ein alter Mann zu sein.«

»Hm? Wie meinst du das?«

»Also, er wird so – ach, ich kann es nicht erklären. Ich bin nicht einmal sicher, ob ich recht habe.«

Auch ihr gelang es häufig nicht, mir irgend etwas über Leute in ihrem Büro zu erklären. Unsere Gespräche endeten oft mit dem Eingeständnis, daß wir nicht sicher waren, ob wir recht hatten, und dann herrschte Schweigen, bis wir über etwas anderes stritten.

Wir waren kein ideales Paar. Wir hatten in einem Alter geheiratet, das wir beide jetzt als zu jung betrachteten, und aus Gründen, die wir beide jetzt als unangemessen empfanden. Es gab Zeiten, da wir lange und angenehm miteinander sprechen konnten, als wollten wir beweisen, daß wir gute Freunde waren; dennoch ließen mich auch damals schon einige ihrer sprachlichen Gewohnheiten zusammenzucken. Statt »ja« sagte sie »jo«, oft während sie wegen des Zigarettenrauchs blinzelte; sie sagte »wie ersichtlich« – eine Witzelei aus der Buchhaltungsabteilung, glaube ich –, und statt »alles« sagte sie »die ganze Chose«. Das war die smarte, effiziente Art, wie New Yorker Sekretärinnen sprachen, und mehr zu sein als eine smarte effiziente New Yorker Sekretärin, hatte sie sich nie gestattet.

So gut wie nie. Während des letzten Winters hatte sie sich zu meiner großen Überraschung bei der New School für einen Schauspielkurs eingeschrieben. Sie kam atemlos nach Hause, weil sie etwas gelernt hatte, wild darauf, darüber zu sprechen ohne jegliche Sekretärinnenrhetorik; das war unsere beste gemeinsame Zeit. Niemand wäre an diesen Abenden auf die Idee gekommen, daß diese süße Studentin der Schauspielkunst vierzig Stunden in der Woche im Büro einer Stoffabrik namens Botany Mills schuftete.

Am Ende des New-School-Jahres traten alle Mitglieder ihres Kurses in einem staubigen alten Theater in der Second Avenue vor einem Publikum auf, das überwiegend aus Verwandten und Freunden bestand. Sie führten Szenen mit zwei oder drei Charakteren aus bekannten amerikanischen Stücken auf; andere Studenten hatten sich dafür entschieden, allein aufzutreten, so auch Eileen. Sie hatte sich etwas Leichtes, aber Gehaltvolles ausgesucht – einen langen, feinsinnigen, in sich abgeschlossenen Monolog aus *Dream Girl* von Elmer Rice –, und alle erklärten ihr, wie wunderbar es gewesen sei, ihr zuzusehen und zuzuhören.

Sie war an diesem Abend so gut, daß ihr die New School für das folgende Jahr ein Stipendium anbot. Und damit begannen die Schwierigkeiten. Sie dachte ein paar Tage darüber nach – es herrschte lange Schweigen in der Wohnung, während sie Kartoffeln schälte oder am Bügelbrett stand –, und dann verkündete sie, daß sie beschlossen habe, das Stipendium abzulehnen. Nach einem langen Arbeitstag noch in die Schule zu gehen sei zu ermüdend. Dieses Jahr sei es okay gewesen – ein

»Vergnügen« –, aber weiterzumachen sei töricht: Auch wenn es kein Geld kostete, wäre der Preis in anderer Hinsicht zu hoch. Außerdem lerne man nicht viel über die Schauspielerei in diesen Erwachsenenbildungskursen. Wenn sie es wirklich lernen wolle, in einem professionellen Sinn, müsse sie es richtig studieren; und das komme natürlich nicht in Frage.

»Warum nicht?«

»Wie meinst du das, ›warum nicht‹?«

»Mein Gott, Eileen, du brauchst diesen Job nicht. Du könntest diesen blöden kleinen Job morgen hinwerfen. *Ich* kann mich kümmern um – «

»Du kannst dich *worum* kümmern?« Und sie wandte sich mir zu, die kleinen Fäuste in die Hüften gestemmt, eine Geste, die stets bedeutete, daß es diesmal besonders schlimm werden würde.

Ich liebte die junge Frau, die mir alles über »das Theater« erzählen wollte, und die junge Frau, die still und schüchtern den donnernden Applaus entgegennahm, der auf ihre Szene aus *Dream Girl* folgte. Die zuverlässige Stenotypistin bei Botany Mills oder die mißmutige Kartoffelschälerin oder die träge, müde Frau, die stirnrunzelnd am Bügelbrett stand, um zu beweisen, wie arm wir waren, mochte ich nicht besonders. Und ich wollte nicht, niemals, mit jemandem verheiratet sein, der Dinge sagte wie: »Du kannst dich *worum* kümmern?«

Und es wurde schlimm. Auch nachdem wir die Nachbarn geweckt hatten, stritten wir weiter, und wir legten den Streit nie bei, wie keine unserer schlimmsten Auseinandersetzungen. Unser Leben schien mittlerweile nur noch aus zerrütteten Nerven und offenen Wunden zu bestehen; ich glaube, wir hätten uns in diesem Sommer getrennt, vermutlich ein für alle Mal, wenn Eileen nicht schwanger geworden wäre.

Dan Rosenthal stand erfreut von seinem Zeichenbrett auf, um mir die Hand zu schütteln, als er hörte, daß ein Baby unterwegs war. Aber nach dieser kurzen Zeremonie, als wir beide wieder saßen, betrachtete er mich nachdenklich. »Wie kannst du ein Vater sein«, sagte er, »wenn du noch wie ein Sohn aussiehst?«

An einem Wochenende bald darauf, an einem der ersten kühlen Herbsttage, war ich draußen, um auf einem unbebauten Grundstück nahe dem Fluß Feuerholz zu sammeln. Unser Wohnblock war sehr alt und schlecht in Schuß, aber wir hatten einen Kamin, der »funktionierte«. Ich nahm nur Bretter, die ich auf Kamingröße spalten und zerbrechen konnte, und als ich genug für ein paar Tage hatte, warf ich das Holz über den hohen Drahtzaun, der das Grundstück umgab. Aus der Entfernung mochte der Zaun zu hoch aussehen, um darüber zu steigen, aber es gab genügend durchhängende Stellen, die Halt für die Füße boten. Ich kletterte hinauf und darüber und war gerade auf die Straße gesprungen, als ich Dan Rosenthal auf mich zukommen sah.

»Also, das sah gut aus«, sagte er, »wie du über den Zaun bist. Sehr geschickt.«

Ich freute mich. Ich weiß noch, daß ich mich auch freute, weil ich eine alte Armeejacke und Blue Jeans trug. Er hatte einen Anzug und eine Krawatte und einen leichten, neu wirkenden Mantel an.

Als wir mit dem Holz zum Haus gingen – Dan trug einen Teil, hielt es sorgfältig von seinem Mantel weg –, erklärte er, daß er heute in die Stadt gekommen sei, um einen Freund vom Cooper Union zu besuchen; danach habe er festgestellt, daß er ein paar Stunden zur freien Verfügung habe und sei durchs Village spaziert. Hoffentlich hätte ich nichts dagegen, wenn er einfach so mitkomme.

»Aber nein«, sagte ich. »Das ist großartig, Dan. Komm mit rauf, ich möchte, daß du meine Frau kennenlernst.«

Abgesehen davon, daß wir dort wohnten, waren Eileen und ich überhaupt keine Village-Menschen. Bohemiens machten uns nervös. Das Wort *hip* hatte für uns einen vage furchterregenden Beiklang, ebenso wie die Vorstellung, Pot zu rauchen – oder »Tee«, wie ich glaube, daß es damals normalerweise genannt wurde –, und auf den wenigen Partys, zu denen wir gingen, waren meist nur andere junge Büroangestellte, die so spießig waren wie wir selbst.

Dennoch, als ich Dan Rosenthal an diesem Nachmittag ins Haus und nach oben führte, tat ich mein Bestes, um für ihn ungeheuer entspannt dazusitzen, zu murmeln und zu blinzeln. Und Eileen hätte es nicht besser machen können: Wir fanden sie auf der großen Schlafcouch, sie trug ihren schwarzen Rollkragenpullover und eine schwarze Hose. Ich liebte es, wenn sie so angezogen war, weil es ihr außerordentlich gut stand zu ihrem langen roten Haar, und weil es ihre Gelenke zu lockern schien. Manchmal war sie so in den Schauspielunterricht gegangen, und sie war nahezu immer so angezogen, wenn wir stundenlang schweigsam im San Remo oder in einer anderen berühmten Bar saßen und versuchten, unser Unbehagen zu überwinden zwischen den jungen

Männern, die mit ihren blassen langhaarigen Freundinnen ungeheuer entspannt dasaßen, murmelten und blinzelten; ganze Gruppen von ihnen brachen bisweilen in brüllendes Gelächter aus über Dinge, die wir, da waren wir uns ziemlich sicher, nie verstehen würden.

Wenn man jung genug ist, kann es Spaß machen, vorzugeben etwas zu sein, was man nicht ist. Und wenn ich geschickt gewesen war, als ich über den Zaun kletterte, und ein bißchen hip auf der Treppe, dann war es jetzt an der Zeit, mich rauhbeinig zu verhalten. In der Hocke und mit mehr Kraft als nötig zertrümmerte und spaltete ich die Bretter auf dem eisernen Knauf des Kaminbocks, den ich zu mir gezogen hatte; nachdem sie zu brauchbaren Stöcken zerkleinert waren, brach ich über dem angewinkelten Knie jeden Stock in zwei oder drei Teile, einen nach dem anderen. In manchen Brettern steckten reihenweise rostige Nägel, und Dan sagte: »Vorsicht, da sind Nägel«, aber ich machte ihm wortlos klar, daß ich auf mich selbst aufpassen konnte. Hatte ich nicht mein ganzes Leben lang so etwas getan? War ich nicht Schütze in der Armee gewesen? Glaubte er, daß ich immer ein Bürohengst im weißen Hemd gewesen war? Verdammt, es gab nicht viel, was man nicht lernen konnte, wenn man sich in der Welt herumtrieb; wie sonst, glaubte er, hatte ich diese atemberaubende Frau gewonnen, von der er den Blick nicht wenden konnte?

Bald brannte ein nettes Feuer. Dan zog die Anzugjacke aus und lockerte die Krawatte; wir saßen alle drei bequem da, tranken Bier, und mein Imponiergehabe trat in eine stille, »interessante«, neue Phase. Also, nein, sagte ich und lächelte kurz traurig in die Flammen, ich hätte beschlossen, den Roman, an dem ich seit dem letzten Frühjahr arbeitete, auf Eis zu legen. Er fühle sich nicht richtig an. »Und wenn sich etwas nicht richtig anfühlt«, erklärte ich, »dann läßt man es besser sein.« Ich versuchte stets kurze kryptische Sätze zu bilden, wenn ich über mein Handwerk sprach.

»Ja«, sagte er.

»Ich denke, das gleiche gilt für die Malerei, auf andere Weise.«

»Irgendwie schon.«

»Außerdem habe ich noch ein paar alte Geschichten, die ich überarbeiten und rumschicken will. Man muß sie überarbeiten, verstehst du. Man muß sie immer wieder auseinandernehmen und neu zusammensetzen. Sie schreiben sich nicht von allein.«

»Mhm.«

Ich ließ mich eine Zeitlang darüber aus, wie schwierig es sei, wirklich zu schreiben, wenn man einen Ganztagsjob hatte. Wir hätten versucht, ein bißchen Geld zu sparen, um in Europa leben zu können, erklärte ich, aber jetzt, da wir ein Baby erwarteten, sei das ziemlich unwahrscheinlich.

»Ihr wollt in Europa leben?« fragte er.

»Wir haben immer davon gesprochen. Paris vor allem.«

»Warum?«

Wie manche seiner Fragen war diese beunruhigend. Es gab keine wirklichen Gründe. Zum einen waren es die Legenden Hemingway und Joyce; zum anderen wollte ich dreitausend Meilen Ozean zwischen meine Mutter und mich bringen. »Ach, na ja«, sagte ich, »vor allem weil dort das Leben billiger ist, wir kämen wahrscheinlich mit wesentlich weniger aus, und ich hätte mehr Zeit, um zu arbeiten.«

»Sprecht ihr Französisch?«

»Nein. Aber vermutlich könnten wir es lernen. Ach, verdammt, es ist – die Sache ist wahrscheinlich nur ein Tagtraum.« Allein am Klang meiner Stimme hörte ich, daß ich nicht von der Stelle kam, deswegen hörte ich auf zu sprechen, sobald ich konnte.

»Dan?« sagte Eileen, und im Feuerschein war ihr Gesicht ein Meisterwerk unschuldigen Flirtens. Niemand mußte sie darauf aufmerksam machen, wenn sie jemanden erobert hatte. »Stimmt es, daß nur einer von zehn Bewerbern am Cooper Union angenommen wird?«

»Man hört verschiedene Zahlen«, sagte er verschämt und blickte ihr nicht ganz in die Augen, »aber so ungefähr ist es.«

»Das ist ja wunderbar. Ich meine, es ist wirklich beeindruckend. Du mußt sehr stolz gewesen sein.«

Sie hatte meinen Auftritt, wenn nicht mein ganzes Wochenende, gründlich zerstört; dennoch lieferte mir ihr Gespräch den Beginn einer, wie es schien, guten Idee.

Wir unterhielten uns noch länger und tranken noch mehr Bier; dann sagte sie: »Bleibst du zum Abendessen, Dan?«

»Oh, das ist sehr nett«, sagte er, »aber vielleicht ein anderes Mal, ich müßte schon längst zu Hause sein. Darf ich euer Telefon benutzen?«

Er rief seine Mutter an und sprach liebenswürdig mit ihr; später, nachdem er sich vielmals bedankt und entschuldigt und versprochen hatte, bald wiederzukommen, und gegangen war, sagte Eileen, der Anruf hätte geklungen, als würde ein Mann mit seiner Frau sprechen.

»Ja, das ist das Komische«, sagte ich. »Seit sein Vater gestorben ist, verhält er sich irgendwie so, als wäre seine Mutter tatsächlich seine Frau. Und er hat einen jüngeren Bruder, sieben oder acht Jahre jünger, und jetzt tut er so, als wäre sein Bruder ihr gemeinsamer Sohn.«

»Oh«, sagte sie. »Das ist irgendwie traurig. Hat er eine Freundin?«

»Ich glaube nicht. Falls doch, erwähnt er sie nie.«

»Ich mag ihn sehr«, sagte sie, als sie im Kochbereich des Zimmers mit Töpfen und Pfannen zu klappern und das Abendessen zu kochen begann. »Ich habe lange niemanden mehr getroffen, den ich so mochte. Er ist so – gütig.«

Es war ein mit soviel Bedacht gewähltes Wort, daß ich mich fragte, warum sie sich dafür entschieden hatte, und ich kam rasch zu dem Schluß, daß sie es getan hatte, weil dieses besondere Wort nicht ohne weiteres auf mich anwendbar war.

Aber zum Teufel damit. Ich konnte es kaum erwarten, mich in die von einem Wandschirm in der Ecke gebildete Nische zurückzuziehen, in der mein Arbeitstisch stand. Die halb getippte, halb handgeschriebene Fehlgeburt meines Romans sowie mehrere Erzählungen lagen dort, die auseinanderzunehmen und neu zusammenzusetzen, die zu überarbeiten und rumzuschicken ich vorhatte. Meine neue Idee hatte allerdings überhaupt nichts mit Schreiben zu tun.

Ich hatte schon immer den Dreh herausgehabt, einfache Karikaturen zu zeichnen, und an diesem Abend füllte ich viele Blätter Schreibmaschinenpapier mit Karikaturen von Leuten, die im elften Stock bei Remington Rand arbeiteten. Es waren Leute, mit denen Dan und ich jeden Tag Geduld haben und zu denen wir nett sein mußten, und während ich über die besseren kicherte, war ich mir sehr sicher, daß ihm die Zeichnungen gefallen würden.

Ich brauchte noch mehrere Abende, um die plumperen auszusortieren und die besseren zu verfeinern; dann eines Morgens, so beiläufig wie möglich, legte ich den fertigen Stapel auf sein Zeichenbrett.

»Was ist das?« sagte er. »Ah, ich verstehe: Arch Davenport. Und der arme alte Gus Hoffman. Und wer ist das? Jack Sheridan, stimmt's? Ach, und das ist vermutlich Mrs. Jorgensen im Schreibzimmer…«

Nachdem er alle betrachtet hatte, sagte er: »Die sind raffiniert, Bill.« Aber ich hatte ihn schon zu oft »raffiniert« in einem herabsetzenden Sinn benutzen gehört, um es als Kompliment aufzufassen.

»Ach, es ist nichts«, versicherte ich ihm. »Ich dachte nur, du würdest – darüber lachen.«

Die Wahrheit war, daß ich gehofft hatte, sie würden wesentlich mehr bewirken. Ich hatte mir einen Plan zurechtgelegt, in dem diese Zeichnungen nur der Eröffnungszug waren, und jetzt schien mir seine lauwarme Reaktion zu verbieten, ihm den Rest zu erzählen. Aber meine Zurückhaltung war nicht von langer Dauer. Bevor der Tag vorbei war – noch vor dem Mittagessen, glaube ich – erklärte ich ihm die ganze verdammte Sache.

Hunderte von Amerikanern seien jetzt über die G. I. Bill in Kunsthochschulen in Paris eingeschrieben. Viele davon wären selbstverständlich ernsthafte Künstler, aber viele seien auch überhaupt keine Künstler: Sie erfüllten, wenn überhaupt, nur wenige akademische Anforderungen; sie benutzten die G.I.Bill offen, um ihr Leben in Paris zu subventionieren. Und die Kunsthochschulen hätten nichts dagegen, weil sie sich über die regelmäßigen Gelder von der amerikanischen Regierung freuten. Ich hatte in *Time* darüber gelesen, und in dem Artikel war namentlich eine Kunsthochschule genannt worden, die »die Angelegenheit wahrscheinlich am lässigsten von allen behandelte«.

Ich hätte beschlossen, mich bei dieser Schule zu bewerben, um mit dem Schreiben voranzukommen, erzählte ich Dan Rosenthal, aber ich bräuchte ein Empfehlungsschreiben. Darum ging es: Würde er es schreiben?

Er blickte verwirrt und leicht verstimmt drein. »Ich kapier's nicht«, sagte er. »Ich soll dir ein Empfehlungsschreiben geben? Die haben doch noch nie von mir gehört.«

»Nein. Aber du kannst verdammt sicher sein, daß sie vom Cooper Union gehört haben.«

Es kam nicht sehr gut an – ich hätte blind sein müssen, um es nicht zu sehen –, aber er war einverstanden. Er schrieb schnell mit einem seiner Zeichenstifte den Brief und reichte ihn mir, damit ich ihn tippen konnte.

Er schrieb der Schulleitung, daß ich ein Freund sei, dessen Zeichentalent viel verspreche, und daß er meine Bewerbung unterstützen möchte; seinen Abschluß am Cooper Union hatte er sich für den zweiten und letzten Absatz aufgespart.

»Also, das ist gut, Dan«, sagte ich. »Vielen Dank. Wirklich. Nur eins: Wenn du schreibst, daß ich ein ›Freund‹

bin, meinst du nicht, daß das die Empfehlung wieder abschwächt – «

»Ach, Scheiße«, sagte er, ohne aufzublicken, und vielleicht täuschte ich mich, aber ich glaubte, daß sein Nacken dunkler rosa als üblich war. »Scheiße, Bill. Komm schon. Ich habe geschrieben, daß du ein Freund bist. Ich habe nicht geschrieben, daß wir Blutsbrüder sind.«

Wenn er mich damals nicht mochte, und ich glaube, er mochte mich nicht, so ließ er nicht zu, daß ich es merkte. Nach diesem ersten peinlichen Tag schien es erst einmal, als ob zwischen uns alles wieder in Ordnung war.

Und jetzt, da er meine Frau kannte, gab es eine neue Litanei im Ritual unserer Bekanntschaft. Jeden Abend oder zumindest jeden Abend, wenn wir gemeinsam das Gebäude verließen und zur Ecke an der Straße gingen, wo wir uns trennten, um mit unterschiedlichen öffentlichen Verkehrsmitteln zu fahren, winkte er mir scheu zu und sagte: »Also. Grüße zu Hause.«

Er sagte es an so vielen Abenden, daß er nach einer Weile das Bedürfnis nach Variation empfand: Mit einem geheuchelt finsteren Blick sagte er: »Wie wär's mit Grüßen zu Hause?« oder: »Also dann, schöne Grüße.« Aber das waren keine zufriedenstellenden Alternativen, und er kehrte zur ursprünglichen Version zurück. Ich dankte ihm stets, winkte und rief: »Gleichfalls« oder »Ebenso, Dan«, und dieser kurze Wortwechsel schien ein passender Abschluß des Tages.

Ich hörte nie von der »lässigen« Pariser Kunsthochschule – sie bestätigten nicht einmal den Eingang meiner Bewerbung –, und ich mußte annehmen, daß die *Time-*

Geschichte eine Lawine von Schreiben von anderen talentlosen Bewerbern aus ganz Amerika, Außenseitern und Verlierern und unglücklichen Ehemännern zur Folge hatte, für die »Paris« den letzten hellen Hoffnungsschimmer bedeutete.

Dan kam während der nächsten Monate mehrmals zum Abendessen zu uns nach Hause, und Eileen stellte bald fest, daß er sie zum Lachen bringen konnte. Das war nett, aber ich konnte sie fast nie zum Lachen bringen – wie es schien seit den frühen Tagen unserer Beziehung nicht mehr –, und ich war eifersüchtig. Dann, eines späten Abends, nachdem er gegangen war und es in der Wohnung nur mit uns beiden unangenehm still geworden war, wies sie mich darauf hin, daß wir nie wirklich eine Party gegeben hatten. Und sie sagte, daß sie es sofort tun wolle, bevor sie »zu dick« würde, und so zogen wir es durch – und wir beide, glaube ich, hatten eine Riesenangst, alles falsch zu machen.

Dan brachte einen Freund vom Cooper Union mit, einen tadellos höflichen jungen Mann namens Jerry, der seinerseits ein wunderschönes, absolut schweigsames Mädchen mitbrachte. Die Party war in Ordnung – zumindest war es laut und lebhaft –, so daß Eileen und ich uns später gegenseitig bestätigen konnten, es sei gut gelaufen. Ein, zwei Wochen später sagte Dan im Büro: »Weißt du was? Jerry und sein Mädchen heiraten. Und willst du noch was wissen? Es war eure Party, die sie dazu gebracht hat. Im Ernst. Jerry hat mir erzählt, daß sie euch für so – ich weiß nicht – vermutlich für so romantisch gehalten haben, daß sie sich gedacht haben, was soll's, wir tun's. Und sie tun's. Jerry hat eine Stelle angenommen, über die er normalerweise nicht mal nachgedacht hätte, er will für eine Grafikschule irgendwo ganz im Norden von British Columbia arbeiten. Keine Ahnung, was er dort oben tun soll – wahrscheinlich soll er Eskimos beibringen, wie man eine Zeichenschiene hält –, aber es gibt kein Zurück mehr. Er hat zugesagt. Die Würfel sind verdammt noch mal gefallen.«

»Das ist ja großartig«, sagte ich. »Richte ihm Glückwünsche von mir aus.«

»Ja, das werde ich, das werde ich.« Dann drehte er seinen Stuhl vom Zeichenbrett weg – das tat er nicht oft – und saß ernst und nachdenklich dreinblickend da und betrachtete das nasse Ende seiner Zigarre. »Mann, ich würde auch gern heiraten«, sagte er. »Ich meine, ich bin nicht wirklich *immun* dagegen, aber es gibt ein paar Hinderungsgründe. Erstens kenne ich das richtige Mädchen noch nicht. Zweitens habe ich zu viele andere Verpflichtungen. Drittens – obwohl, eigentlich – wozu braucht man schon einen dritten Grund?«

Bald nach Beginn des Jahres 1950 und ein paar Wochen bevor das Baby kommen sollte, erklärte sich die Nationale Vereinigung der Künstlerinnen bereit, meine Mutter mit einem Anfangsgehalt von achtzig Dollar die Woche anzustellen. »Oh, Gott, was für eine Erleichterung«, sagte Eileen, und ich hätte ihr nicht heftiger beipflichten können. Abgesehen von der lächelnden Langweile, die es bedeutete, sie einmal zum Abendessen einzuladen, um »zu feiern«, schien es, als könnten wir endgültig aufhören, uns ihretwegen Sorgen zu machen.

Dann wurde unsere Tochter geboren. Dan Rosenthal machte einen Überraschungsbesuch im Krankenhaus und brachte Blumen mit, und Eileen wurde rot. Ich ging mit ihm in den Flur, wo er durch ein Fenster das Baby sehen konnte, das er feierlich zur Schönheit erklärte; dann kehrten wir ins Zimmer zurück und setzten uns für eine halbe Stunde an Eileens Bett.

»Oh, Dan«, sagte sie, als er aufstand, um zu gehen, »es war *so* nett, daß du gekommen bist.«

»Es war mir ein Vergnügen«, erwiderte er. »Ein großes Vergnügen. Ich bin gern auf Entbindungsstationen.«

Vor kurzem war damit begonnen worden, Häuser in der berühmten neuen Siedlung Levittown auf Long Island zu verkaufen, und ein paar der jüngeren verheirateten Männer im elften Stock erörterten ausführlich die vielen Gründe, die sie zu einem vorteilhaften Geschäft machten – und jeder erklärte es den anderen, als wollte er sich selbst davon überzeugen.

Dann erzählte mir Dan, daß er auch beschlossen habe, sich in Levittown einzukaufen, und ich hätte beinahe gesagt, aber du bist nicht einmal *verheiratet*, wenn ich mich nicht rechtzeitig gebremst hätte. Er, seine Mutter und sein Bruder waren am letzten Wochenende hinausgefahren.

Was ihn für Levittown eingenommen hatte, war, daß das Souterrain des Hauses, das sie anschauten, bemerkenswert groß und hell war. »Es hätte als Atelier *entworfen* sein können«, sagte er. »Ich bin durchgegangen und habe nur ›wow‹ gedacht. Ich werde mir dort unten die Finger wund malen. Und ich kann sogar Drucke machen, eine Steinplatte für Lithographien aufstellen, was immer ich will. Du weißt doch, was über die Risiken des Lebens in Vororten gesagt wird? Daß dein Leben auseinanderbricht, wenn du aus der Stadt wegziehst? Ich glaube kein Wort davon. Wenn dein Leben soweit ist, daß es auseinanderbricht, bricht es überall auseinander.«

Ein anderes Mal sagte er: »Weißt du etwas über Harvard?«

»Harvard? Nein.«

»Ich glaube, Phil hat eine ziemliche gute Chance, dort genommen zu werden, vielleicht kriegt er sogar ein Stipendium. Es klingt gut, aber eigentlich kenne ich nur den Ruf von Harvard – die Ansicht von außen. Und das ist so wie beim Empire State Building, stimmt's? Man sieht es aus der Ferne, vielleicht bei Sonnenuntergang, und es ist majestätisch und wunderschön. Dann geht man hinein und schaut sich vielleicht ein paar der unteren Stockwerke an und stellt fest, daß es eines der schäbigsten Bürogebäude in ganz New York ist: Nur kleine Versicherungsagenturen und Modeschmuckgroßhändler. Es gibt keinen *Grund* für das höchste Gebäude der Welt. Dann fährt man ganz nach oben, und die Trommelfelle tun einem weh, und man steht an der Brüstung und schaut hinunter, aber auch das ist eine Enttäuschung, weil man so viele Fotos davon gesehen hat. Oder wenn du ein dreizehnjähriger Jugendlicher bist, dann nimm die Radio City Music Hall – genau das gleiche. Ich bin mal mit Phil hingegangen, als ich Urlaub von der Armee hatte, und wir wußten beide gleich, daß es ein Fehler war. Es ist zwar wirklich nett, wenn achtundsiebzig gutaussehende Mädchen auf die Bühne kommen und gleichzeitig die Beine in die Luft werfen – auch wenn sie einen halben Kilometer weit weg sind, auch wenn du weißt, daß sie alle mit Piloten verheiratet sind und in Rego Park, Queens, leben –, aber was man in der Radio City Music Hall wirklich findet, ist eine Menge alter Kaugummiklumpen, die unter der Armlehne deines verdammten Stuhls kleben. Habe ich recht? Ich weiß nicht, ich glaube Phil und ich fahren erst einmal nach Harvard und schnüffeln dort ein bißchen herum.«

Und das taten sie. Mrs. Rosenthal kam auch mit. Dan kehrte ins Büro zurück hellauf begeistert von allem, was mit Harvard zu tun hatte, darunter der Klang des Namens. »Du kannst es dir nicht vorstellen, Bill«, sagte er. »Man muß es gesehen haben, man muß herumgehen und sich umschauen und zuhören und alles in sich aufnehmen. Es ist erstaunlich: mitten in einer Geschäftsstadt diese kleine Welt der Ideen. Es ist wie siebenundzwanzig Cooper Unions zusammen.«

So wurde Phil für den nächsten Herbst in Harvard eingeschrieben, und Dan sagte mehr als einmal, daß sie den Jungen zu Hause vermissen würden.

Eines Abends, als wir gemeinsam das Gebäude verließen, verlangsamte Dan unseren Gang zu einem Schlendern, um etwas loszuwerden, was ihn anscheinend schon den ganzen Tag beschäftigte.

»Du kennst doch dieses ›Brauche-Hilfe‹-Gerede?« fragte er. »»Er braucht Hilfe‹; ›Sie braucht Hilfe‹; ›Ich brauche Hilfe‹? Anscheinend begibt sich jeder, den ich kenne, in Psychotherapie, als wäre es die neue fixe Idee, wie Monopoly in den dreißiger Jahren. Und ich habe diesen Freund vom College – intelligenter Bursche, guter Künstler, verheiratet, hat einen ziemlich guten Job. Hab ihn gestern abend getroffen, und er hat mir erzählt, daß er eine Psychoanalyse machen will, es sich aber nicht leisten kann. Hat gesagt, daß er sich bei dieser kostenlosen Praxis von Columbia beworben hat, mußte jede Menge Tests machen und einen blödsinnigen Aufsatz über sich selbst schreiben, und sie haben ihn abgelehnt. Er hat gesagt: ›Ich glaube, ich war nicht interessant genug für sie.‹ Und ich habe gesagt: ›Wie meinst du das?‹ Und er hat gesagt: ›Also, ich habe den Eindruck, daß sie bis zum Hals in jüdischen Muttersöhnchen stecken.‹ Kannst du das verstehen?«

»Nein.« Wir schlenderten in der Dämmerung an erleuchteten Schaufenstern vorbei – ein Reisebüro, ein Schuhgeschäft, ein Imbiß –, und ich weiß noch, daß ich jedes genau studierte, als würde es mir dabei helfen, mich zu konzentrieren.

»Denn ich meine, was ist so besonders daran, ›interessant‹ zu sein?« fragte Dan. »Sollen wir uns alle auf die Couch legen und unser Innerstes nach außen kehren, um zu beweisen, wie ›interessant‹ wir sind? Das ist ein Grad an intellektueller Raffinesse, den ich gar nicht erst erreichen will. Na denn.« Wir waren an der Ecke, und bevor er sich entfernte, winkte er mir mit seiner Zigarre zu. »Na denn. Grüße zu Hause.«

Das ganze Frühjahr über hatte ich mich schrecklich gefühlt, und es wurde immer schlimmer. Ich hustete ununterbrochen und hatte keine Kraft mehr; ich wußte, daß ich Gewicht verlor, weil die Hosen an mir schlotterten; mein Schlaf war schweißgebadet; tagsüber wollte ich nichts anderes, als einen Platz finden, wo ich mich hinlegen könnte, und bei Remington Rand gab es so einen Platz nicht. Dann ging ich während der Mittagspause zu einer kostenlosen Röntgenstation in der Nähe des Büros und erfuhr, daß ich Tuberkulose im fortgeschrittenen Stadium hatte. Im Veteranenkrankenhaus auf Staten Island wurde ein Bett für mich gefunden, und so zog ich mich von der Arbeitswelt zurück, wenn nicht von der Welt als solcher.

Inzwischen habe ich gelesen, daß Tbc weit oben auf der Liste »psychosomatischer« Krankheiten steht: Angeblich erkranken die Leute daran, während sie beweisen wollen, wie sehr sie sich unter unwahrscheinlich schwierigen Umständen anstrengen. Und es mag viel Wahres daran sein, aber damals wußte ich nur, wie gut es tat, von einer grimmigen Exarmee-Krankenschwester mit einer sterilen Gesichtsmaske ermuntert, ja entschieden aufgefordert zu werden, mich ins Bett zu legen und dort zu bleiben.

Es dauerte acht Monate. Im Februar 1951 wurde ich als ambulanter Patient entlassen und darauf hingewiesen, daß ich die Behandlung in jedem von Veteranenorganisationen anerkannten Krankenhaus »überall auf der Welt« fortsetzen könnte. Dieser Satz klang gut, und das war das Beste an der Sache: Mir wurde gesagt, daß meine Krankheit als eine »kriegsdienstbedingte Behinderung« galt und ich jeden Monat zweihundert Dollar einstecken durfte, bis meine Lungen sauber waren, und daß die Angelegenheit eine im nachhinein wirksame Klausel enthielt, die mir zweitausend Dollar in bar bescherte.

Nie zuvor hatten Eileen und ich einen so glänzenden Treffer gelandet. Spät eines Abends, als ich versuchte, Pläne zu machen, und mich laut fragte, ob ich zu Remington Rand zurückkehren oder eine bessere Stelle suchen sollte, sagte Eileen: »Ach, hör mal: Wir sollten es tun.«

»Was tun?«

»Du weißt schon. Nach Paris gehen. Weil, wenn wir es jetzt nicht tun, solange wir jung und mutig genug sind, wann sollen wir es dann tun?«

Ich konnte kaum glauben, daß sie das gesagt hatte. Sie sah jetzt aus wie damals, als sie nach ihrer Szene aus *Dream Girl* den Applaus entgegengenommen hatte – und es war auch eine Spur der alten Sekretärinnenhärte in ihrem Gesicht, die darauf schließen ließ, daß sie sich durchaus als robuste Reisebegleiterin erweisen würde.

Weil danach alles so schnell ging, erinnere ich mich erst wieder klar an die beengte Abschiedsparty in unserer Kabine oder unserem »herrschaftlichen Zimmer« in der Touristenklasse an Bord der *SS United States*. Eileen versuchte, in der oberen Koje die Windel des Babys zu wechseln, aber es war nicht einfach, weil sich so viele Leute in dem kleinen Raum drängten. Meine Mutter war da, saß auf der Kante der unteren Koje, sprach unablässig und erzählte allen von der Nationalen Vereinigung der Künstlerinnen. Mehrere Angestellte von Botany Mills waren da und mehrere Zufallsbekanntschaften, und auch Dan Rosenthal war gekommen. Er hatte eine Flasche Champagner mitgebracht und eine teuer aussehende Handpuppe in Form eines Tigers, die das Baby erst zwei Jahre später zu schätzen wissen sollte.

Diese dicht gedrängte Ansammlung hatte Eileen am Telefon mehrmals als »unsere kleine *soignée* an Bord« beschrieben – ich glaubte nicht, daß es das richtige Wort war, konnte aber nicht genug Französisch, um sie zu korrigieren. Es floß viel Alkohol, aber den meisten davon schien meine Mutter zu schlucken. Sie trug ein hübsches frühlingshaftes Kostüm, dazu einen üppigen Hut mit Federn, den sie sich wahrscheinlich für diesen Anlaß gekauft hatte.

»… Also, wir sind die einzige landesweite Vereinigung. Wir haben jetzt Tausende von Mitgliedern, und jedes Mitglied muß natürlich den Beweis für ihren professionellen Rang als Künstlerin erbringen, bevor wir ihre Bewerbung auch nur in Betracht ziehen, wir sind also wirklich …« Und je tiefer sie in ihrem Monolog versank, desto weiter öffneten sich ihre Knie, auf die sie die Unterarme gestützt hatte, bis alle Gäste, die ihr gegenüber saßen, schattenhaft ihre Unterhose sehen konnten. Das war eine alte Schwäche von ihr: Ihr schien nicht klar zu sein, daß sich die Leute, wenn sie ihre Unterhose sehen konnten, nicht für den Hut interessierten, den sie trug.

Dan Rosenthal ging als erster, noch bevor zum ersten Mal das Schiffshorn ertönte. Er sagte, er habe sich sehr gefreut, meine Mutter kennenzulernen, und schüttelte ihr die Hand; dann wandte er sich ernst und mit ausgestreckten Armen Eileen zu.

Sie war fertig mit dem Wickeln – fertig auch, so schien es, mit aller Rücksichtnahme auf die anderen Besucher. »Oh, *Dan*«, rief sie und sah dabei traurig und schön aus, dann schmiegte sie sich rasch an ihn. Ich sah, wie seine dicken Finger drei-, viermal ihren Rücken tätschelten.

»Paß auf meinen Freund, den vielversprechenden Schriftsteller, auf«, sagte er.

»Ja, selbstverständlich, aber paß *du* auf dich auf, Dan, okay? Und versprichst du zu schreiben?«

»Natürlich«, sagte er. »Natürlich. Das versteht sich von selbst.«

Dann ließ er sie los, und ich sprang auf, um ihn nach oben aufs Hauptdeck und zur Gangway zu begleiten. Treppensteigen machte uns beide schnell kurzatmig, deswegen ließen wir uns auf der steilen, nach Farbe riechenden Wendeltreppe Zeit, aber er sprach trotzdem viel.

»Du wirst also eine ganze Sammlung Erzählungen zurückschicken, ja?« sagte er.

»Ja.« Und ich war mir nur vage bewußt, daß ich seine Levittown-Pläne paraphrasierte, als ich sagte: »Ich werde mir dort drüben die Finger wund schreiben.«

»Gut«, sagte er. »Es hat sich also herausgestellt, daß du die beschissene kleine Kunsthochschule doch nicht brauchst. Du mußt nicht herumschleichen und so tun, als wärst du ein Maler, und die Kurse schwänzen und dich mit einem Haufen sehr ›lässiger‹ Franzosen verschwören, um die Vereinigten Staaten zu bestehlen. Das ist gut. Das ist ausgezeichnet. Du machst das alles auf dich allein gestellt mit dem Geld, das du wegen deiner kaputten Lunge verdienst, und ich bin stolz auf dich. Im Ernst.«

Wir standen jetzt auf dem Deck, sahen einander zwischen den Menschen nahe der Gangway an.

»Also gut«, sagte er, als wir uns die Hände schüttelten. »Bleib in Verbindung. Aber hör mal, tu mir einen Gefallen.« Er trat zurück, um seinen Mantel anzuziehen, der im leichten Wind flatterte, zuckte die Achseln, zog ihn um den Hals zurecht; dann trat er nahe zu mir und blickte mich streng und warnend an. »Tu mir einen Gefallen«, sagte er noch einmal. »Vermassel es nicht.«

Ich wußte nicht, was er meinte, auch nachdem er geblinzelt hatte, um mich darauf hinzuweisen, daß er vor allem Spaß machte, bis mir aufging, daß ich alles hatte, was er sich immer gewünscht haben mußte – alles, was er seit dem Tod seines Vaters aufgegeben hatte, sich zu wünschen. Ich hatte Glück, Möglichkeiten, eine junge Frau und ein Kind.

Dann ertönte das laute, tiefe Schiffshorn, und Dutzende von Möwen flogen erschrocken in den Himmel auf. Es ist der Klang des Aufbruchs und der Seefahrt, ein Klang, der einem die Kehle zuschnürt, ob man nun etwas zu weinen hat oder nicht. Von der Reling aus sah ich seinen breiten Rücken, als er langsam zum Pier hinunterging. Er war noch nicht weit weg: Ich konnte ihm immer noch eine letzte Freundlichkeit nachrufen, so daß er sich umdrehen und lächeln und winken mußte, und ich dachte daran, He Dan? Grüße zu Hause! zu rufen. Aber dieses eine Mal schaffte ich es, den Mund zu halten, und darüber war ich zeit meines Lebens froh. Ich sah ihm nur nach, wie er zwischen den hinter Absperrgittern stehenden Menschen in die dunklen Schatten des Piers davonging, bis er verschwunden war.

Dann eilte ich die frisch gestrichene, seetaugliche Treppe wieder hinunter, um meine Mutter vom Schiff zu schaffen – das Schiffshorn würde nicht mehr oft ertönen – und um die Aufgabe meines Lebens in Angriff zu nehmen.

Abschied von Sally

Jack Fields brauchte fünf Jahre, um seinen ersten Roman zu schreiben, und danach war er angemessen stolz, aber auch erschöpft bis fast an die Grenze zum Kranksein. Er war damals vierunddreißig und lebte noch immer in einem dunklen, erbärmlich billigen Keller in Greenwich Village, der gut genug schien, um sich darin zu verkriechen und zu arbeiten, nachdem seine Ehe zerbrochen war. Er nahm an, daß er eine bessere Wohnung und vielleicht sogar ein besseres Leben finden würde, wenn das Buch herauskäme, aber er irrte sich: Es wurde zwar allgemein gelobt, aber es verkaufte sich so schlecht, daß während des ersten Jahres nach seinem Erscheinen Geld nur in einem spärlichen flüchtigen Rinnsal floß. Da trank Jack bereits viel und schrieb nur noch wenig – er übernahm gerade noch genug der anonymen, schlecht bezahlten Auftragsarbeiten, die seit Jahren für sein Einkommen sorgten, um die Unterhaltszahlungen leisten zu können –, und er hatte begonnen, sich nicht ohne eine gewisse literarische Befriedigung als tragische Gestalt zu betrachten.

Seine zwei kleinen Töchter kamen oft vom Land, um das Wochenende mit ihm zu verbringen, sie trugen stets frische helle Kleider, die in der Feuchtigkeit und im Schmuddel seiner schrecklichen Wohnung schnell schlaff und schmutzig wurden, und eines Tages verkündete das jüngere Mädchen weinend, daß es nicht mehr duschen würde wegen der Kakerlaken in der Duschkabine. Nachdem er schließlich alle sichtbaren Kakerlaken erschlagen und weggespült und ihr lange gut zugeredet hatte, meinte sie, daß es okay wäre, wenn sie die Augen geschlossen ließe – und bei dem Gedanken, wie sie dort blind hinter dem verschimmelten Duschvorhang stand, sich beeilte und versuchte, die Füße neben dem heimtückisch wuselnden Abfluß nicht zu bewegen, während sie sich einseifte und wusch, wurde er ganz schwach vor Gewissensbissen. Er wußte, daß er ausziehen sollte. Er müßte schon verrückt sein, wenn er das nicht wüßte – vielleicht war er schon verrückt, nur weil er noch dort wohnte und den Mädchen weiterhin den Dreck zumutete –, aber er hatte keine Ahnung, wie er die heikle, schwierige Aufgabe, sein Leben wieder in Ordnung zu bringen, angehen sollte.

Dann, zu Beginn des Frühjahrs 1962, nicht lange nach seinem sechsunddreißigsten Geburtstag, erhielt er völlig unerwartet eine große Chance: Er wurde beauftragt, auf Grundlage eines von ihm sehr bewunderten, zeitgenössischen Romans, ein Drehbuch zu schreiben. Die Produzenten würden die Reisekosten nach Los Angeles bezahlen, wo er den Regisseur treffen sollte, und ihm wurde empfohlen, »drüben« zu bleiben, bis das Manuskript fertig sein würde. Es würde wahrscheinlich nicht länger als fünf Monate dauern, und allein diese erste Phase des Projekts, ganz zu schweigen von der schwindelerregenden Aussicht auf Folgeeinkünfte, brächte ihm mehr Geld ein, als er irgendwann in zwei, drei Jahren zusammengenommen verdient hatte.

Als er seinen Töchtern davon erzählte, bat ihn das ältere Mädchen, ihr ein Foto mit Autogramm von Richard Chamberlain zu schicken; die jüngere hatte kein Anliegen.

In der Wohnung von jemand anderem wurde eine ausgelassene, laute Party für ihn gegeben, und in feiner Abstimmung mit seinem unbeschwerten Selbstbild, das er stets hoffte, anderen zu vermitteln, hing ein großes, handgeschriebenes Banner an der Wand:

AUF WIEDERSEHEN BROADWAY
HALLO GRAUMAN'S CHINESE

Und zwei Abende später saß er, allein zwischen Fremden und betrunken, zum ersten Mal in der langen, leise brummenden Röhre eines Passagierflugzeugs. Während des Flugs über Amerika schlief er die meiste Zeit, und er erwachte erst, als sie in der Dunkelheit tief über die Lichter schwebten, die sich in den Außenbezirken von Los Angeles über Meilen und Meilen erstreckten. Und als er die Stirn gegen das kleine kalte Fenster preßte und spürte, wie die Erschöpfung und die Beklemmung der letzten Jahre von ihm abzufallen begannen, da ging ihm auf, daß das, was vor ihm lag – ob gut oder schlecht –, sich als bedeutendes Abenteuer erweisen könnte: F. Scott Fitzgerald in Hollywood.

Während der ersten zwei, drei Wochen der Zeit in Kalifornien wohnte Jack in Malibu, als Gast im opulenten Haus des Regisseurs Carl Oppenheimer, eines zu dramatischen Auftritten und explosiven Ausbrüchen neigenden, entschlossen knallhart sprechenden Mannes von zweiunddreißig Jahren. Oppenheimer war in den Jahren, in denen abends noch streng gezügelte »Live«-Stücke gesendet wurden, geradewegs von Yale zum New Yorker Fernsehen gegangen. Als Kritiker in ihren Artikeln über seine Arbeit das Wort »Genie« zu benutzen begannen, wurde er nach Hollywood gerufen, wo er wesentlich mehr Filmprojekte ablehnte als annahm, und wo ihm seine Filme rasch den Ruf einbrachten, der sogenannten New Yorker Schule anzugehören.

Wie Jack Fields hatte Oppenheimer zwei Kinder und war geschieden, aber er war nie allein. Eine aufgeweckte und hübsche Schauspielerin namens Ellis lebte mit ihm und war stolz darauf, jeden Tag neue Möglichkeiten zu finden, ihm zu gefallen; oft warf sie ihm lange hingerissene Blicke zu, die er nicht zu bemerken schien, und nannte ihn gewohnheitsmäßig »mein Liebster« – leise und mit der Betonung auf »mein«. Und sie war zudem eine gute Gastgeberin.

»Jack?« sagte sie eines Nachmittags bei Sonnenuntergang, als sie ihrem Gast einen Drink in einem schweren kostspieligen Glas reichte. »Wissen Sie, was Fitzgerald getan hat, als er hier am Strand wohnte? Er hat vor seinem Haus ein Schild aufgestellt, auf dem stand: ›Honi soit qui Malibu.‹«

»Ach ja? Nein, das wußte ich nicht.«

»Ist das nicht wunderbar? Mein Gott, wäre es nicht toll gewesen, hier zu sein, als alle wirklichen – «

»Ellie!« rief Carl Oppenheimer auf der anderen Seite des Raums, wo er hinter einer langen, gut bestückten Bar aus teurem hellen Holz und Leder vornübergebeugt stand und die Türen eines Wandschränkchens zuschlug.

»Ellie, kannst du in der Küche nachsehen, was verdammt noch mal mit der Bouillon passiert ist?«

»Natürlich, mein Liebster«, sagte sie, »allerdings dachte ich, daß du Bullshots nur am *Vormittag* trinkst.«

»Manchmal ja«, sagte er, richtete sich auf und lächelte auf eine Weise, die Verzweiflung und Selbstbeherrschung zum Ausdruck brachte. »Manchmal nicht. Zufälligerweise ist mir jetzt danach, eine Ladung davon zu machen. Und der Punkt ist, daß ich gern wissen möchte, wie ich verdammt noch mal Bullshots ohne Bouillon machen soll, kannst du mir folgen?«

Ellis eilte gehorsam davon, und beide Männer drehten sich um, um die Bewegungen ihres festen, zitternden Hinterns in der hautengen Hose zu betrachten.

Jack wollte mittlerweile unbedingt eine eigene Wohnung und vielleicht sogar eine eigene Freundin, und sobald ein Exposé des Drehbuchs erstellt war – sobald sie sich auf das geeinigt hatten, was Oppenheimer die Hauptrichtung der Sache nannte –, zog er aus.

Ein paar Meilen entlang der Küstenschnellstraße, in dem Teil von Malibu, der von der Straße aus aussieht wie eine lange Reihe verwitterter, zusammengedrängter Hütten, mietete er das Erdgeschoß eines sehr kleinen zweistöckigen Strandhauses. Es hatte ein bescheidenes Panoramafenster, das auf den Ozean hinausging, und eine sandige kleine Betonterrasse, aber das war praktisch auch schon alles. Erst nachdem er eingezogen war – und die geforderten drei Monatsmieten im voraus bezahlt hatte –, merkte er, daß die Wohnung beinahe so düster und feucht war wie sein Keller in New York. Da begann er sich auf lang vertraute Weise um sich selbst zu sorgen:

Vielleicht war er unfähig, Licht und Weite in der Welt zu finden; vielleicht suchte sein Wesen immer nach Dunkelheit und Enge und Verfall. Vielleicht – und das war ein Ausdruck, der damals gern in Zeitschriften verwendet wurde – war er eine selbstzerstörerische Persönlichkeit.

Um diese Gedanken loszuwerden, fielen ihm mehrere gute Gründe ein, warum er sofort in die Stadt fahren und seinen Agenten aufsuchen sollte; und kaum schnurrte sein Mietauto draußen in der nachmittäglichen Sonne an Massen von leuchtendem tropischen Grün vorbei, schon fühlte er sich besser.

Der Agent hieß Edgar Todd, und sein Büro befand sich weit oben in einem neuen Wolkenkratzer am Rand von Beverly Hills. Jack war drei-, oder viermal bei ihm gewesen – das erste Mal, als er sich erkundigte, wie er an ein Foto mit Autogramm von Richard Chamberlain kommen sollte, was Edgar Todd mit einem kurzen beiläufigen Anruf erledigte –, und jedes Mal war er sich bewußter geworden, daß Edgars Sekretärin, Sally Baldwin, ein auffallend attraktives Mädchen war.

Auf den ersten Blick gehörte sie nicht in die Kategorie »Mädchen«, weil ihr sorgfältig frisiertes Haar grau war, mit silbernen Strähnen, aber Form und Festigkeit ihres Gesichts und die schlanke, geschmeidige, langbeinige Weise, wie sie sich bewegte, deuteten darauf hin, daß sie nicht älter als fünfunddreißig war. Sie hatte einmal zu ihm gesagt, daß sie sein Buch »liebe« und überzeugt sei, daß eines Tages ein wunderbarer Film daraus würde; ein anderes Mal sagte sie, als er das Büro verließ: »Warum sehen wir Sie nicht öfter? Kommen Sie wieder und besuchen Sie uns.«

Aber heute war sie nicht da. Sie saß nicht an ihrem ordentlichen Sekretärinnenschreibtisch in dem mit Teppich ausgelegten Vorzimmer von Edgars Büro, auch sonst war sie nirgends zu sehen. Es war Freitagnachmittag; wahrscheinlich war sie früh nach Hause gegangen, und er verspürte eine kühle Enttäuschung, bis er sah, daß die Tür zu Edgars Büro einen Spaltbreit offen stand. Er klopfte leise, zweimal, dann schob er sie auf und trat ein – und da war sie, schöner als je zuvor, sie saß an Edgars riesigem Schreibtisch, die Buchrücken von mindestens tausend farbig gebundenen Romanen bildeten den Hintergrund ihres hübschen Gesichts. Sie las.

»Hallo, Sally«, sagte er.

»Oh, hallo. Freut mich, Sie zu sehen.«

»Ist Edgar schon gegangen?«

»Er hat gesagt, er will zum Mittagessen, allerdings glaube ich, daß wir ihn erst nächste Woche wiedersehen werden. Aber ich freue mich über die Unterbrechung. Ich lese gerade den schlechtesten Roman des Jahres.«

»Sie lesen für Edgar?«

»Ja, meistens. Er hat keine Zeit dafür, und außerdem haßt er lesen. Ich tippe kurze ein- oder zweiseitige Zusammenfassungen von den Büchern, die reinkommen, und die liest er.«

»Aha. Hören Sie, Sally, wollen Sie mit mir etwas trinken gehen?«

»Liebend gern«, sagte sie und schlug das Buch zu. »Ich dachte schon, Sie würden mich nie fragen.«

Und keine zwei Stunden später hielten sie an einem kleinen dunklen Tisch in der Bar eines berühmten Hotels schüchtern, aber fest Händchen, weil klar und abgemacht war, daß sie am Abend mit ihm nach Hause kommen – und als logische Folge das ganze Wochenende mit ihm verbringen würde. Während er sie ansah, fühlte sich Jack Fields so ruhig und stark und voller Leben, als wäre ihm nie durch den Kopf gegangen, daß er eine selbstzerstörerische Persönlichkeit sein könnte. Er fühlte sich wohl. Die Welt war noch in Ordnung, jeder wußte schließlich, was sie in Schwung hielt.

»Hör mal, Jack«, sagte sie. »Könnten wir zuerst noch woanders vorbeifahren? Hier in Beverly? Weil ich noch ein paar Sachen holen will, und außerdem will ich dir zeigen, wo ich wohne.«

Und sie dirigierte ihn die leichte Steigung hinauf, auf der sich die ersten Wohnviertel von Beverly Hills befinden, bevor die steileren Anhöhen beginnen. Er stellte fest, daß alle Straßen leicht geschwungen waren, als hätten die Stadtplaner den Gedanken an gerade Linien nicht ertragen, und daß in präzise abgemessenen Abständen sehr hohe, elegante, schlanke Palmen standen. Manche der Häuser in diesen Straßen waren fürstlich, andere waren schlicht, und wieder andere waren häßlich, aber alle ließen auf einen Reichtum schließen, der jenseits der Vorstellungskraft eines gewöhnlichen Menschen lag.

»Wenn du die nächste links fährst«, sagte Sally, »sind wir praktisch da. Gut.... Hier.«

»Du wohnst *hier*?«

»Ja. Ich kann alles erklären.«

Es war ein riesiges weißes Herrenhaus wie im alten Süden: Mindestens sechs Säulen ragten von der Eingangsveranda zu einem luftigen Portikus auf, überall sonnenbeschienene Fenster, auf einer Seite ein langer Anbau in Form eines Flügels und hinter einem Swimmingpool mehrere miteinander verbundene Nebengebäude von der gleichen Farbe und im gleichen Stil.

»Wir gehen immer so rein, am Swimmingpool vorbei«, sagte Sally. »Niemand benutzt die Vordertür.«

Der große Raum, in den sie ihn von der Terrasse am Pool aus führte, war, was man vermutlich ein Kaminzimmer nannte, aber es hätte auch eine Bibliothek sein können, wenn sie es irgendwie geschafft hätte, Edgar Todds tausend Romane vom Büro hierher zu bringen. Die hohen Wände waren mit schönem dunklen Holz getäfelt, es standen tiefe Ledersofas und -sessel herum, und es gab einen Kamin, in dem kleine Flammen züngelten, obwohl es ein milder Tag war. Um den Kamin waren gußeiserne, ledergepolsterte Bänke arrangiert, und auf einer Bank saß, vom Feuer abgewandt und die verschränkten Hände zwischen den Oberschenkeln, ein blasser, trauriger, ungefähr dreizehnjähriger Junge, der aussah, als würde er dort sitzen, weil er sonst nichts zu tun hatte.

»Hallo, Kick«, sagte Sally zu ihm. »Kicker, ich möchte dir Jack Fields vorstellen. Das ist Kicker Jarvis.«

»Hallo, Kicker.«

»Hallo.«

»Hast du heute das Dodgers-Spiel gesehen?«

»Nein.«

»Oh? Warum nicht?«

»Ich weiß nicht, ich hatte keine Lust.«

»Wo ist deine schöne Mutter?«

»Ich weiß nicht. Wahrscheinlich zieht sie sich um.«

»Kickers schöne Mutter ist eine alte Freundin von

mir«, erklärte Sally. »Ihr gehört dieses Wahnsinnshaus, ich wohne nur hier.«

»Ja?«

Und als kurz darauf die Mutter des Jungen den Raum betrat, dachte Jack, daß sie wirklich schön war – so groß und anmutig wie Sally und noch besser aussehend, mit langem schwarzen Haar und blauen Augen, die beim Klang ihres Namens automatisch kokett aufleuchteten: Jill.

Aber er wollte heute abend gar keine begehrenswertere Frau als Sally kennenlernen – Sally war im Augenblick schon mehr als genug, sogar für Hollywood –, deswegen betrachtete er Jill Jarvis genau, um etwas Leeres oder Verkümmertes in ihrem herzförmigen Gesicht zu entdecken, obwohl er kaum Zeit hatte, es zu studieren, bevor sie sich abwandte.

»Sally, schau mal«, sagte sie und warf Sally ein schweres Taschenbuch in die Hände. »Ist das nicht toll? Ich meine wirklich toll? Ich habe es vor vielen Wochen schon bestellt und mittlerweile fast aufgegeben, aber heute kam es endlich mit der Post.« Jack warf höflich einen Blick darauf und sah den Titel, der lautete *Das große Kreuzworträtsel-Lösungsbuch*. »Schau nur, wie dick es ist«, beharrte Jill. »Ich werde *nie* wieder in einem Kreuzworträtsel stecken bleiben.«

»Wunderbar«, sagte Sally und gab es ihr zurück. Dann sagte sie: »Entschuldige mich kurz, Jack, okay?« Sie eilte ins Wohnzimmer, das so groß schien wie ein See, und er sah zu, wie sie mit ihren hübschen Beinen in einem Streifen blassen Nachmittagslichtes lautlos eine Treppe hinauflief.

Jill Jarvis bat ihn, sich zu setzen, ging irgendwohin, um »Drinks zu holen« und ließ ihn in einem zunehmend verlegenen Schweigen mit Kicker allein.

»Gehst du hier in der Gegend in die Schule?« fragte Jack.

»Ja.«

Und das war das Ende ihres Gesprächs. Die Comicseite der *Los Angeles Times* vom letzten Sonntag lag aufgeschlagen auf der Kaminbank, und der Junge drehte sich zur Seite, neigte sich darüber und starrte sie an, aber Jack war ziemlich sicher, daß er nicht las oder auch nur die Bilder anschaute; er wartete darauf, daß seine Mutter zurückkehrte.

Über dem Kamin, an dem Platz, der eindeutig für ein schweres altes Gemälde bestimmt war, ein Porträt oder eine Landschaft, hing statt dessen ein kleines, mit grell bunten Farben auf schwarzem Samt gemaltes Bild, das Gesicht eines melancholisch dreinblickenden Zirkusclowns: Die Unterschrift des Malers, so auffällig plaziert, daß es der Titel hätte sein können, war: »Starr aus Hollywood.« Es war die Art Bild, die man an den Wänden drittklassiger Bars oder Imbisse überall in den Vereinigten Staaten und in den stickigen Wartezimmern erfolgloser Ärzte und Zahnärzte sah; es wirkte so idiotisch fehl am Platz in diesem Zimmer, daß die Vermutung nahe lag, es handele sich um einen Witz – aber andererseits war auch *Das große Kreuzworträtsel-Lösungsbuch* fehl am Platz, das jetzt auf einem Beistelltisch lag, der zweitausend Dollar gekostet haben mußte.

»Ich kann mir gar nicht vorstellen, wo Woody bleibt«, sagte Jill, als sie ein Tablett mit Drinks hereintrug.

»Soll ich im Atelier anrufen?« fragte Kicker.

»Nein, mach dir keine Umstände, er wird schon kommen. Du kennst doch Woody.«

Dann kam Sally die Treppe wieder herunter mit einer mexikanischen Strohtasche, die erfreulich voll war – sie hatte wirklich vor, das Wochenende mit ihm zu verbringen –, und sagte: »Bleiben wir noch auf einen Drink, Jack, und dann fahren wir.«

Aber sie tranken zwei, weil Woody lächelnd nach Hause kam, während sie den ersten tranken, und darauf bestand, daß sie für einen zweiten blieben. Er war ungefähr so alt wie Jack oder etwas jünger, von mittlerer Größe und schlanker Statur, er trug Jeans und indianische Mokassins mit Fransen und ein aufwendig gemachtes Hemd, das mit Metallschnallen statt mit Knöpfen zu schließen war. Er bewegte sich auf sehr geschmeidige Art, mit federnden Knien, und sein Gesicht zeugte von dem unverhüllten Eifer, gemocht zu werden.

»Na ja, es ist sicherlich schön draußen in Malibu«, sagte er, als er sich endlich in einen Sessel setzte. »Ich habe ein paar Jahre dort gewohnt – eine kleine Wohnung, aber sehr hübsch. Mittlerweile gefällt es mir jedoch hier in Beverly. Ich fühle mich hier zu Hause, anders kann ich es nicht sagen, und wissen Sie, was komisch ist? Ich habe mich nie zuvor im Leben so gefühlt. Soll ich Ihnen nachschenken?«

»Nein, danke«, sagte Jack. »Wir fahren jetzt besser los.«

»Wann sollen wir nach dir suchen, Sally?« fragte Jill.

»Ach, ich weiß nicht«, rief Sally, als sie und Jack zur Terrassentür gingen, Jack trug die mexikanische Tasche. »Ich rufe dich morgen irgendwann an, okay?«

»Ich erlaube nicht, daß Sie sie uns für immer wegneh-
men, Jack«, rief Woody. »Sie müssen versprechen, sie
bald zurückzubringen, okay?«

»Okay«, sagte Jack. »Ich verspreche es.«

Und sie waren frei und allein, eilten am Swimmingpool vorbei und die Einfahrt entlang zu seinem warten-
den Auto. Auf dem ganzen Weg nach Hause – und die
Fahrt schien in der gerade hereinbrechenden Dunkelheit
dieses stillen duftenden Abends überhaupt nicht lange
zu dauern – hätte er am liebsten laut gelacht, denn so
hätte es in seinem Leben schon immer sein sollen. Es
war ziemlich gut: Es kam Geld rein, es war Wochenende,
und neben ihm saß eine Frau, die ihn an der Küste des
pazifischen Ozeans lieben würde.

»Ich finde sie irgendwie – putzig«, sagte Sally zu seiner Wohnung. »Natürlich ist sie klein, aber du könntest
einiges daraus machen.«

»Ja, wahrscheinlich werde ich nicht lange genug hier
sein, um viel zu machen. Möchtest du was trinken?«

»Nein, danke. Warum kommst du nicht einfach – «
Sie wandte sich vom schwarzen Panoramafenster ab,
um ihn anzulächeln, wirkte gleichzeitig wagemutig und
schüchtern, und wandte dann fast unmerklich den Blick
ab. »Warum kommst du nicht einfach her, so daß wir
übereinander herfallen können.«

Keine andere Frau, die er gekannt hatte, hatte einen
eleganteren Übergang von Bekanntschaft zu Intimität
vollzogen. Es hatte nichts Peinliches, wie sie sich auszog,
und auch nichts Angeberisches: Die Kleidungsstücke fielen oder wurden von ihr geworfen, als hätte sie den ganzen Tag darauf gewartet, sie loszuwerden; dann schlüpfte

sie in sein Bett und wandte sich ihm zu mit einem Blick des Begehrens, der es mit jedem Filmblick aufnehmen konnte. Ihr langer Körper war stark und zart, und sie schien stolz darauf zu sein, zu wissen, wie Männer das Fleisch einer Frau begehrten. Es sollte sehr lange dauern, bis er wieder an eine andere Frau oder ein anderes Mädchen würde denken können.

»Hörst du die Brandung?« sagte sie später, als sie friedlich nebeneinanderlagen. »Ist das nicht ein wunderbares Geräusch?«

»Ja.«

Aber Jack Fields, der sich an ihren Rücken schmiegte, einen Arm um sie gelegt hatte und ihre schöne Brust in der Hand spürte, achtete nicht auf die Brandung. Er war zu glücklich und zu schläfrig, um mehr als einen einzigen zusammenhängenden, zum Glück geheimen Gedanken zustande zu bringen: F. Scott Fitzgerald trifft Sheilah Graham.

Sally Baldwin war als Sally Munk aufgewachsen – »Mann, ich konnte es gar nicht *erwarten*, den Namen loszuwerden« – in einer kalifornischen Industriestadt, in der ihr Vater als Elektriker gearbeitet hatte, bevor er früh gestorben war. Anschließend hatte ihre Mutter viele Jahre eine Stelle als Änderungsschneiderin in der Anprobe eines Kaufhauses. In der Highschool war Sally als Nebendarstellerin ausgewählt worden für eine Reihe von B-Movies über das Leben von Jugendlichen – »so wie die alten Andy-Hardy-Filme, nur längst nicht so gut; aber immer noch viel besser als dieses dumme kleine Beachball-Bikini-Zeug, mit dem die Kinder heutzutage abgespeist werden« –, aber ihr Vertrag war beendet worden, als sie zu groß für ihre Rollen wurde. Das College hatte sie mit dem Rest ihrer Filmgagen und später mit Jobs als Kellnerin finanziert. »Cocktailkellnerin ist am schlimmsten«, erklärte sie. »Man verdient am meisten, aber es kann wirklich – wirklich demoralisierend sein.«

»Hast du diese bis zur Hüfte reichenden schwarzen Netzstrümpfe getragen?« fragte er und dachte, daß sie sensationell ausgesehen haben mußte. »Und diese kleinen – «

»Ja, ja, das ganze Zeug«, sagte sie ungeduldig. »Und dann habe ich bald geheiratet. Hat ungefähr neun Jahre gehalten. Er war Rechtsanwalt – ist Rechtsanwalt, meine ich. Weißt du, daß man sagt, man soll keinen Rechtsanwalt heiraten, weil man beim Streiten immer den kürzeren zieht? Entspricht ziemlich genau der Wahrheit. Wir hatten keine Kinder – zuerst hat er gesagt, er will keine, und später hat sich herausgestellt, daß ich keine kriegen kann. Ich habe ein Dings, ein Fibrom.«

Es war früher Nachmittag, als sie in Liegestühlen auf der sandigen kleinen Terrasse lagen und Sally die Geschichte von Jill Jarvis und ihrem Haus erzählte.

»... Ich weiß nicht wirklich, woher sie das viele Geld hat«, sagte sie. »Ich weiß, daß sie schrecklich viel von ihrem Vater bekommt, er lebt irgendwo in Georgia, und ich weiß, daß seine Familie seit schrecklich langer Zeit schrecklich viel davon hat, aber ich weiß nicht wirklich, womit sie das Geld *gemacht* haben. Baumwolle vermutlich. Und Frank Jarvis ist natürlich auch reich, und sie kam aus der Ehe raus mit einer ziemlich hübschen Abfindung und dem Haus. Und als *meine* Ehe zerbrach, hat sie mich gefragt, ob ich bei ihr wohnen will, und ich war – begeistert. Ich habe das Haus schon immer geliebt – und liebe es jetzt noch; wahrscheinlich werde ich es immer lieben. Außerdem wußte ich nicht, wo ich sonst hin sollte. Ich wußte nur, daß das Beste, was ich mir mit meinem Gehalt leisten kann, eine ordentliche kleine Wohnung im Valley gewesen wäre, und das ist meine Definition von geistigem Selbstmord. Lieber esse ich Würmer, als im Valley zu leben.

Und Jill hat sich wirklich bemüht, es mir hübsch zu machen. Sie hat einen professionellen Raumausstatter engagiert, und du solltest es wirklich sehen, Jack. Du wirst es sehen. Eigentlich ist es nur ein großer Raum, aber er ist so groß wie drei Zimmer zusammen, und er ist hell und sonnig, und überall sieht man Grün. Ich liebe ihn. Ich liebe es, nach einem Tag im Büro dort hineinzugehen, meine Schuhe auszuziehen und eine Weile rumzutanzen und zu denken: Wow. Schaut mich an. Die dämliche Sally Wie-heißt-sie-gleich aus Nirgendwo in Kalifornien.«

»Ja«, sagte er, »das klingt nett.«

»Nach einer Weile habe ich mir dann gedacht, daß sie mich vor allem als – na ja, als Tarnung haben wollte. Sie lebte damals mit einem Collegestudenten zusammen, der gerade seinen Abschluß gemacht hatte, und sie schien zu glauben, daß es besser aussieht, wenn zwei Frauen im Haus sind. Irgendwie habe ich sie schließlich danach gefragt, und sie war überrascht, daß ich überhaupt fragen mußte – sie dachte, ich hätte es von Anfang an begriffen. Ich habe mich ein bißchen – ich weiß nicht – komisch gefühlt.«

»Ja, das verstehe ich.«

»Wie auch immer, der Student war nur ein oder zwei Jahre da, und seitdem ist eine ganze Parade durchgezogen. Ich nenne dir nur die wichtigsten. Da war ein Rechtsanwalt, der ein Freund ihres Exmannes war – und ein Freund meines Exmannes, was ein bißchen doof war –, und da war ein Mann aus Deutschland namens Klaus, der eine VW-Niederlassung in der Stadt hat, er war gut mit Kicker.«

»Wie meinst du das, er war ›gut‹ mit ihm?«

»Er ist mit ihm zum Baseball gegangen oder ins Kino, und er hat viel mit ihm geredet. Das ist wichtig für einen Jungen ohne Vater.«

»Sieht er seinen Vater nicht oft?«

»Nein. Es ist schwer zu erklären, aber nein – überhaupt nicht. Weil Frank Jarvis immer gesagt hat, er glaubt nicht, daß er überhaupt Kickers Vater ist, deswegen wollte er nie etwas mit ihm zu tun haben.«

»Oh.«

»Ja, von solchen Situationen hört man öfters, sie sind nicht ungewöhnlich. *Wie* auch immer, Klaus ist nach einer Weile ausgezogen, und jetzt wohnt Woody bei uns. Hast du den blöden Clown über dem Kamin gesehen? Der ist von ihm – er hat ihn gemalt. Woody Starr. Starr aus Hollywood. Und natürlich kann man ihn als Künstler nicht ernst nehmen, es sei denn man hat diesbezüglich das geistige Niveau von Jill. Er ist einfach nur ein liebenswürdiger Kerl, der durch die Touristen ein paar Dollar verdienen will. Er hat einen Laden am Hollywood Boulevard – er nennt es ›das Atelier‹ – mit einem kitschigen Schild über dem Gehsteig; und er malt nicht nur Clowns –

er macht mondbeschienene Seen auf schwarzem Samt und Winterszenen auf schwarzem Samt und Berge mit Wasserfall und Gott weiß was noch. Wie auch immer, Jill ist eines Tages in seinen Laden geschlendert und hat gedacht, daß dieser Schund auf schwarzem Samt schön ist. Es ist erstaunlich, was für einen lausigen Geschmack sie hat, in jeder Hinsicht, nur bei Kleidung nicht. Und vermutlich hat sie auch gedacht, daß Woody Starr schön ist, weil sie ihn am selben Abend mit nach Hause genommen hat. Das war vor ungefähr drei Jahren.

Und das Komische ist, er ist wirklich liebenswert. Er bringt einen zum Lachen. Er ist sogar – auf seine Weise – interessant. Er war mit der Handelsmarine überall auf der Welt und kennt eine Menge Geschichten. Ich weiß nicht. Man schließt ihn allmählich ins Herz. Und es ist wirklich rührend, wie er mit Kicker ist. Ich glaube, Kicker liebt ihn noch mehr als Klaus.«

»Woher hat er den Namen?«

»Welchen Namen? Starr?«

»Nein, der Junge.«

»Kicker? Ach, Jill hat damit angefangen. Sie hat immer gesagt, daß er sie fast zu Tode getreten hat, bevor er geboren wurde. Sein richtiger Name ist Alan, aber versuch nicht, ihn Al oder so zu nennen. Nenn ihn Kicker.«

Als Jack aufstand und ins Haus ging, um weitere Drinks zu holen, dachte er, daß es viel besser wäre, wenn Sally wie eine richtige Sekretärin in einer richtigen Wohnung leben würde. Vielleicht könnten sie es aber auch so einrichten, daß sie die meiste Zeit hier am Strand verbrachten; außerdem war es zu früh, sich wegen so etwas Gedanken zu machen. Sein ganzes Leben lang, so schien es jetzt, hatte er sich zu früh Gedanken gemacht und sich damit vieles verbaut.

»Weißt du was, Sally?« sagte er und trug ihre vollen, kalten Gläser nach draußen, und er wollte sagen: »Du hast wirklich tolle Beine«, aber statt dessen sprach er das alte Thema an: »Es klingt, als würdest du in einem ziemlich kaputten Haushalt leben.«

»Ja, ich weiß«, sagte sie. »Jemand anders, den ich kannte, hat es ›degeneriert‹ genannt. Das schien mir ein zu starkes Wort, aber später verstand ich ihn.«

Es war das erste Mal, daß sie »jemand anders, den ich kannte« oder »ihn« erwähnte, und als Jack an seinem klimpernden Whiskey nippte, gab er schmollend einem sauertöpfischen irrationalen Eifersuchtsanfall nach. Wie viele Männer hatte sie im Lauf der Jahre in Edgar Todds Büro kennengelernt und war mit ihnen lachend etwas trinken gegangen? Und wahrscheinlich hatte sie zu jedem gesagt: »Könnten wir zuerst noch woanders vorbeifahren? Hier in Beverly? Weil ich noch ein paar Sachen holen will, und außerdem will ich dir zeigen, wo ich wohne.« Schlimmer: Nachdem sie sich die ganze Nacht in den Betten dieser Männer gewunden und gestöhnt hatte, hatte sie wahrscheinlich zu jedem gesagt, daß er »wunderbar« sei, so wie sie es in den frühen Morgenstunden zu Jack Fields gesagt hatte.

Waren sie alle Schriftsteller gewesen? Wenn ja, wie zum Teufel hießen sie? Wahrscheinlich waren auch ein paar Filmregisseure dabei gewesen und Filmtechniker und alle möglichen Leute, die irgendwas mit Fernsehshows zu tun hatten.

Er verdarb sich die Laune, und die einzige Möglichkeit,

damit aufzuhören, war, wieder zu sprechen: »Du siehst wirklich viel jünger aus als sechsunddreißig, Sally«, sagte er. »Ich meine abgesehen von – «

»Ich weiß, abgesehen von den Haaren. Ich hasse sie. Sie sind grau, seit ich sechsundzwanzig bin, ich habe sie gefärbt, aber das sah auch nicht gut aus.«

»Nein, sie sind toll. Ich wollte nicht – « Und er beugte sich auf der Kante seines Liegestuhls gewichtig vor und begann mit einer Entschuldigung, die ihn hilflos von einem lahmen Satz zum nächsten taumeln ließ. Er sagte, ihr Haar sei das erste gewesen, was er attraktiv an ihr gefunden habe, und als ihm ihr Blick bedeutete, daß sie seine Lüge durchschaute, gab er sie rasch auf und versuchte es mit etwas anderem. Er sagte, er habe immer gefunden, daß vorzeitig ergrautes Haar eine hübsche junge Frau »interessant« oder »geheimnisvoll« machen würde; er sagte, er sei überrascht, daß sich nicht jede Menge Frauen das Haar grau *färbten*, und da mußte sie lachen.

»O Gott, du entschuldigst dich aber wirklich gern. Wenn ich dich weiterreden ließe, würdest du wahrscheinlich nie aufhören.«

»Okay«, sagte er, »aber hör mal, ich will dir etwas anderes sagen.« Er ging zu ihrem Liegestuhl, setzte sich mit einer Gesäßhälfte auf die Kante und begann, ihren warmen, festen Oberschenkel zu massieren. »Ich finde, du hast die tollsten Beine, die ich je gesehen habe.«

»Oh, das fühlt sich gut an«, sagte sie, und ihre Lider senkten sich kaum merklich. »Das fühlt sich wirklich gut an. Weißt du was, Jack? Wir vergeuden noch den ganzen Nachmittag, wenn wir nicht bald aufstehen, ins Haus gehen und miteinander schlafen.«

Am Montagmorgen, mit roten Augen und zittrig vor Schlafmangel, fuhr er sie zu Edgar Todds Büro und begann zu fürchten, daß sie nie wieder eine so gute Zeit miteinander verbringen würden. Alle zukünftigen Tage und Nächte könnten verdorren unter der Anstrengung, dieses erste Wochenende wiederaufleben zu lassen. Sie würden unangenehme, abstoßende Dinge beim anderen entdecken; sie würden kleine Mißstände suchen und finden; sie würden streiten; sie würden sich langweilen.

Er fuhr sich mit der Zunge über die Lippen. »Darf ich dich anrufen?«

»Wie meinst du das, ob du mich anrufen darfst?« sagte sie. »Wenn du es nicht tust, wirst du den Rest nicht erfahren.«

In dieser Woche verbrachte sie mehrere Nächte bei ihm, ebenso das nächste Wochenende und einen Großteil der folgenden Woche. Erst danach mußte er wieder in Jill Jarvis' Haus, und das auch nur, weil Sally unbedingt wollte, daß er ihre Wohnung sah.

»Gib mir fünf Minuten, um ein bißchen aufzuräumen, Jack, okay?« sagte sie im Kaminzimmer. »Warte hier und unterhalte dich mit Woody, und ich hole dich, wenn ich fertig bin.« Und er blieb lächelnd allein mit Woody Starr, der ebenfalls nervös schien.

»Also, ich hab nur ein Problem mit Ihnen, Jack«, sagte Woody, als sie sich in die Ledersessel setzten, halb einander zugewandt, »nämlich, daß Sie Sally zu sehr für sich beanspruchen. Wir vermissen sie. Es ist, als hätten wir ein Familienmitglied verloren. Warum bringen Sie sie nicht öfter nach Hause?« Dann, ohne eine Antwort abzuwarten, sprach er eilig weiter, als wäre beständiges

Reden die beste Abhilfe bei Schüchternheit. »Nein, aber im Ernst. Sally gehört zu meinen liebsten Freunden. Ich halte unheimlich viel von ihr. Sie hatte kein einfaches Leben, aber man merkt es ihr nicht an. Sie ist einer der feinsten Menschen, die ich kenne.«

»Ja«, sagte Jack, und das Leder knarzte, als er das Gewicht verlagerte. »Ja, sie ist wirklich toll.«

Dann kam Kicker über die Terrasse hereingelaufen und sprach konzentriert und lebhaft mit Woody Starr über ein kaputtes Fahrrad.

»Also, wenn das Kettenrad das Problem ist, Kick«, sagte Woody, nachdem er die Fakten sortiert hatte, »müssen wir es in den Fahrradladen bringen. Besser, daß die Leute dort sich drum kümmern, bevor wir noch mehr kaputt machen, oder?«

»Aber der Laden ist *geschlossen*, Woody.«

»Er ist für heute geschlossen, aber wir können's morgen hinbringen. Warum hast du's so eilig?«

»Ach, ich weiß nicht. Ich wollte – damit zum Feuerwehrhaus fahren. Ein paar Jungs aus der Schule sind dort.«

»Ich kann dich hinbringen, Kick, kein Problem.«

Der Junge blickte auf den Teppich und schien kurz darüber nachzudenken, bevor er sagte: »Nein, ist schon okay, Woody. Ich kann morgen hinfahren oder irgendwann anders.«

»Fertig?« rief Sally von der Tür. »Wenn Sie mir jetzt bitte folgen wollen, Sir, bringe ich Sie hinauf und zeige Ihnen mein professionell eingerichtetes Appartement.«

Sie führte ihn durch das eigentliche Wohnzimmer – er sah davon nur eine riesige Fläche gewachsten Boden und Berge von cremefarbenen Polstermöbeln, die im rosa

Abendlicht, das durch die großen Fenster fiel, zu schweben schienen – und die elegante Treppe hinauf. Im ersten Stock gingen sie einen Flur entlang und an drei oder vier geschlossenen Türen vorbei; dann öffnete sie die letzte Tür, trat mit einer theatralischen Pirouette ein und stand strahlend da, um ihn willkommen zu heißen.

Es war wirklich so groß wie drei Zimmer zusammengenommen, und die Decke war ungewöhnlich hoch. Die Wände waren von einem zarten Blaßblau, das der professionelle Raumausstatter als »richtig« für Sally empfunden haben mußte, viel Platz an den Wänden wurde indes von Glas eingenommen: riesige, goldgerahmte Spiegel auf einer Seite und L-förmige französische Fenster an den beiden anderen, daneben schwere Vorhänge, um über die Scheiben zu gleiten und zu schwingen. Im Raum standen zwei Doppelbetten, was Jack für etwas übertrieben hielt, selbst für einen professionellen Raumausstatter, und auf Truhen und Beistelltischen, die über die weite Fläche des dicken weißen Teppichs verteilt waren, ragten große Keramiklampen mit über einem Meter hohen Stoffschirmen auf. In einer Ecke am anderen Ende stand ein sehr niedriger, runder schwarzer Lacktisch mit einem Blumenarrangement in der Mitte, um den in regelmäßigen Abständen Kissen auf dem Boden lagen, als wäre alles bereit für ein japanisches Mahl; in einer anderen Ecke, nahe der Tür, steckte in einem Schirmständer aus Keramik ein Bouquet langer Pfauenfedern.

»Ja«, murmelte Jack, drehte sich und blinzelte ein wenig vor Anstrengung, alles aufzunehmen. »Ja, das ist wirklich hübsch, Liebling. Ich kann verstehen, warum es dir gefällt.«

»Geh und schau dir das Bad an«, befahl sie. »Du hast nie zuvor so ein Bad gesehen.«   ,

Und nachdem er den makellosen Schimmer und Glanz des Bads inspiziert hatte, kam er zurück und sagte: »Ja, stimmt wirklich. Du hast recht. So etwas habe ich noch nie gesehen.«

Er betrachtete eine Weile den japanischen Tisch; dann sagte er: »Benutzt du ihn jemals?«

»Ihn benutzen?«

»Ja, ich dachte nur, daß du hin und wieder fünf oder sechs sehr gute Freunde einlädst, sie in Socken und im Schneidersitz um das Ding Platz nehmen läßt, dann dämpfst du das Licht und holst die Stäbchen, und ihr veranstaltet einen tollen kleinen japanischen Abend.«

Es herrschte Schweigen. »Du machst dich über mich lustig, Jack«, sagte sie, »und ich denke, du wirst noch merken, daß das keine gute Idee ist.«

»Ach, Baby, komm schon. Ich wollte nur – «

»Der *Raum*ausstatter hat ihn hingestellt«, sagte sie. »Ich wurde nicht gefragt, weil Jill wollte, daß das ganze Appartement eine Überraschung für mich wäre. Außerdem habe ich ihn nie komisch gefunden. Ich finde ihn als *Dekoration* sehr schön.«

Und sie hatten sich von dieser Unstimmigkeit noch nicht erholt, als sie wieder hinuntergingen und einen neuen Gast vorfanden, der zur Cocktailstunde gekommen war. Es war ein kleiner, stämmiger, etwas orientalisch wirkender junger Mann namens Ralph, der Sally umarmte und an sich drückte, was sie sich hingerissen gefallen ließ, obwohl sie sich hinunterbeugen mußte, dann streckte er eine stummelige Hand aus und sagte zu Jack, er freue sich, ihn kennenzulernen.

Jill erklärte, daß Ralph Ingenieur sei, und sprach das Wort aus, als wäre es eine seltene Auszeichnung. Er habe gerade erzählt, daß er jetzt für eine »großartige« Firma arbeite – eine kleine Firma, die aber schnell wachse, weil sie »wunderbare« neue Aufträge hätten. War das nicht aufregend?

»Es ist mein Chef, der für die Aufregung sorgt«, sagte Ralph und kehrte zu seinem Stuhl und seinem Drink zurück. »Cliff Myers. Er ist ein Dynamo. Hat die Firma vor acht Jahren gegründet, als er nach dem Koreakrieg aus der Marine entlassen wurde. Hat mit ein paar kleinen Routineaufträgen von der Marine angefangen, dann hat er noch andere Sparten dazugenommen, und seitdem ist er nicht mehr aufzuhalten. Bemerkenswerter Mann. Er nimmt seine Leute hart ran, keine Frage, aber sich selbst nimmt er noch härter ran. Gebt ihm noch zwei oder drei Jahre, und er hat das bekannteste Ingenieurbüro in L. A., wenn nicht in ganz Kalifornien.«

»Wunderbar«, sagte Jill. »Und ist er noch jung?«

»Achtunddreißig, das ist ziemlich jung in diesem Geschäft.«

»So etwas gefällt mir immer«, sagte Jill leidenschaftlich und kniff die Augen zusammen. »Mir gefallen Männer, die losziehen und erreichen, was sie wollen.«

Und Woody Starr blickte in sein Glas mit einem kleinen selbstironischen Lächeln, das darauf schließen ließ, daß er sich durchaus im klaren darüber war, wie selten er losgezogen war oder wie wenig er erreicht hatte außer einem blöden kleinen Souvenirladen am Hollywood Boulevard.

»Ist er verheiratet?« erkundigte sich Jill diskret.

»Oja, sehr nette Frau, keine Kinder. Sie haben ein schönes Haus in Pacific Palisades.«

»Warum bringst du sie nicht mal mit, Ralph? Meinst du, das würde ihnen gefallen? Weil ich sie wirklich gern kennenlernen würde.«

»Ja, klar, Jill«, sagte Ralph, obwohl kurz ein verlegener Ausdruck auf seinem Gesicht aufflackerte. »Das würde ihnen bestimmt gefallen.«

Das Gespräch wandte sich anderen Dingen zu – oder es versank vielmehr für mindestens eine Stunde in unsinnigen Hänseleien und Geplänkel oder in Anekdoten über alte Zeiten, denen Jack nicht folgen konnte. Er suchte immer wieder die Gelegenheit, Sally zum Aufstehen und Gehen zu bewegen, aber sie hatte eindeutig soviel Spaß, lachte stets mit, daß er nur die Zähne zusammenbeißen und lächeln konnte, um seine Geduld unter Beweis zu stellen.

»He, Jill?« sagte Kicker von der Tür zum Eßzimmer, und Jack fiel zum ersten Mal auf, daß er seine Mutter beim Vornamen nannte. »Essen wir irgendwann?«

»Fang schon an, Kick«, sagte sie. »Bitte Nippy, dir etwas zu geben. Wir kommen bald.«

»... Es ist jeden *Abend* der gleiche bescheuerte Wortwechsel«, sagte Sally später, als sie und Jack in seinem Wagen saßen und zum Strand fuhren. »Kicker sagt immer: ›Essen wir irgendwann?‹, und sie gibt ihm genau die gleiche Antwort; *beide* tun so, als wäre es nicht jeden Abend das gleiche. Manchmal will sie erst um halb elf oder um elf essen, und das Essen ist verkocht, aber alle sind so fertig, daß es ihnen egal ist. Wenn du die schönen

Stücke Fleisch sehen würdest, die in der Küche verderben. O Gott, wenn sie nur etwas mehr – ich weiß nicht. Ich wünschte nur – egal. Ich wünschte viele Dinge.«

»Ich weiß«, sagte er und griff mit der Hand nach ihrem angespannten Schenkel. »Das tue ich auch.«

Sie fuhren, wie es schien, lange schweigend weiter. Dann sagte sie: »Nein, aber mochtest du Ralph, Jack?«

»Ich weiß nicht, ich habe kaum mit ihm gesprochen.«

»Ich hoffe, du lernst ihn besser kennen. Ralph und ich sind seit Jahren befreundet. Er ist mir sehr – sehr lieb.«

Jack zuckte in der Dunkelheit zusammen. Nie zuvor hatte er gehört, daß sie diesen Ausdruck verwendete oder eines seiner kleinen unsinnigen Showbusiness-Äquivalente – »ein sehr süßer Mann«, »eine sehr kämpferische Frau«. Aber sie war an der Peripherie von Hollywood geboren und aufgewachsen; seit Jahren arbeitete sie in einer Hollywood-Agentur und hörte den ganzen Tag Hollywood-Menschen reden. War es ein Wunder, daß etwas von ihrer Sprache auch in ihre gesickert war?

»Ralph ist Hawaiianer«, sagte sie. »Er war ein Freund des Studenten, von dem ich dir erzählt habe, mit dem Jill zusammen war, als ich einzog. Und ich glaube, er tat Jill leid, dieser schrecklich schüchterne Junge aus Hawaii, der nie Spaß zu haben schien. Dann brauchte er eine Wohnung, und sie überließ ihm die Erdgeschoßwohnung im großen Nebengebäude – du weißt schon, das mit der Terrassentür. Gegenüber dem Pool. Wow, und dann hatte er Spaß. Es hat sein Leben verändert. Er hat mir einmal erzählt – das war Jahre später, als er längst wieder ausgezogen war –, er hat gesagt: ›Normalerweise war es, als ob ich Zähne ziehen müßte, so schwer war es, Mädchen dazu zu bringen, mit mir auszugehen, aber damit muß man vermutlich rechnen, wenn man ein komisch aussehender kleiner Kerl mit der falschen Kleidung ist, aber kaum haben sie gesehen, wo ich wohne, kaum haben sie das *Haus* gesehen, das war wie Zauberei.‹ Er hat gesagt: ›Wenn ein Mädchen zwei, drei Drinks intus hatte, ist sie nackt mit mir in den Pool gegangen. Und danach‹, hat er gesagt, ›danach war der Rest ein Kinderspiel.‹« Und Sallys Stimme löste sich in wohlklingendem lüsternem Gelächter auf.

»Ja, das ist nett«, sagte Jack. »Das ist eine nette Geschichte.«

»Und dann«, fuhr Sally fort, »dann hat er mir erzählt, er hat gesagt: ›Ich wußte immer, daß es nicht echt war. Ich wußte, daß die ganze Sache bei Jill getürkt war. Aber ich habe mir gesagt, Ralph, wenn du schon ein Schwindler sein willst, dann kannst du auch ein *richtiger* Schwindler sein.‹ Ist das nicht süß? Ich meine, auf seine eigene unbeholfene komische Art, ist das nicht süß?«

»Ja. Das ist es.«

Aber später in der Nacht, als Sally schlief und er wach lag, als er horchte, wie sich die Wellen auftürmten, brachen, donnerten und zischten, wieder und wieder, fragte er sich, ob Sheilah Graham jemanden als ihr »sehr teuer« bezeichnet hätte. Na ja, vielleicht, oder vielleicht hatte sie den Jargon benutzt, der zu ihrer Zeit in Hollywood Mode war, und Fitzgerald hatte sich wahrscheinlich überhaupt nicht daran gestört. *Er* wußte, daß sie nie Zelda sein würde; und auf diese Weise wußte er auch, daß er sie liebte. Er riß sich jeden Tag für sie zusammen, verzehrte sich nach einem Drink, rührte aber keinen an, steckte das bißchen Energie, das er hatte, in die skizzenhaften ersten Kapitel von *Der letzte Tycoon* und war ergeben und dankbar, daß sie bei ihm war.

Wochenlang waren sie so häuslich wie ein verheiratetes Paar. Abgesehen von den Stunden, die sie im Büro verbrachte, waren sie immer zusammen in seiner Wohnung. Sie machten lange Spaziergänge am Strand und fanden immer neue Plätze, wo sie etwas trinken konnten, wenn sie müde waren. Sie redeten stundenlang – »Du wirst mich *nie* langweilen«, sagte sie, und seine Lunge öffnete sich so weit wie seit Jahren nicht mehr –, und mit dem Drehbuch kam er wesentlich besser voran. Manchmal schaute er nach dem Abendessen von seinem Manuskript auf und sah sie mit angezogenen Beinen auf dem Plastiksofa sitzen und im Lampenlicht stricken – sie strickte Kicker einen dicken Pullover zum Geburtstag –, und dieser Anblick erfreute stets seinen Sinn für Ordnung und Frieden.

Aber es war nicht von Dauer. Bevor der Sommer halb vorbei war, erschrak er eines Abends, als er bemerkte, wie sie ihn eindringlich, traurig und mit glänzenden Augen ansah.

»Was ist los?«

»Ich kann nicht länger hierbleiben, Jack, das ist alles. Ich meine es ernst. Ich kann diese Wohnung absolut nicht länger ertragen. Sie ist vollgestopft und düster und feucht – Herrgott, sie ist nicht feucht, sie ist *nass*.«

»In *diesem* Zimmer ist es immer trocken«, verteidigte er sich, »und es ist auch immer hell tagsüber. Manchmal blendet das Licht so, daß ich die – «

»Aber dieses Zimmer ist nur ungefähr einen halben *Quadrat*meter groß«, sagte sie und stand auf, um ihre Worte zu betonen, »und der Rest ist ein verrottetes altes Grab. Weißt du, was ich heute morgen in der Dusche gefunden habe? Ich habe einen schrecklichen, kleinen, bleichen, durchsichtigen Wurm gefunden, so was wie eine Schnecke nur ohne Haus, und ich bin aus Versehen ungefähr viermal darauf getreten, bevor ich es überhaupt gemerkt habe. Oh, Gott!« Sie schauderte heftig, ließ den dilettantischen grauen Klumpen ihres Strickzeugs fallen und umfasste sich mit beiden Armen, Jack erinnerte sich an seine Tochter in jener anderen ekelhaften Dusche in New York.

»Und das Schlafzimmer!« sagte Sally. »Die Matratze ist ungefähr hundert Jahre alt, schmutzig und stinkt nach Schimmel. Egal, wo ich meine Kleider hinhänge, sie sind immer klamm, wenn ich sie morgens anziehe. Es reicht mir, Jack, das ist alles. Ich werde nicht mehr in nassen Kleidern ins Büro gehen und mich den ganzen Tag winden und *kratzen* müssen, und dabei bleibt es.«

Und so wie sie nach dieser Ansprache ihre Sachen zusammensuchte und die mexikanische Tasche und einen kleinen Koffer packte, war klar, daß sie nicht einmal mehr über Nacht bleiben wollte. Jack saß da, biß sich auf die Lippe und überlegte, was er sagen könnte; dann stand er auf, weil Stehen besser als Sitzen war.

»Ich fahre nach Hause, Jack«, sagte sie. »Du bist herzlich eingeladen mitzukommen, und es wäre mir sehr recht, wenn du es tätest, aber das liegt ganz bei dir.«

Er brauchte nicht lange, um sich zu entscheiden. Er zankte sich ein bißchen mit ihr und täuschte um seines rasch schwindenden Stolzes willen Erbitterung vor, aber in weniger als einer halben Stunde saß er angespannt hinter dem Lenkrad und folgte in respektvollem Abstand ihren Rücklichtern. Er hatte sogar den Stapel seines Drehbuchs dabei und einen Vorrat an Papier und Bleistiften, denn sie hatte ihm versichert, daß es in Jills Haus jede Menge großer, sauberer, gut eingerichteter Räume gab, wo er den ganzen Tag ungestört arbeiten konnte, wenn er es denn wollte. »Und wirklich, wäre es nicht besser, den Rest unserer gemeinsamen Zeit bei mir zu verbringen?« hatte sie gesagt. »Komm schon. Du weißt, daß es besser wäre. Und wieviel Zeit haben wir noch? Sieben Wochen oder so? Sechs?«

Und so wurde Jack Fields für kurze Zeit Bewohner des neoklassischen Anwesens in Beverly Hills. Er zeigte sich dankbarer, als er tatsächlich war, für einen Arbeitsraum im ersten Stock – dazu gehörte auch ein Bad, das fast so luxuriös war wie Sallys –, und die Nächte verbrachten sie gemeinsam in ihrem »Appartement«, in dem keiner von beiden je wieder den japanischen Tisch erwähnte.

Es war notwendig, sich jeden Tag während der Cocktailstunde zu Jill Jarvis zu gesellen, so daß sie, wie widerwillig auch immer, in ihre Welt gezogen wurden. Anfangs gelang es ihnen noch, nach ein, zwei Drinks und einem Augenzwinkern in ein Restaurant zu flüchten und den Abend allein zu verbringen. Später aber ging Sally zu Jacks wachsender Verärgerung immer öfter dazu über, mehr zu trinken und sich mit Jills Gästen zu unterhalten, bis sie dem Ritual des sehr späten Abendessens zu Hause nicht mehr entkamen – bis das uniformierte schwarze Dienstmädchen namens Nippy in der Tür auftauchte und sagte: »Miz Jarvis? Von dem Fleisch wird nix mehr über sein, wenn Sie nicht bald kommen und es essen.«

Angespannt und schwankend, kaum in der Lage, den Blick auf die Teller zu richten, saßen sie da und stocherten in schwarzen Steaks und geschrumpftem, laschem Gemüse, bis sie, als würden sie einen gemeinsamen Widerwillen eingestehen, das meiste des Essens unberührt liegen ließen und in das andere Zimmer zurückkehrten, um weiter zu trinken. Das Schlimmste war, daß Jack mittlerweile auch nichts anderes mehr wollte, als mehr zu trinken. An manchen Abenden waren er und Sally, wenn sie die wankende Treppe hinaufgingen, zu betrunken, um noch irgend etwas anderes zu tun, als sofort zu schlafen; er kroch allein in ihr Bett und schlief auf der Stelle ein, erwachte viele Stunden später, horchte auf das leise Geräusch ihres ruhigen Atems, und öfter als einmal mußte er feststellen, daß es aus dem anderen Doppelbett kam.

Er hatte bemerkt, daß er Sally nicht besonders mochte, wenn sie trank. Ihre Augen nahmen einen erschreckenden Glanz an, ihre Oberlippe wurde schlaff und dick, und sie lachte so kreischend wie ein unbeliebtes Schulmädchen über Dinge, die er überhaupt nicht komisch fand.

Eines Nachmittags kam der junge Hawaiianer, Ralph, noch spät vorbei, der trotz der erfreuten Begrüßungs- und Willkommensschreie der Frauen diesmal ernstlich schlechte Nachrichten überbrachte, als er sich in einen Ledersessel sinken ließ.

»Erinnert ihr euch an den Chef meiner Firma, von dem ich euch erzählt habe?« fragte er. »Cliff Myers? Seine

Frau ist heute morgen gestorben. Herzinfarkt. Im Bad zusammengebrochen. Fünfunddreißig Jahre alt.« Und er senkte den Blick und nippte zögerlich an seinem Scotch, als vollführte er ein Trauersakrament.

Jill und Sally beugten sich angespannt auf ihren Polstern vor, schauten ihn mit runden Augen an, und ihre Münder formten augenblicklich die Silbe »Oh!«, die ihnen gleichzeitig von den Lippen sprang. Dann sagte Sally: »Mein Gott!«, und Jill, die schlaff zusammensackte und ein Handgelenk gegen die schöne Stirn drückte, sagte: »Fünfunddreißig Jahre alt. Oh, der arme Mann. Der arme Mann.«

Weder Jack noch Woody hatten sich bislang an den Schreckensbekundungen beteiligt, aber nach einem raschen, unsicheren Blickwechsel murmelten sie etwas Angemessenes.

»Hatte sie denn vorher schon Herzprobleme?« wollte Sally wissen.

»Überhaupt keine«, versicherte ihr Ralph. »Überhaupt keine.«

Und dieses eine Mal während der endlosen Cocktailstunden hatten sie etwas Wesentliches, worüber sie reden konnten. Cliff Myers sei ein Mann aus Eisen, sagte Ralph. Wenn er das nicht schon in seinem Beruf bewiesen hätte – und weiß Gott, das habe er –, dann habe er es heute morgen bewiesen. Zuerst hatte er es vergeblich mit Mund-zu-Mund-Beatmung auf dem Badezimmerboden versucht; dann wickelte er seine Frau in eine Decke, trug sie zum Auto und fuhr sie ins Krankenhaus, wohlwissend, daß sie wahrscheinlich endgültig tot war. Nachdem die Ärzte es ihm bestätigt hatten, wollten sie ihm ein Beruhigungsmittel geben, aber einem Mann wie Cliff Myers gab man nicht einfach ein Beruhigungsmittel. Er fuhr allein nach Hause, und um Viertel nach neun – um Viertel nach neun! – rief er im Büro an, um zu erklären, warum er heute nicht zur Arbeit kommen würde.

»Oh!« rief Sally. »O Gott, das ertrage ich nicht. Das ertrage ich nicht.« Und sie stand auf und lief weinend aus dem Zimmer.

Jack folgte ihr rasch ins Wohnzimmer, aber sie ließ sich nicht in den Arm nehmen, und er merkte noch im selben Moment, daß ihm ihre Weigerung nicht wirklich etwas ausmachte.

»Komm schon, Sally«, sagte er in kurzer Entfernung von ihr, die Hände in den Taschen, während sie weinte oder zu weinen schien. »Komm schon. Nimm's nicht so schwer.«

»Aber solche Sachen *regen* mich auf. Ich kann nichts dafür. Ich bin einfach sen*si*bel.«

»Ja, gut, okay, okay.«

»Eine Frau, die alles hatte«, sagte sie mit zittriger Stimme, »und ihr Leben ist einfach so zu Ende – klick – und dann *wumm* auf den Badezimmerboden. O Gott. O Gott.«

»Aber schau mal«, sagte er. »Findest du nicht, daß du ein bißchen übertreibst? Ich meine, du hast die Frau nicht einmal gekannt, und den Mann kennst du auch nicht, es ist also, als ob du in der Zeitung darüber liest, oder? Und so etwas liest man jeden Tag in der Zeitung, während man ein Sandwich mit Hähnchensalat ißt, und du wirst davon nicht notwendigerweise – «

»O Gott, ein Sandwich mit Hähnchensalat«, sagte sie angewidert, wich zurück und musterte ihn verächtlich von oben bis unten. »Du bist wirklich ein kalter Mistkerl. Weißt du was? Weißt du, was mir gerade über dich aufgegangen ist? Du bist ein eiskalter, gefühlloser Dreckskerl und interessierst dich für nichts auf der Welt außer für dich selbst und dein beschissenes haltloses Gekritzel, kein *Wunder*, daß deine Frau deinen Anblick nicht mehr ertragen hat.«

Sie war schon halb die Treppe hoch, als er beschloß, daß die beste Antwort darin bestünde, ihr nicht zu antworten. Er ging zurück ins Kaminzimmer, um auszutrinken und nachzudenken, und damit war er beschäftigt, als Kicker mit einem großen, schlampig gerollten Schlafsack über der Schulter hereinkam.

»He, Woody?« sagte der Junge. »Bist du fertig?«

»Klar, Kick.« Woody stand rasch auf, kippte seinen Whiskey, und gemeinsam verließen sie das Haus. Jill, die ganz versunken mit Ralph über Cliff Myers Tragödie diskutierte, blickte kaum auf, um ihnen eine gute Nacht zu wünschen.

Nach einer Weile ging Jack nach oben, schlich auf Zehenspitzen leise an Sallys geschlossener Tür vorbei, den Flur entlang und holte aus »seinem« Zimmer das Drehbuch und andere persönliche Dinge, die sich dort angesammelt hatten; dann kehrte er nach unten zurück und ging nervös an Jill und Ralph vorbei, die ihn nicht beachteten.

Er würde ein paar Tage warten, bevor er Sally im Büro anriefe. Sollten sie sich wieder vertragen, wäre es gut, wenn auch wahrscheinlich nie wieder so gut wie zuvor. Und wenn nicht, auch gut, gab es nicht jede Menge anderer Frauen in Los Angeles? Gab es nicht viel jüngere Frauen als Sally, die sich in wunderbar knappen Badeanzügen jeden Tag im Sand vor seinem Fenster tummelten? Oder konnte er nicht Carl Oppenheimer bitten, ihm eins der vielen, vielen Mädchen vorzustellen, die Carl Oppenheimer zu kennen schien? Außerdem blieben ihm nur noch ein paar Wochen, bevor er mit dem Drehbuch fertig und zurück in New York wäre, warum sich also überhaupt Gedanken machen?

Aber während er seinen Wagen durch die Dunkelheit nach Malibu lenkte, wurde ihm klar, daß diese Überlegungen Unsinn waren. Betrunken und dämlich oder nicht, grauhaarig oder nicht, Sally Baldwin war die einzige Frau auf der Welt.

Bis eine Stunde vor Tagesanbruch saß er trinkend in seinem kalten, feuchten Schlafzimmer, horchte auf die Brandung, atmete den Schimmelgeruch seiner hundert Jahre alten Matratze ein und gab sich dem Gedanken hin, daß er womöglich doch eine selbstzerstörerische Persönlichkeit war. Was ihn rettete und ihm schließlich gestattete, sich hinzulegen und in Schlaf zu versinken, war die Erkenntnis, daß zahllose scheinheilige Menschen dieses trostlose und schreckliche Etikett auch F. Scott Fitzgerald verpaßt hatten.

Sally rief zwei Tage später an und fragte schüchtern und vorsichtig: »Bist du mir noch böse?«

Und er versicherte ihr, daß er es nicht mehr wäre, während sich seine rechte Hand an den Telefonhörer klammerte, als ginge es um Leben und Tod, und seine linke ausholende, sinnlose Gesten machte, um seine Aufrichtigkeit zu unterstreichen.

»Gut, okay, ich bin froh«, sagte sie. »Und es tut mir

leid, Jack. Wirklich. Ich weiß, daß ich zuviel trinke und alles. Und es geht mir schrecklich, seitdem du weg bist, du fehlst mir schrecklich. Hör mal: Meinst du, daß du heute nachmittag in die Stadt kommen und mich im Beverly Wilshire treffen könntest? Du weißt schon. Wo wir damals, wann immer das war, zum ersten Mal was getrunken haben.«

Auf dem Weg zu der Bar, an die er sich sehr gut erinnerte, machte er tiefempfundene Pläne für eine Versöhnung, nach der sie sich beide wieder jung und stark fühlen würden. Vielleicht könnte sie sich ein paar Tage freinehmen, und sie könnten zusammen eine Reise machen – nach San Francisco oder nach Mexiko –, oder er könnte aus dem verdammten Haus am Strand ausziehen und eine bessere Wohnung in der Stadt suchen.

Aber nahezu von dem Augenblick an, als Sally sich zu ihm setzte, als sie auf dem Tisch so fest wie damals Händchen hielten, war klar, daß Sally andere Pläne hatte.

»Ich bin wütend auf Jill«, sagte sie. »Total wütend. Sie macht eine lächerliche Sache nach der anderen. Als erstes sind wir gestern zum Friseur gegangen – wir gehen immer zusammen zum Friseur –, und auf dem Weg nach Hause hat sie gesagt, wir sollten nicht mehr miteinander ausgehen. Ich habe gesagt: ›Wie meinst du das? Wovon redest du, Jill?‹ Und sie hat gesagt: ›Ich glaube, die Leute halten uns für lesbisch.‹ Also, mir ist schlecht geworden. Richtig schlecht.

Und dann hat sie gestern abend Ralph angerufen und ihn gebeten – und noch dazu in diesem leisen suggestiven Tonfall – ihn gebeten, Cliff Myers für heute abend zum Essen einzuladen. Kannst du dir das vorstellen? Ich habe gesagt: ›Jill, das ist geschmacklos.‹ Ich habe gesagt: ›In einem oder in zwei Monaten mag das eine aufmerksame Geste sein, aber die Frau des Mannes ist erst zwei *Tage* tot. Verstehst du nicht, wie – wie geschmacklos das ist?‹ Und sie hat gesagt: ›Das ist mir egal.‹ Sie hat gesagt: ›Ich muß den Mann kennenlernen. Alles, wofür dieser Mann steht, finde ich attraktiv, es ist stärker als ich.‹

Und es kommt noch schlimmer, Jack. Woody Starr hat diese lausige kleine Wohnung hinter seinem Atelier. Dort hat er gelebt, bevor er bei Jill eingezogen ist. Und ich glaube, es ist gegen das Gesetz – ich glaube, es gibt eine Verordnung der Stadt, die es Kaufleuten verbietet, in ihren Läden zu schlafen –, aber wie auch immer, manchmal nimmt er Kicker mit, und sie pennen dort ein oder zwei Nächte, und sie machen sich selbst Frühstück und so; wahrscheinlich ist es wie Zelten. Sie waren die letzten beiden Nächte dort, und heute hat Jill mich im Büro angerufen, und sie hat schrecklich gekichert – sie hat geklungen wie sechzehn – und gesagt: ›Weißt du was? Ich habe Woody dazu gebracht, noch eine Nacht mit Kicker im Atelier zu bleiben. Ist das nicht super?‹ Ich habe gesagt: ›Wie meinst du das?‹ Und sie hat gesagt: ›Ach, sei nicht so begriffsstutzig, Sally. Sie werden nicht da sein, um alles zu verderben, wenn Cliff *Myers* kommt.‹ Ich habe gesagt: ›Jill, erst mal, was macht dich so sicher, daß er überhaupt kommt?‹ Und sie hat gesagt: ›Habe ich es dir nicht erzählt? Ralph hat heute morgen angerufen und zugesagt. Er kommt um sechs Uhr mit Cliff Myers vorbei.‹«

»Aha«, sagte Jack.

»Hör mal, Jack. Es wird wahrscheinlich schrecklich, ihr dabei zuzusehen, wie sie versucht, den armen Kerl zu verführen, aber kommst du – kommst du mit mir nach Hause? Die Sache ist die, ich will das nicht allein über mich ergehen lassen.«

»Warum es überhaupt über uns ergehen lassen? Wir können uns irgendwo ein Zimmer nehmen – verdammt, wir können uns hier ein Zimmer nehmen, wenn du möchtest.«

»Und morgen früh habe ich keine sauberen Sachen zum Anziehen?« sagte sie. »Und soll im selben schrecklichen Kleid zur Arbeit? Nein, danke.«

»Das ist blöd, Sally. Fahr schnell nach Hause, hol dir was und komm zurück, wir werden – «

»Hör mal, Jack. Wenn du nicht mitkommen willst, dann mußt du bestimmt nicht, aber ich fahre nach Hause. Von mir aus ist alles in diesem Haus krank oder degeneriert oder wie immer du es nennen willst, aber es ist mein Zuhause.«

»Ach, Scheiße, so dumm bist du doch auch wieder nicht. Was soll das um Himmels willen heißen, ›Zuhause‹? Diese bescheuerte Menagerie kann für niemanden ein Zuhause sein.«

Sie sah ihn gekränkt und vorsätzlich humorlos an wie jemand, dessen Religion der Lächerlichkeit preisgegeben wurde. »Es ist das einzige Zuhause, das ich habe, Jack«, sagte sie leise.

»*Blödsinn!*« Mehrere Personen an den Nachbartischen blickten mit erschrockenen Mienen zu ihm hin. »Ich meine verdammt noch mal, Sally«, sagte er und versuchte vergeblich, die Stimme zu senken, »wenn es dir ein perverses Vergnügen verschafft, dabei zuzusehen, wie die bescheuerte Jill Jarvis dir ihre Verkommenheit vorführt, dann ist das etwas, was du wirklich mit einem verdammten Psy*chia*ter statt mit mir austragen solltest.«

»Sir«, sagte ein Kellner neben seinem Ellbogen, »ich muß Sie bitten, leiser zu sprechen und auf Ihre Ausdrucksweise zu achten. Sie sind im ganzen Raum zu hören.«

»Ist schon okay«, sagte Sally zum Kellner. »Wir gehen.«

Jack ging steif hinaus, schweigend und mit gesenktem Kopf, hin und her gerissen zwischen weiterem rücksichtslosem Schreien und unterwürfigen Entschuldigungen dafür, daß er überhaupt geschrien hatte.

»Also«, sagte sie, als sie in der blendenden Nachmittagssonne neben ihrem Wagen standen, »du hast dich da drin wirklich hinreißend benommen. Du hast wirklich einen denkwürdigen Auftritt hingelegt. Wie kann ich da je wieder *rein*gehen, ohne daß mich die Kellner und alle anderen komisch anschauen?«

»Ja, das kannst du alles in dein Tagebuch schreiben.«

»Oh, gut. Mein Tagebuch wird wunderbar voll werden, das wird ein Vergnügen, wenn ich sechzig bin. Also, Jack. Kommst du mit oder nicht?«

»Ich fahre dir nach«, sagte er und fragte sich sofort, als er zu seinem eigenen Wagen ging, warum er nicht den Mut aufgebracht hatte, nein zu sagen.

Er fuhr ihr zwischen den schlanken Palmen an der ersten leichten Steigung von Beverly Hills nach, und dann hielten sie in Jills breiter Einfahrt, wo bereits die Wagen von zwei weiteren Besuchern standen. Sally schlug ihre Tür ein bißchen fester zu als nötig und wartete auf ihn, bereit, die lächelnde Ansprache zu halten, die sie sich wahrscheinlich auf der kurzen Fahrt vom Hotel zurechtgelegt und geübt hatte.

»Es wird zumindest interessant werden«, sagte sie. »Welche Frau würde nicht gern einen Mann wie Cliff Myers kennenlernen? Er ist jung, er ist reich, aus ihm wird was, und er ist ungebunden. Wäre es nicht lustig, wenn ich ihn Jill wegschnappen würde, bevor sie ihn in die Hände kriegt?«

»Ah, komm schon, Sally.«

»Was soll das heißen, ›komm schon‹? Was hast *du* dazu schon zu sagen? Für dich ist wirklich eine ganze Menge selbstverständlich, weißt du das?« Sie waren zur Terrasse neben dem Swimmingpool gegangen und näherten sich den großen Türen zum Kaminzimmer. »In vier Wochen bist du wieder da, von wo du hergekommen bist, und was soll ich in der Zwischenzeit machen? Rumsitzen und *stricken*, während alle halbwegs anständigen Männer der Welt an mir vorbeigehen?«

»Sally und Jack«, sagte Jill ernst vom Ledersofa, »ich möchte euch Cliff Myers vorstellen.« Und Cliff Myers, der direkt neben ihr saß, stand auf, um sich vorstellen zu lassen. Er war groß und breit, trug einen zerknitterten Anzug, und sein kurzes Haar stand in einem blonden Bürstenschnitt vom Kopf ab, so daß er aussah wie ein großer Junge mit plumpem Gesicht. Sally ging als erste zu ihm und sprach ihm ihr Bedauern zu seinem Verlust aus; Jack hoffte, daß die todernste Art, wie er ihm die Hand schüttelte, eine ähnliche Botschaft übermittelte.

»Ich habe Jill gerade erzählt«, sagte Cliff Myers, als sie alle saßen, »daß ich auf jeden Fall viel Anteilnahme ange-

häuft habe. Gestern kam ich ins Büro, und zwei Sekretärinnen sind in Tränen ausgebrochen; solche Sachen. War
heute mit einem Kunden beim Mittagessen und habe
gedacht, daß der Oberkellner mir was vorweinen wird.
Der Kellner auch. Komische Sache, diese Anteilnahme.
Jammerschade, daß man sie nicht zur Bank bringen
kann, oder? Natürlich wird es nicht lange so weitergehen,
deswegen sollte ich's genießen, solange ich kann, was?
He, Jill? Haben Sie was dagegen, wenn ich mir noch was
von dem Grand Dad nachgieße?«

Sie sagte, er solle sitzen bleiben, und machte aus der
Zubereitung und dem Servieren des Drinks eine kleine
Zeremonie selbstloser Bewunderung. Als er den ersten
Schluck trank, ließ sie ihn nicht aus den Augen, um
sicher zu gehen, daß er nach seinem Geschmack war.

Dann kam Ralph auf Gummibeinen in den Raum
getorkelt, und übertrieb auf komische Weise das Gewicht
des Stapels Feuerholz, den er vor der Brust trug. »He,
wißt ihr was?« sagte er. »Das erinnert mich wirklich an
die alten Zeiten. Als ich hier gewohnt habe, hat Jill mich
bis zum Umfallen arbeiten lassen, verstehst du, Cliff«,
erklärte er, als er in die Hocke ging und das Holz in
einem ordentlichen Haufen auf den Boden legte. »So
habe ich meine Miete bezahlt. Und ich schwöre bei Gott,
du kannst dir nicht vorstellen, wieviel Arbeit es in einem
Haus wie diesem gibt.«

»Oh, ich kann es mir vorstellen«, sagte Cliff Myers. »Sie
haben ein wirklich großes – ein wirklich tolles Haus.«

Ralph richtete sich wieder auf und entfernte Rinden-
stücke von seiner Ripskrawatte und seinem Oxfordhemd,
dann vom Revers und den Ärmeln seines schmucken

Hopsack-Jacketts. Er mochte noch immer ein komischer kleiner Kerl sein, aber er trug nicht mehr die falsche Kleidung. Er wischte sich die Hände ab und lächelte seinen Arbeitgeber scheu an. »Aber nett, nicht wahr, Cliff?« sagte er. »Ich wußte, daß es dir hier gefallen würde.«

Und Cliff Myers versicherte ihm, daß es sehr nett sei, ja, wirklich sehr schön.

»Vermutlich erscheint es Ihnen merkwürdig, im Sommer ein Feuer anzuzünden«, sagte Jill, »aber nachts wird es hier kühl.«

»Oh, ja«, sagte Cliff. »Draußen in Palisades haben wir das ganze Jahr über jeden Abend ein Feuer gemacht. Meine Frau wollte immer ein Feuer.« Und Jill drückte sichtbar seine schwere Hand.

Das Essen wurde an diesem Abend pünktlich eingenommen, aber Jack Fields rührte so gut wie nichts an. Er setzte sich mit einem vollen Glas an den Tisch und ging ein-, zweimal zurück, um sich nachzufüllen; kaum war das ungewöhnlich raffinierte Essen vorbei, verzog er sich in eine schattige Ecke des Kaminzimmers, in einiger Entfernung von der Gesellschaft, und trank weiter. Er war sich darüber im klaren, daß er den dritten oder vierten Abend in Folge betrunken war, aber darüber wollte er sich wann anders Sorgen machen. Er wurde Sallys Ausspruch, »Er ist jung, er ist reich, aus ihm wird was, und er ist ungebunden« nicht los, und wann immer er aufblickte, sah er auf ihrem eleganten Hals das Profil ihres hübschen Kopfes, der im Feuerschein glühte, sie lächelte oder lachte oder sagte, »Ah, das ist wunderbar«, egal, wie blöd die Bemerkung war, die dieser fremde Hinterbliebene, dieses Arschloch Cliff Myers gerade gemacht hatte.

Bald mußte er feststellen, daß er sie nicht einmal mehr beobachten konnte, weil ein schwerer dunkler Nebel auf allen vier Seiten seine Sicht einschränkte und ihn zwang, den Kopf zu senken und hängen zu lassen, bis er nur noch seinen eigenen linken Schuh auf dem Teppich sah – und er betrachtete ihn mit der schrecklichen Klarheit des Selbsthasses.

»… He, hallo, Jack?«

»Hm?«

»Ich sagte, kannst du mir helfen?« Es war Ralphs Stimme. »Komm mit.«

»Mhm. Mhm. Warte mal. Okay.« Und mit einer Kraft, die von nirgendwo stammte oder aus den letzten verzweifelten Reserven der Scham, zwang er sich auf die Beine und folgte Ralph rasch in die Küche und die Kellertreppe hinunter, auf der er beinahe stürzte, bis zu einem Stoß Feuerholz an der Kellermauer. Daneben lag ein Scheit, das auf Feuerholzlänge geschnitten, aber ungefähr einen halben Meter dick war: Es sah aus wie ein abgesägtes Stück eines Telefonmastes, und Jack richtete das ganze Gewicht seines betrunkenen forschenden Blicks darauf. »Scheißding«, sagte er.

»Was ist los?«

»Das ist das größte beschissene Scheit, das ich in meinem Leben gesehen habe.«

»Ja, egal, kümmer dich nicht drum«, sagte Ralph. »Wir brauchen nur das Kleinholz.« Und mit beiden Armen voller Kleinholz, gestapelt bis zum Kinn, gingen sie die Treppe wieder hinauf, ganz hinauf bis in den ersten Stock und in die hohe weite Leere von Jills Schlafzimmer oder Jills und Woody Starrs Schlafzimmer, das Jack nie zuvor gesehen hatte. Am anderen Ende, weit entfernt vom Kamin, vor dem Ralph in die Hocke ging, um das Holz abzuladen, hingen viele Meter weißer Stoff von der Decke, die um ein großes »Hollywood«-Bett drapiert waren und so ein gigantisches Himmelbett bildeten, wie es sich halbwüchsige Mädchen als Inbegriff von Luxus und Romantik erträumen mochten.

»Okay«, sagte Ralph. »Das müßte reichen.« Und obwohl auch er eindeutig betrunken war und schwankte, machte er sich akribisch daran, zwischen den polierten Kaminböcken aus Messing das Holz aufzuschichten und ein Feuer zu entfachen.

Jack tat sein Bestes, um das Zimmer rasch zu verlassen, stieß aber immer wieder seitlich an die Wand; dann meinte er, daß es hilfreich sein könnte, sich an der Wand abzustützen und entlangzutasten, ließ eine Schulter schwer daran entlanggleiten und richtete seine ganze Aufmerksamkeit darauf, die Füße zu heben und sie auf dem dicken champagnerfarbenen Teppich abzusetzen. Ihm war vage bewußt, daß Ralph mit dem Kamin fertig war, an ihm vorbeilatschte und »Komm schon« murmelte, im Flur verschwand und ihn allein ließ in diesem heimtückisch instabilen, aber gnädigerweise weiten Raum; er sah, daß die helle Türöffnung jetzt ganz nah war – nur noch ein paar Schritte entfernt –, aber seine Knie gaben nach und knickten ein. Er meinte zu spüren, wie seine Schulter an der Wand nach unten statt daran entlangglitt; dann näherte sich ihm langsam der wegkippende gelbe Teppich, bis er sich als logische, notwendige Ablage für seine Hände und die Seite seines Gesichts anbot.

Eine Weile später wurde er von leisen Stimmen und Gelächter geweckt. Er lag da, starrte auf die offene Tür und versuchte abzuschätzen, ob er es bis dahin schaffen würde, und plötzlich wußte er, daß Jill Jarvis und Cliff Myers auf demselben Teppich vor dem Kamin saßen, drei, vier Meter hinter seinem Kopf.

»Wer ist denn der Typ da auf dem Boden?« fragte Cliff Myers. »Wohnt der auch hier?«

»Irgendwie schon«, sagte Jill, »aber er ist harmlos. Er gehört zu Sally. Sie wird gleich kommen und ihn rausschaffen oder Ralph wird ihn holen oder er wird selbst rausgehen. Mach dir keine Sorgen.«

»Himmel, ich mach mir überhaupt keine Sorgen. Ich frage mich nur, wie ich dieses Scheit zurechtrücken soll, ohne mir die Pfoten zu verbrennen. Setz dich mal kurz ein Stück zurück. So. Fertig.«

Und Jack registrierte betrunken und voller Verachtung, daß Cliff Myers »Pfoten« statt »Hände« gesagt hatte. Nur ein dämlicher Kotzbrocken sagte so etwas; daß er befangen war, weil er schüchtern flirtete und nach dem Tod seiner Frau unter Schock stand, war keine Entschuldigung.

»Weißt du was?« sagte Jill leise. »Du bist wirklich ein toller Kerl, Cliff.«

»Ja? Du bist wirklich eine tolle Frau.«

Dann setzten leise feuchte Kußgeräusche und erfreutes, schnurrendes Stöhnen ein, was darauf schließen ließ, daß er sie betatschte. Ein Reißverschluss wurde geöffnet (Hinten an ihrem Kleid? Vorn an seiner Hose?), und das war das letzte, was Jack Fields hörte, als er sich aufrappelte, aus dem Zimmer torkelte und die Tür hinter sich schloß.

Er war noch nicht in der Form, zu Sallys Zimmer zu gehen; er setzte sich oben auf die Treppe, hielt den Kopf in den Händen und wartete auf die Rückkehr seines Gleichgewichtssinns. Nach ein paar Minuten spürte er, wie die gesamte Treppe erschauderte und hörte Ralphs Stimme rufen: »Laß mich durch! Laß mich bitte durch!« Der stämmige kleine Hawaiianer erklomm die Treppe bemerkenswert schnell und agil. Sein angespanntes Gesicht glänzte vor Zufriedenheit, und in den Armen trug er das riesige Scheit aus dem Keller. »Laß mich bitte durch!« rief er noch einmal, als Jack ihm Platz machte, und ohne stehen zu bleiben, um an die Schlafzimmertür zu klopfen, drückte er sie mit der Schulter auf und stürmte hinein. Das Licht war gerade hell genug, um zu sehen, daß Jill Jarvis und Cliff Myers sich nicht mehr vor dem Kamin befanden; sie lagen offenbar im Bett. »Tschuldigung, Miss!« rief Ralph, als er mit seiner Last zum Kamin hastete. »Tschuldigung, Sir! Mit den besten Wünschen vom Befehlshaber der Kompanie!« Und er ließ das schwere Scheit mit einem schrecklichen Knall ins Feuer fallen, so daß die Kaminböcke einen dunklen Klang von sich gaben und orangefarbene Funken aufsprühten.

»Oh, Ralph, du *Idiot*!« rief Jill aus ihrem Bett. »*Raus hier!*«

Aber Ralph ging bereits so schnell wieder, wie er gekommen war, kicherte darüber, wie komisch er ausgesehen haben mußte, und vom Bett folgte ihm ein volles, herzliches Baritonlachen – das Lachen eines Mannes, der bald das bekannteste Ingenieurbüro in ganz Kalifornien haben würde und immer schon stolz darauf gewesen war, wahre Talente in den jungen Männern zu entdecken, die er auf seine Gehaltsliste setzte.

»Wir haben uns wohl beide nicht von unserer besten Seite gezeigt«, sagte Sally am nächsten Morgen, als sie vor dem Frisierspiegel versuchte, ihr Haar in Ordnung zu bringen. Es war Samstag: Sie mußte nicht zur Arbeit, aber sie wußte auch nicht, was sie sonst machen sollte.

Jack lag noch im Bett und überlegte, ob es weise wäre, für den Rest seines Lebens Maß zu halten und nur noch Bier zu trinken. »Ich glaube, ich fahre zurück zum Strand«, sagte er. »Und versuche zu arbeiten.«

»Okay.« Sie stand auf und schlenderte planlos zu einem der vielen französischen Fenster. »Oh, Gott, komm und schau dir das an«, sagte sie. »Wirklich. Komm und schau dir das an.« Und er kämpfte sich aus dem Bett und stellte sich neben sie ans Fenster, das auf den Swimmingpool hinausging. Cliff Myers trieb rücklings im Wasser, er trug eine braune Badehose, die Woody Starr gehören mußte. Jill stand am Rand des Beckens in einem verblüffend knappen Bikini und rief ihm offenbar etwas zu, ein leuchtendes Cocktailglas in jeder Hand.

»Brandy Alexander«, erklärte Sally. »Als ich in die Küche ging, um Kaffee zu trinken, hat Nippy mich mit großen Augen angeschaut und gesagt: ›Sally? Wissen Sie, wie man Brandy Alexander macht? Miz Jarvis hat gesagt, ich soll einen ganzen Krug davon machen, und das Problem ist, ich weiß nicht wie. Haben wir irgendwo ein Buch?‹« Sally seufzte. »Es hat sich also alles zum Besten ergeben, nicht wahr? Mr. Myers und Mrs. Jarvis sind dabei zu beobachten, wie sie neben dem Pool ihre

Frühstückscocktails zu sich nehmen, am dritten Morgen nach dem Tod der verstorbenen Mrs. Myers.« Nach einer Pause sagte sie: »Vermutlich ist es aber ein bißchen gesünder für Jill als die Art, wie sie *jeden* anderen Morgen verbracht hat, seitdem ich sie kenne – bis mittags im Bett, mit Kaffee und Zigaretten und diesen endlosen, geistlosen, beschissenen *Kreuz*worträtseln.«

»Ja, gut. Sally, willst du mit mir kommen?«

Und sie antwortete, ohne den Blick vom Pool zu nehmen. »Ich weiß nicht, ich glaube nicht. Wir würden nur wieder streiten. Ich rufe dich an, Jack, okay?«

»Okay.«

»Außerdem«, sagte sie, »sollte ich hier sein, wenn Woody und Kicker nach Hause kommen. Vielleicht kann ich helfen. Nicht Woody natürlich, aber Kicker. Kicker liebt mich – oder zumindest hat er mich geliebt. Manchmal hat er mich seine ›Ersatzmutter‹ genannt.« Sie stand eine lange Zeit schweigend am Fenster, sah erschöpft aus, und ihre Oberlippe begann schlaff zu werden, als ob sie betrunken wäre. »Kannst du dir vorstellen«, sagte sie, »was es für eine Frau heißt, kein Kind bekommen zu können? Auch wenn du nicht unbedingt eins willst, ist es schrecklich, wenn du feststellst, daß du nicht kannst; und manchmal – ach Gott, ich weiß nicht. Manchmal denke ich, daß ich in meinem Leben nichts anderes wollte als ein Kind.«

Auf seinem zögernden Weg aus dem Haus kam Jack durch die Küche und sagte: »Hallo, Nippy. Meinen Sie, Sie finden ein Bier für mich?«

»Ich glaube, das läßt sich machen, Mr. Fields«, sagte das Dienstmädchen. »Setzen Sie sich doch da an den

Tisch.« Nachdem sie ihm ein Bier gebracht hatte, setzte sie sich ihm gegenüber und sagte: »Sehen Sie den Krug? Leer. Vor zwanzig Minuten war der Krug bis zum Rand voll mit Brandy Alexander. Ich halte das nicht für vernünftig, Sie etwa? Einem Mann morgens gleich so viel Alkohol zu geben, wenn er wahrscheinlich noch nicht mal weiß, wo sein Gehirn ist, weil seine Frau erst vor drei Tagen gestorben ist. Ein bißchen Zurückhaltung könnte nicht schaden.«

»Finde ich auch.«

»Aber bei Miz Jarvis weiß man nie«, sagte Nippy. »Sie ist sehr – raffiniert, verstehen Sie, was ich meine? Sehr« – sie wedelte mit einer Hand, um das richtige Wort zu finden – »unkonventionell. Aber mir ist egal, was die Leute sagen – und ich habe eine Menge Leute eine Menge sagen hören –, ich halte unheimlich viel von dieser Dame, und das ist die Wahrheit. Für Miz Jarvis würde ich alles tun. Im Lauf der Jahre hat sie meinem Mann zweimal Arbeit besorgt, als wir sie wirklich brauchten, und wissen Sie, was sie für mich getan hat, was ich ihr nie vergessen werde? Sie hat mir Linsen besorgt.«

Als er sie verwirrt anblickte, deutete Nippy zufrieden mit beiden Zeigefingern zu ihren äußeren Augenwinkeln und blinzelte. Und wenn er sie noch immer nicht verstanden hätte – »Ach, *Kontakt*linsen« –, dann hätte sie sich, dessen war er sicher, vorgeneigt, ein Augenlid angehoben und eins der feuchten, nahezu unsichtbaren Dinger auf die Handfläche fallen lassen, zur Erklärung und zum Beweis.

Im Haus am Strand arbeitete Jack den ganzen Tag so konzentriert an seinem Drehbuch, als wollte er es in einer Woche beenden. Während des letzten Monats war er zu der Überzeugung gelangt, daß es nicht schlecht war; es würde gut werden und es würde ein ziemlich guter Film daraus werden. Spät am Nachmittag rief er Carl Oppenheimer an, um über eine schwierige Szene zu diskutieren; es war kein wirklich notwendiger Anruf, aber er wollte eine andere Stimme hören als die Stimmen aus dem Haus von Jill Jarvis.

»Warum kommst du nie mehr zu uns, Jack?« fragte Oppenheimer. »Ellie würde dich gern wiedersehen und ich auch.«

»Ich habe ziemlich viel gearbeitet, Carl, das ist alles.«

»Hast du eine Freundin?«

»Na ja, so in etwa. Ich meine ja, ich habe eine, aber sie ist – «

»Bring sie mit!«

»Das ist nett, Carl, das werde ich. Ich melde mich bald wieder. Aber im Augenblick machen wir Ferien voneinander. Es ist sehr – es ist ziemlich kompliziert.«

»Oh, Gott, Schriftsteller«, sagte Oppenheimer verzweifelt. »Ich begreife einfach nicht, was mit euch Typen los ist. Warum könnt ihr nicht einfach Sex haben wie alle anderen auch?«

»Also – «, begann Sally, als sie ihn ein paar Tage später anrief, und er wußte, daß er jetzt eine Stunde am Telefon hängen würde. »Als Woody und Kicker an dem Vormittag nach Hause gekommen sind, ist Jill ihnen auf der Terrasse entgegengegangen. Sie hat Kicker ins Haus geschickt, weil er sich waschen sollte, und hat zu Woody gesagt: ›Hör mal. Ich möchte, daß du für eine Woche verschwindest. Bitte stell keine Fragen, geh einfach. Ich werde es dir später erklären.‹ Kannst du dir vorstellen, daß eine Frau so etwas zu dem Mann sagt, mit dem sie seit drei Jahren zusammenlebt?«

»Nein.«

»Ich auch nicht, aber das hat sie gesagt. Ich meine, sie hat mir *erzählt*, daß sie es gesagt hat. Und zu mir hat sie gesagt: ›Ich werde nicht zulassen, daß irgend etwas das gefährdet, was ich jetzt habe. Cliff und ich sind was Besonderes, Sally. Es ist uns ernst. Wir haben eine Beziehung, und wir sind ...‹«

Jack mußte daran denken, daß Sallys Stimme, wenn er den Hörer ein Stück vom Kopf entfernt halten würde, leiser und flacher klingen und zu dem blechernen Geplapper eines schwachsinnigen Zwerges werden würde. Körperlos, ohne logischen Zusammenhang und ohne Mißgunst, ihr Selbstmitleid und ihre Selbstgerechtigkeit, wäre sie nur noch eine kleine, aber stete Störung, die keinen anderen Zweck erfüllte, als an seinen Nerven zu zehren und ihn am Arbeiten zu hindern. Er hielt den Hörer fünf oder zehn Sekunden auf diese Weise, zuckte unter dem Schmerz dieses heimlichen Verrats zusammen, und gab das Experiment gerade noch rechtzeitig auf, um sie sagen zu hören: »... und hör mal, Jack. Wenn wir uns beide vornehmen, nicht zuviel zu trinken, und wenn wir beide in jeder Beziehung vorsichtig miteinander umgehen, meinst du dann – du weißt schon –, meinst du dann, daß du zurückkommen könntest? Weil die Sache ist – die Sache ist, ich liebe dich, und ich brauche dich.«

Während der letzten Monate hatte sie zahllose liebevolle Dinge gesagt, aber nie, daß sie ihn »brauchte«. Die

Folge davon war jetzt, da er gerade entschieden hatte, nie wieder nach Beverly Hills zu fahren, daß er es sich anders überlegte.

»… Oh, Gott«, sagte sie eine halbe Stunde später auf der Schwelle zu ihrem Zimmer. »Oh, Gott, ich bin so froh, daß du da bist.« Und sie sank in seine Arme. »Und ich werde nicht mehr gemein zu dir sein, Jack«, sagte sie. »Ich verspreche es, versprochen. Weil wir nur noch so wenig Zeit haben, und das mindeste, was wir tun können, ist nett zueinander sein, stimmt's?«

»Stimmt.«

Und hinter verschlossener Tür, die sie gegen jede unwillkommene Störung schützte, verbrachten sie den ganzen Nachmittag damit, so nett zueinander zu sein, wie es ihnen nur möglich war. Erst nachdem die langen Scheiben von Sallys Fenstern sich erst gold, dann rot und schließlich dunkelblau verfärbt hatten, standen sie auf, duschten und zogen sich an.

Kurz darauf kehrte Sally zu dem unerschöpflichen Thema Jill und ihrem Verhalten zurück. Während sie sprach, ging sie mit ihren schmalen bestrumpften Füßen auf dem Teppich auf und ab, und Jack dachte, daß sie nie hübscher ausgesehen hatte. Aber er ließ das meiste, was sie sagte, an sich vorbeirauschen, nickte und schüttelte den Kopf in angemessenen Abständen, normalerweise nachdem sie herumgewirbelt war, um ihn anzustarren und schweigend um Bestätigung ihrer Betroffenheit zu bitten. Er hörte erst wieder aufmerksam zu, als sie zu dem kam, was sie »das Schlimmste« nannte.

»… Weil ich meine, wirklich, Jack, das Schlimmste ist, was sie Kicker damit antut. Jill glaubt, er wüßte nicht, was los ist, aber sie spinnt. Er weiß es. Den ganzen Tag bläst er im Haus Trübsal, sieht blaß und todunglücklich aus, als wollte er – ich weiß nicht. Und er will nicht einmal mit mir reden. Er läßt sich nicht von mir trösten, will nichts mit mir zu tun haben. Und weißt du, was er in den letzten beiden Nächten getan hat? Er ist allein mit seinem Fahrrad zu Woody gefahren und bei ihm geblieben, in seinem Atelier. Ich glaube, Jill hat noch nicht mal bemerkt, daß er nicht da war.«

»Ja, das ist – das ist wirklich schlimm.«

»Oh, und er haßt Cliff. Er haßt ihn wirklich. Wann immer Cliff etwas zu ihm sagt, erstarrt er – und ich kann es ihm nicht verübeln. Denn weißt du was, Jack? Du hattest von Anfang an recht mit Cliff, und ich hatte unrecht. Er ist ein dicker, dummer – er ist ein Langweiler.«

Auf Jills Anweisung hin hatte Nippy dem Jungen das Abendessen eine Stunde vor den Erwachsenen serviert. Außerdem hatte Jill auf den großen Eßtisch im Speisezimmer zwei zusammenpassende silberne Kerzenständer gestellt und jeden von ihnen mit drei neuen Kerzen ausgestattet. Sie schaltete das Licht aus, so daß alles in den flackernden Schein der Romantik getaucht war.

»Ist das nicht schön?« fragte Jill. »Immer vergesse ich die Kerzen. Ich finde, wir sollten jeden Abend Kerzen anzünden.« Die Art, wie sie sich angezogen hatte, legte nahe, daß es auch noch andere vergessene Dinge gab, die es wert waren, sich an sie zu erinnern, vielleicht ihre eigene, flüchtige sorglose Jugend als privilegierte Tochter aus dem Süden. Sie trug ein schlichtes, teures schwarzes Kleid mit einem Ausschnitt, der tief genug war, um den Blick auf den Ansatz ihrer kleinen, festen Brüste freizugeben, und eine einreihige Perlenkette, an der sie mit der freien Hand nervös spielte, während sie mit der anderen im Essen stocherte.

Cliff Myers war vom Old Grand Dad gerötet und gut gelaunt. Er erzählte lächelnd eine großspurige Anekdote nach der anderen über sein Ingenieurbüro, und Jill nannte ihrerseits jede Geschichte »wunderbar«; dann sagte er: »Nein, aber hör mal, Jill, was anderes. Das mußt du dir anhören. Also erst mal, ich habe festgestellt, daß ich am besten nachdenken kann, wenn ich auf der Schnellstraße zur Arbeit fahre. Ich weiß nicht, warum das so ist, aber ich habe gelernt, darauf zu vertrauen. So. Weißt du, was ich mir heute morgen überlegt habe?« Er schnitt effizient seine Folienkartoffel auf und neigte das Gesicht darüber, um die aufsteigende Wärme zu genießen und sein Publikum warten zu lassen. Er nahm reichlich Butter und Salz, spießte ein Stück Lammkotelett auf und blickte zufrieden und nachdenklich drein, während er kaute; dann sagte er mit vollem Mund: »Wie wär's für den Anfang damit?« Er schluckte. »Wir haben in der Firma diesen hochkarätigen Industrieklebstoff. Ihr könnt es euch nicht vorstellen. Streicht das Zeug auf irgendein Metall, berührt es, und ich schwöre bei Gott, ihr kriegt die Hand nicht mehr weg. Versucht es mit Seife und Wasser, versucht es mit irgendeinem Reinigungsmittel, versucht es mit Alkohol oder womit auch immer. Ihr kriegt sie nicht los. Also schaut mal.« Fast ein halbes Kotelett verschwand in seinem Mund, aber er konnte es kaum kauen, weil er angefangen hatte zu lachen. »Also, angenommen, ich nehme einen unserer kleinen Lieferwagen.« Er brach ab, lachte hemmungslos, stützte die Stirn auf die Hand, bemühte sich um Fassung. Von seinen drei Zuhörern lächelte nur Jill.

»Also, okay«, sagte Cliff Myers endlich, und sein Mund war offenbar leer. »Angenommen, ich nehme einen Lieferwagen unserer Firma. Angenommen, ich ziehe einen Overall unserer Fahrer an – sie tragen diese cremefarbenen Overalls mit unserem Zeichen vorn auf der Tasche und unserem Firmennamen auf dem Rücken. Und diese Schirmmützen. Und auch auf dem Lieferwagen steht natürlich der Firmenname, versteht ihr? ›Myers‹? Ich fahre also hier vor mit einem Aluminiumeimer voller Rosen – drei, vier Dutzend American Beauties, die allerbesten –, und wenn ich ihn raushole, achte ich natürlich drauf, daß ich ihn da anfasse, wo er trocken ist, so daß *meine* Pfoten sauber bleiben. Dann kommt dein kleiner Freund Woody auf die Terrasse, um nachzuschauen, was los ist, und ich sage: ›Mr. Starr?‹ Und dann schiebe ich ihm den glatten, mit Klebstoff bestrichenen Eimer in die Hände und sage: ›Blumen, Sir. Blumen für Mrs. Jarvis. Mit herzlichen Grüßen von Cliff Myers.‹ Und ich steige in den Wagen und fahre los oder vielleicht bleibe ich lange genug, um ihm noch zuzuzwinkern, und der alte Starr aus Hollywood steht einfach da. Er steht einfach nur blöd da, versteht ihr? Er wird vielleicht eine halbe Minute brauchen, bis er merkt, daß er an dem Scheißding *fest*klebt, und fünf oder zehn Minuten später ist ihm klar, daß er reingelegt wurde, daß er geleimt wurde, daß ihn jemand echt geprellt hat, und ich schwöre bei Gott, Jill, ich wette Geld drauf – ich wette *Geld* drauf, daß der kleine Scheißkerl dich nicht mehr belästigen wird.«

Jill hatte verzückt dem letzten Teil des Monologs zugehört; jetzt drückte sie auf dem Tisch mit beiden Händen seine Hand und sagte: »Wunderbar. Oh, das ist wunderbar, Cliff.« Und sie lachten gemeinsam und musterten einander mit glänzenden Augen.

»Jill«, sagte Sally auf der anderen Seite des Tisches nach einer Weile. »Das ist doch nur ein Scherz, oder?«

»Aber *natürlich* ist es das«, sagte Jill ungeduldig, als tadelte sie ein begriffsstutziges Kind. »Es ist eine absolut inspirierte Idee für einen Streich. Die Männer in Cliffs Firma spielen einander die ganze Zeit Streiche – ich finde, das ist eine hinreißende Möglichkeit, die langweiligen und stumpfsinnigen Dinge im Leben zu überstehen, findest du nicht?«

»Ja, aber ich meine, du würdest doch nie einverstanden sein, so etwas zu tun, oder?«

»Ach, ich weiß nicht«, sagte Jill leichthin und spöttisch. »vielleicht, vielleicht auch nicht. Aber findest du es nicht eine hinreißend boshafte Vorstellung?«

»Ich finde, du hast den Verstand verloren«, sagte Sally.

»Oh, das glaube ich auch«, sagte sie mit einem hübschen Kräuseln der Nase. »Und ich glaube, das gilt auch für Cliff. Verliert man nicht den Verstand, wenn man verliebt ist?«

Später am Abend, als Jack und Sally allein waren, sagte sie: »Ich möchte nicht darüber reden. Ich möchte nicht darüber reden oder auch nur darüber nachdenken, okay?«

Und das war es. Wann immer Sally unwillig war, über Jill Jarvis zu sprechen oder nachzudenken, fand Jack es vollkommen okay.

Am nächsten Abend gingen sie zum Essen in ein Restaurant, und am folgenden nahm er sie mit zu Carl Oppenheimer.

»O Gott«, sagte sie, als sie über die Küstenstraße zum besseren Teil von Malibu fuhren. »Ich habe wirklich ein bißchen Angst davor, ihn kennenzulernen.«

»Warum?«

»Weil er ist, wer er *ist*. Er ist einer der wenigen großen – «

»Komm schon, Sally. Er hat nichts Großes. Er ist nur ein Regisseur, und er ist erst zweiunddreißig.«

»Bist du verrückt? Er ist brillant. Er ist einer der zwei oder drei besten Regisseure. Hast du auch nur eine entfernte Vorstellung, wie glücklich du dich schätzen kannst, mit ihm zu arbeiten?«

»Na gut, aber hat er auch nur eine entfernte Vorstellung, wie glücklich er sich schätzen kann, mit mir zu arbeiten?«

»O Gott«, sagte sie. »Du hast ein Ego, das würde keiner glauben. Sag mir folgendes: Wenn du so toll bist, warum fallen dann deine Kleider auseinander? Und wieso sind Schnecken in deiner Dusche? Hm? Und warum riecht dein Bett wie der Tod?«

»Jack!« rief Carl Oppenheimer von der hellen Tür seines Hauses, nachdem sie den Wagen abgestellt hatten und den langen, vom Laub dunkel beschatteten Weg entlanggegangen waren. »Und Sie sind Sally«, sagte er mit einem ernsten Stirnrunzeln. »Freut mich *wirklich*, Sie kennenzulernen.«

Sie erwiderte, es sei ihr eine Ehre, ihn kennenzulernen, und sie gingen hinein, wo die junge Ellis, die ein bodenlanges Kleid trug, sie lächelnd willkommen hieß. Sie sah wunderschön aus, und sie stellte sich auf die

Zehenspitzen, um Jack wie einem alten Bekannten eifrig ein Küßchen zu geben, von dem er hoffte, daß Sally es bemerkte; dann, als sie freundlich plaudernd in das große Zimmer mit den Fenstern zum Pazifik gingen, in dem die Getränke standen, wandte sie sich Sally zu und sagte: »Ich finde Ihr Haar toll. Ist das die natürliche Farbe, oder ist es – ?«

»Nein, die natürliche Farbe«, sagte Sally zu ihr. »Ich lasse nur Strähnchen machen.«

»Setzt euch, setzt euch!« befahl Oppenheimer, aber er zog es vor, stehen zu bleiben oder vielmehr langsam über den Boden dieses großen, schönen Zimmers zu gehen, in der einen Hand hielt er ein schweres, klimperndes Glas mit Bourbon, mit der anderen machte er ausholende Gesten, während er sprach. Er erzählte von den Frustrationen der letzten Wochen, in denen er versucht hatte, einen Film zu Ende zu drehen, der im Zeitplan weit zurück war, und davon, wie »unmöglich« es sei, mit dem Star des Films zu arbeiten – einem Schauspieler, der so berühmt war, daß allein die Erwähnung seines Namens eine Art Triumph darstellte.

»… Und heute dann«, sagte er, »heute mußte beim Drehen alles angehalten werden – Kameras, Ton, alles –, weil er sich mit mir in eine Ecke setzen und über Theatertheorie diskutieren und mich fragen mußte, ob ich mit dem Werk eines Stückeschreibers namens George Bernard Shaw vertraut bin. Ist das zu fassen? Meint ihr, irgendwer in Amerika würde glauben, wie dumm der Idiot ist? Um Himmels willen, dieses Jahr hat er George Bernard Shaw entdeckt, in drei Jahren wird er die Kommunistische Partei entdecken.«

Nach einer Weile schien Oppenheimer seines Monologs überdrüssig zu werden; er ließ sich schwer auf das weiche Sofa fallen und legte den Arm um Ellis, die sich an ihn schmiegte; dann fragte er Sally, ob sie ebenfalls Schauspielerin sei.

»Oh, nein«, sagte sie rasch und wischte sich unsichtbare Zigarettenasche vom Schoß, »aber danke. Ich tue nichts, was – ich bin nur – ich bin Sekretärin. Ich arbeite für Edgar Todd, den Agenten.«

»Na, das ist doch toll«, sagte Oppenheimer großzügig. »Ein paar meiner besten Freundinnen sind Sekretärinnen.« Und als wäre er sich bewußt, daß der letzte Satz kein allzu großer Erfolg war, beeilte er sich zu fragen, wie lange sie schon für Edgar arbeite und wie ihr der Job gefalle und wo sie wohne.

»Ich wohne in Beverly«, sagte sie. »Ich habe eine Wohnung im Haus einer Freundin, sie ist sehr schön.«

»Ja, gut, das ist – nett«, sagte er. »Ich meine, Beverly ist sehr nett.«

Während der letzten Stunde des Abends in Oppenheimers Haus saßen Jack und Ellis gemütlich auf hohen, ledergepolsterten Hockern an der Bar, die eine Seite des Raums einnahm. Sie erzählte ihm ausführlich von ihrer Kindheit in Pennsylvania, von der Schauspielergruppe, bei der sie die ersten wirklichen »Erfahrungen mit dem Theater« gemacht hatte und von der wunderbar glücklichen Serie von Ereignissen, die dazu geführt hatte, daß sie Carl kennenlernte. Und Jack war so angetan von ihrer Jugend und Schönheit und so geschmeichelt von ihrer Aufmerksamkeit, daß ihm nur vage bewußt war, daß er die ganze Geschichte schon mal gehört hatte, als er hier wohnte.

Auf der anderen Seite des Raums waren Carl und Sally in ein langes Gespräch vertieft. Jack bekam nicht viel davon mit, als er ein paarmal versuchte, etwas zu hören, abgesehen von Carls eindringlichem, todernsten Gemurmel, nur einmal hörte er Sally sagen: »Oh, nein, er hat mir gefallen. Wirklich. Er hat mir von Anfang bis Ende gefallen.«

»Also, das war toll«, sagte Carl Oppenheimer, als sie gingen. »Sally. Wunderbar, daß ich Sie kennengelernt habe, schön mit Ihnen zu sprechen. Jack, wir bleiben in Kontakt.«

Und dann folgte die lange, betrunkene Fahrt in die Stadt. Zwanzig Minuten, so schien es, herrschte Schweigen, bis Sally sagte: »Sie haben irgendwie – sie haben alles. Sie sind jung, sie sind verliebt, und alle wissen, daß er brillant ist, deswegen ist es nicht wirklich wichtig, ob sie Talent hat oder nicht, weil sie auf jeden Fall eine süße kleine Sexbombe ist. Was kann in so einem Haus schon schief gehen?«

»Ach, ich weiß nicht. Ich kann mir ein paar Dinge vorstellen, die schief gehen können.«

»Weißt du, was mir allerdings wirklich nicht gefallen hat an ihm?« sagte sie. »Die Art und Weise, wie er immer wieder gefragt hat, was ich von seinen Filmen halte. Er hat einen Film nach dem anderen erwähnt und gefragt, ob ich ihn gesehen habe, und dann hat er gesagt: ›Wie finden Sie ihn? Hat er Ihnen gefallen?‹ Oder er hat gesagt: ›Fanden Sie nicht, daß er in der zweiten Hälfte irgendwie auseinandergefallen ist?‹ Oder: ›Glauben Sie nicht, daß Soundso eine Fehlbesetzung für die weibliche Hauptrolle war?‹ Wirklich, Jack. Ist das nicht ein bißchen viel?«

»Warum?«

»Weil, wer bin denn *ich*?« Sie kurbelte das Fenster halb herunter und schnippte ihre Zigarette in den Wind. »Ich meine, wer bin ich denn schon?«

»Wie meinst du das, wer bist du?« sagte er. »Ich weiß, wer du bist, und Oppenheimer weiß es auch, und du weißt es ebenfalls. Du bis Sally Baldwin.«

»Ja, ja«, sagte sie leise und starrte auf das schwarze Fenster. »Ja, ja, ja, ja.«

Als sie das Haus in Beverly Hills betraten, wunderte sich Jack, daß Woody Starr statt Cliff Myers bei Jill saß, bis er sich daran erinnerte, daß Sally ihm erzählt hatte, Cliff sei einverstanden gewesen, ein, zwei Nächte wegzubleiben, damit Jill sich auf vernünftige und dauerhafte Weise von Woody trennen konnte. Und so wie Woody aussah, als er sich jetzt vom Sofa erhob, um sie zu begrüßen – abgespannt, verlegen, als wollte er sich für seine Anwesenheit entschuldigen –, war klar, daß Jill ihm die Neuigkeiten schon beigebracht hatte.

»Hallo, Sally«, sagte er. »Hallo, Jack. Wir sprechen gerade – kann ich euch was zu trinken bringen?«

»Nein, danke«, sagte Sally. »Aber es freut mich, dich zu sehen, Woody. Wie geht es dir?«

»Ach, ich kann mich nicht beklagen. Nicht viel Betrieb im Atelier, aber abgesehen davon gibt es – keine Probleme.«

»Gut«, sagte sie. »Bis bald, Woody.« Und sie führte Jack lächelnd zwischen den Ledermöbeln hindurch in das Wohnzimmer und die breite Treppe hinauf. Erst als sie die Tür hinter sich geschlossen und abgesperrt hatte, sprach sie wieder. »O Gott«, sagte sie. »Hast du sein Gesicht gesehen?«

»Na ja, er sah nicht sehr – «

»Er sah aus wie tot«, sagte sie. »Er sah aus wie ein Mann, aus dem alles Leben gewichen ist.«

»Ja, okay, aber so etwas passiert die ganze Zeit. Frauen haben genug von Männern, Männer genug von Frauen. Du kannst nicht herumlaufen und dir die ganze Zeit von den Verlierern das Herz brechen lassen.«

»Ah, du bist heute abend offenbar in einer milden philosophischen Stimmung«, sagte sie, neigte sich vor und griff nach hinten, um die Haken ihres Kleids zu öffnen. »Sehr reif, sehr weise – das muß über dich gekommen sein, als du mit Ellis Wie-heißt-sie-noch an Oppenheimers Bar gekuschelt hast.«

Aber eine Stunde später, nachdem sie aus Liebe zu ihm aufgeschrien hatte, und nachdem sie ihre Umarmung gelöst hatten und auf den Schlaf wartend dalagen, klang ihre Stimme schwach und schüchtern. »Jack? Wieviel Zeit haben wir noch? Zwei Wochen? Weniger?«

»Ich weiß nicht, Baby. Vielleicht bleibe ich ein bißchen länger, nur wegen – «

»Wegen was?« Und all ihre Bitterkeit kehrte zurück. »Wegen mir? O Gott, nein, tu das nicht. Glaubst du etwa, ich möchte, daß du *mir* einen Gefallen tust?«

Früh am nächsten Morgen, als sie den Kaffee ins Zimmer brachte, stellte sie rasch das Tablett ab, um ihm zu erzählen, was sie unten im Kaminzimmer gesehen hatte. Woody Starr lag dort und schlief in seinen Kleidern auf dem Sofa. Er hatte nicht einmal eine Decke oder ein Kissen. War das nicht eine verdammte Sache?

»Warum?«

»Warum ist er nicht gestern *abend* gegangen, um Himmels willen?«

»Vielleicht will er sich von dem Jungen verabschieden.«

»Oh«, sagte sie. »Vermutlich hast du recht. Wahrscheinlich ist es das. Wahrscheinlich ist er wegen Kick noch hier.«

Als sie hinuntergingen, sahen sie Woody und Kicker leise miteinander sprechen, und sie zogen sich rasch zu Nippy in die Küche zurück, um sich dort zu verstecken und zu warten, bis Kicker zur Schule mußte. Sie wußten nicht, daß an diesem Tag schulfrei war und Jill Jarvis fiel es erst viel später wieder ein.

»Oh, Gott, Nip«, sagte Sally und sank auf einen Küchenstuhl. »Ich habe heute wirklich keine Lust, zur Arbeit zu gehen.«

»Dann gehen Sie eben *nicht*«, sagte Nippy. »Wissen Sie was, Sally? Seitdem ich in diesem Haus bin, habe ich kein einziges Mal erlebt, daß Sie sich einen Tag freigenommen hätten. Das alte Büro kann hin und wieder auch mal ohne Sie auskommen. Warum unternehmen Sie und Mr. Fields heute nicht mal was Schönes? Gehen in ein nettes Restaurant zum Mittagessen, sehen sich einen guten Film an oder so. Oder machen eine Spazierfahrt; es ist schönes Wetter draußen. Sie könnten nach San Juan Capistrano fahren. Sie wissen doch, wie es in dem Lied heißt, wenn die Schwalben nach Capistrano zurückkehren? Wenn ich mich nicht irre, ist das jetzt genau die Jahreszeit dafür. Sie könnten hinfahren und den Schwalben zusehen, wäre das nicht nett?«

»Ach, ich weiß nicht, Nippy«, sagte Sally. »Es wäre nett, aber ich glaube, ich lasse mich zumindest kurz im Büro blicken, sonst kriegt Edgar noch einen Anfall. Und ich bin jetzt schon eine Viertelstunde zu spät dran.«

Sie verließen die Küche, als Sally meinte, es wäre »sicher«, durch das Kaminzimmer zu gehen, und sie waren erleichtert, daß sich niemand mehr dort aufhielt. Im Vorbeigehen bemerkte Jack, daß der Clown nicht mehr über dem Kamin hing. Aber dann sahen sie durch die sonnenbeschienenen Scheiben der Terrassentür Woody und Kicker vor dem Pool stehen und miteinander sprechen.

»Ach, warum kann er nicht einfach *gehen*?« sagte Sally. »Wie lange kann man nur brauchen, um sich zu verabschieden?«

Woody Starrs Sachen standen neben ihm auf der Terrasse: eine alte Armeetasche, die er wahrscheinlich noch von der Handelsmarine hatte, ein Koffer und ein paar gut gefüllte Einkaufstüten aus Papier mit bunter Kaufhauswerbung darauf und mit braunem Bindfaden verstärkt. Er beugte sich vor, um die Last zwischen ihnen zu verteilen, und er und Kicker trugen die Sachen von der Terrasse und verstauten sie in seinem Wagen. Dann kehrten sie zurück, Woody hatte den Arm um die Schulter des Jungen gelegt, und sie gingen fast bis zum Haus, um sich endgültig zu verabschieden.

Jack und Sally zogen sich weit ins Zimmer zurück, um nicht dabei ertappt zu werden, wie sie zuschauten, und sie schauten zu. Sie sahen, wie Woody Starr den Jungen in die Arme schloß und ihn in einer abrupten, festen, langen Umarmung an sich drückte. Danach entfernte sich Woody und Kicker ging zum Haus – aber Kicker blieb plötzlich stehen und drehte sich um, und dann sahen sie, was er bemerkt hatte: Ein kleiner, cremefarbener Lieferwagen, auf dessen Seite in braunen Buchstaben MYERS stand, fuhr rasch die Einfahrt entlang.

»Das ertrage ich nicht«, sagte Sally, die erschlaffte und das Gesicht in Jacks Hemd drückte. »Das ertrage ich nicht.«

Der Wagen hielt ein paar Meter von der Stelle entfernt, wo Woody auf der Terrasse wartete, und Cliff Myers sprang aus dem Auto in den Sonnenschein, mit rotem Gesicht und unsicher lächelnd. Er eilte in seinem Overall, der mehrere Nummern zu klein für ihn war, zur Rückseite des Lieferwagens und holte einen glänzenden Metalleimer, aus dem massenhaft wippende Rosenblüten ragten, trug ihn zu Woody Starr und schob ihn ihm in die Hände. Er schien dabei zu sprechen – er schien seit seiner Ankunft ununterbrochen und vermutlich geistlos zu plappern, als würde ihn eine unerwartete Verlegenheit dazu zwingen –, aber kaum war der Eimer mit den Rosen in Woodys Besitz übergegangen, war er in der Lage aufzuhören. Er richtete sich übertrieben gerade auf, berührte mit zwei Fingern den adretten Schirm seiner Mütze und flüchtete steifbeinig laufend zum Wagen, mit großer Sicherheit schneller und unbeholfener, als er geplant hatte.

Kicker hatte alles gesehen. Er lief über die Terrasse zu Woody, der in die Hocke gegangen war, um den Eimer abzusetzen, und dann neigten sie sich miteinander sprechend darüber.

»Okay, Baby«, sagte Jack in Sallys Haar. »Okay. Er ist wieder weg.«

»Ich weiß«, sagte sie. »Ich habe alles gesehen.«

»Hör mal, meinst du, daß wir im Haus irgendwas für seine Hände finden? Meinst du, Nippy hat irgendwas?«

»Aber was denn? Irgendein Reinigungsmittel oder ein Lösungsmittel oder was?«

Aber es war nicht nötig, im Haus zu suchen. Nach einer Weile gingen Woody und Kicker mit den leuchtenden Rosen zwischen ihnen weg, und Jack Fields folgte ihnen mit dem Abstand eines Fremden. Sie traten in den Schatten der großen Garage, wo Kicker vorsichtig Benzin aus einem Zehn-Liter-Kanister über die Eimerwand und Woodys Hände goß, bis Woody sie lösen konnte. Mehr brauchte es nicht. Dann stieß Kicker mit der Ferse seines Schuhs den Eimer rasselnd über den Boden der Garage und hart gegen die Wand, wo er noch lange stand, nachdem der Klebstoff zur Unschädlichkeit getrocknet und die Rosen verwelkt waren.

Alan B. (»Kicker«) Jarvis wurde im besten Jungeninternat im ganzen Westen, wie seine Mutter behauptete, angemeldet und verließ das Haus nahezu sofort, um dort zu wohnen.

Später in derselben Woche fuhren Jill und Cliff nach Las Vegas, um zu heiraten – sie sagte, sie habe schon immer in einer der »bezaubernden« kleinen Hochzeitskapellen dieser Stadt heiraten wollen. Die Pläne für ihre Flitterwochen waren zu dem Zeitpunkt, als sie Los Angeles verließen, noch unklar: Sie hatten noch nicht entschieden, ob sie einen Monat in Palm Springs, einen Monat auf den Jungferninseln oder einen Monat in Frankreich und Italien verbringen wollten. »Oder vielleicht«, vertraute sie Sally an, »vielleicht sagen wir auch was soll's, machen drei Monate frei und fahren *überall* hin.«

Jack Fields Drehbuch war fertig und angenommen und diskutiert und überarbeitet und erneut angenommen worden; anschließend schüttelte Carl Oppenheimer ihm herzlich die Hand. »Ich glaube, wir haben einen Film, Jack«, sagte er. »Ich glaube, wir haben einen Film.« Und Ellis stand auf, um ihm einen flüchtigen süßen Kuß zu geben.

Er sprach am Telefon lange und gutgelaunt mit seinen Töchtern über die schönen Zeiten, die sie sehr bald in New York verbringen würden, und einen ganzen Tag lang kaufte er Geschenke für sie. Beraten und unterstützt von Sally, kaufte er zwei neue Anzüge bei Brooks Brothers Los Angeles, um wie ein erfolgreicher Mann nach Hause zurückzukehren. Und auf Sallys Vorschlag hin kaufte er, obwohl er insgeheim angesichts der Kosten zusammenzuckte, jeweils einen Viertelliter Brandy, Bourbon, Scotch und Wodka, ließ sie als Geschenk in einer Kiste verpacken und mit einer kurzen, sorgfältig formulierten Bemerkung über ihre »Gastfreundschaft« zu Jill nach Hause schicken.

Nachdem er aus dem Haus am Strand ausgezogen war, fuhren er und Sally für ein verlängertes Wochenende zu einem von ihr als »wunderbar« empfohlenen Motel am Pazifik in der Nähe von San Diego, wo sie vier Tage blieben. Er hätte gern gewußt, wann und mit wem sie es als wunderbar erlebt hatte, aber da sie nur wenig Zeit hatten, war er nicht so dumm, sie danach zu fragen.

Auf dem Rückweg nach Los Angeles hielten sie an der Mission San Juan Capistrano und schlenderten zwischen vielen anderen freundlichen, herumschleichenden, mit Touristenbroschüren ausgestatteten Besuchern herum, aber es waren keine Schwalben zu sehen.

»Schaut aus, als wären sie dieses Jahr alle davongeflogen«, sagte Sally, »statt zurückzukommen.«

Daraufhin hatte Jack eine, wie er meinte, ziemlich lustige Idee, und als sie wieder beim Wagen standen, wich er mit den geschmeidigen Schritten eines Entertainers ein Stück in das Gras neben der Straße zurück. Er wußte, daß er in seinen neuen Kleidern gut aussah, und er konnte ein bißchen singen oder es zumindest vortäuschen. »Hör mal, Baby«, sagte er. »Wie findest du mich?« Und er sang in der aufrechten Haltung eines Schnulzensängers – beide Arme leicht angehoben, die Handflächen nach vorn, um Aufrichtigkeit anzudeuten.

>*»Wenn die Schwalben Capistrano verlassen,*
>*dann verlasse ich auch dich ...«*

»Oh, das ist sensationell«, sagte Sally, bevor er die nächste Zeile singen konnte. »Das ist wirklich super, Jack. Du hast wirklich einen tollen Sinn für Humor, weißt du das?«

An ihrem letzten Abend saßen sie im, wie Edgar Todd feierlich versprochen hatte, besten Restaurant von ganz Los Angeles, und sie blickte untröstlich drein, während sie in ihrem Krebsfleisch Imperial stocherte. »Das ist irgendwie dumm, oder?« sagte sie. »Das viele Geld auszugeben, wenn du in ein paar Stunden sowieso im Flugzeug sitzt.«

»Ich finde es nicht dumm; ich dachte, es wäre nett.« Er hatte außerdem gedacht, daß es etwas war, was Scott F. Fitzgerald an seiner Stelle getan hätte, aber das behielt er für sich. Seit Jahren versuchte er, das volle Ausmaß seiner Beschäftigung mit Fitzgerald geheimzuhalten, allerdings hatte ein Mädchen in New York es einmal mit einer erbarmungslosen Folge von spöttischen, hämischen Fragen aufgedeckt, die ihn ohne jedes Geheimnis zurückließen.

»Na gut«, sagte Sally. »Wir sitzen hier und sehen elegant aus, und wir sind geistreich und traurig und rauchen jeder ungefähr fünfundvierzig Zigaretten.« Aber ihr Sarkasmus war nicht wirklich überzeugend, weil sie ihn am Nachmittag im Büro erwartet hatte in einem neuen, teuren blauen Kleid, das sie, das hätte er schwören können, gekauft hatte in der Hoffnung, an einen Ort wie diesen ausgeführt zu werden.

»Ich komme nicht über dein Kleid hinweg«, sagte er. »Ich glaube, es ist das schönste Kleid, das ich jemals gesehen habe.«

»Danke«, sagte sie. »Und ich freue mich, daß ich es gekauft habe. Könnte nützlich und hilfreich sein, den nächsten falschen F. Scott Fitzgerald, der nach Kinoland stolpert, in die Falle zu locken.«

Als er sie nach Beverly Hills fuhr, riskierte er ein, zwei Blicke in ihr Gesicht und war froh, daß es still und nachdenklich war.

»Wenn man drüber nachdenkt, habe ich vermutlich ein müßiges, zielloses Leben geführt«, sagte sie nach einer Weile. »Ich habe das College abgeschlossen und den Abschluß nie genutzt, ich habe nie etwas getan, worauf ich stolz sein könnte, oder was mir Spaß machen würde. Ich habe noch nicht mal ein Kind adoptiert, als ich die Gelegenheit dazu hatte.«

Und sie fuhren noch ein paar Meilen durch die erleuchtete Stadt, bevor sie nah an ihn heranrückte und ihn mit beiden Händen am Arm berührte. »Jack?« sagte sie schüchtern. »Das war doch nicht nur Spaß, oder?

Daß wir uns Briefe schreiben und hin und wieder tele-
fonieren?«

»Ach, Sally. Warum sollte ich so etwas zum Spaß
sagen?«

Er fuhr sie bis zu den flachen Stufen, die zur Terrasse
am Pool führten, und dort stiegen sie aus, um sich zu
verabschieden: Sie setzten sich auf eine Stufe und küßten
sich so unsicher wie Kinder.

»Na gut«, sagte sie. »Auf Wiedersehen. Weißt du, was
komisch ist? Wir haben die ganze Zeit voneinander
Abschied genommen, schon beim ersten Mal, als ich mit
dir ausgegangen bin. Wir wußten doch immer, daß wir
nicht viel Zeit haben, es war also von Anfang an so etwas
wie eine Abschiedsgeschichte, stimmt's?«

»Wahrscheinlich. Hör mal: Paß auf dich auf, Baby.«

Sie standen rasch und verlegen auf, und er sah ihr
nach, wie sie zur Terrasse hinaufging – eine große, elegante, merkwürdig grauhaarige Frau im schönsten Kleid,
das er je gesehen hatte.

Er wandte sich ab, um zu seinem Wagen zu gehen, als
er sie »Jack! Jack!« rufen hörte.

Und sie lief die Treppe wieder herunter und in seine
Arme. »Warte«, sagte sie atemlos. »Hör mal. Ich habe
vergessen, dir etwas zu sagen. Erinnerst du dich an den
schweren Pullover, den ich den ganzen Sommer für
Kicker gestrickt habe? Das war gelogen – ich bin sicher,
es war das einzige Mal, daß ich dich angelogen habe.
Er war nicht für Kicker, sondern für dich. Ich habe die
Maße von dem gräßlichen alten Pullover genommen,
den ich bei dir gefunden habe, und eigentlich wollte
ich damit fertig sein, bevor du abreist, nur jetzt ist es zu

spät. Aber ich stricke ihn fertig, Jack, ich schwöre es. Ich werde jeden Tag dran arbeiten und ihn dir mit der Post schicken, okay?«

Er umarmte sie mit seiner ganzen Kraft, spürte sie zittern und sagte in ihr Haar, daß er sich sehr, sehr darauf freue.

»Oh, Gott, hoffentlich paßt er«, sagte sie. »Zieh ihn an – zieh ihn an und bleib gesund, okay?«

Und sie eilte hinauf zur Tür, wo sie sich umdrehte, um zu winken, während sie mit der anderen Hand rasch zuerst über das eine und dann über das andere Augen wischte.

Er stand da und sah ihr nach, bis sie das Haus betreten hatte, bis die großen Fenster eins nach dem anderen plötzlich Licht in die Dunkelheit warfen. Dann erstrahlten noch mehr Lichter und noch mehr, Zimmer auf Zimmer, während Sally tiefer in das Haus vordrang, das sie immer geliebt hatte und wahrscheinlich immer lieben würde – und das sie jetzt zum ersten Mal und zumindest für eine Weile ganz für sich allein hatte.

»Ein Meister der Zwischentöne«
Deutschlandradio Kultur

Sarah und Emily wachsen in den USA der 1930er-Jahre
auf. Sie leiden unter den Launen ihrer rastlosen Mutter,
die mit den Mädchen von einer Stadt in die nächste
zieht. Über die Jahre hätten sich die Schwestern nicht
unterschiedlicher entwickeln können. Sarah heiratet
früh und bekommt drei Söhne, Emily macht Karriere
und stürzt sich von einer Affäre in die nächste. Beide
scheinen endlich das Leben zu führen, das sie immer
wollten. Doch Sarahs Ehe ist nicht so glücklich, wie
alle glauben. Und erst als Emily ihren Job verliert, wird
ihr bewusst, wie einsam sie in Wirklichkeit ist …

»Yates zu lesen ist immer ein Gewinn.«
Süddeutsche Zeitung

Ganz gleich, ob er das unterdrückte Begehren einer
Hausfrau in der Vorstadt thematisiert, die Verzweiflung
eines Büroangestellten in Manhattan oder das gebro-
chene Herz einer alleinerziehenden Mutter – niemand
porträtiert die Alltagshoffnungen und -enttäuschungen
seiner Figuren so schonungslos und doch mitfühlend
wie Richard Yates. *Eine letzte Liebschaft* versam-
melt neun Erzählungen aus dem Nachlass des Autors,
der als einer der bedeutendsten Schriftsteller der
US-amerikanischen Nachkriegsgeneration gilt.

Jetzt reinlesen auf www.penguin-verlag.de